橘子熟了

娟 子 / 著

中国文联出版社

图书在版编目（CIP）数据

橘子熟了 / 娟子著．-- 北京：中国文联出版社，
2016.5（2024.6重印）
ISBN 978－7－5190－1483－4

Ⅰ.①橘… Ⅱ.①娟… Ⅲ.①散文集—中国—当代
Ⅳ.①I267

中国版本图书馆CIP数据核字（2016）第101621号

著　　者　娟　子
责任编辑　李　民
责任校对　贾文梅
装帧设计　中联华文

出版发行　中国文联出版社有限公司
地　　址　北京市朝阳区农展馆南里10号　　邮编　100125
电　　话　010－85923025（发行部）　　85923091（总编室）
经　　销　全国新华书店等
印　　刷　三河市华东印刷有限公司

开　　本　710毫米×1000毫米　1/16
印　　张　15
字　　数　296千字
版　　次　2024年6月第1版第2次印刷
定　　价　78.00元

碎片化的乡村记忆

——兼读娟子的散文集《橘子熟了》(代序)

·凌　子

虽远离乡村久居城市，但在我们的心里似乎都有属于自己的乡村记忆。随着时间的打磨，我们对乡村的记忆正在碎片化。同时，伴随着城市化的扩张，我们过去所熟悉的乡村也正在异化，于是有人是试图努力用文字留住碎片化乡村记忆，而娟子便是其中一个。

娟子的努力或自觉或不自觉，带着泥土的清香和味道。比如："从包种到催芽，从移栽到扬花，稻田里总是弥漫着一股似有若无的清香。……稻香并不同于其他花草的香味。它悠远而绵长，让人感到长久的心安……"(《稻香》)。"男人们或攀与凳、或踩树桠，把那树顶和树间一个个红彤彤的小灯笼轻剪、轻放在身后的筐子里；女人们或踮脚、或弯腰，把树底下的丰收果实装在幸福的篮子里……"(《橘子熟了》)。再如："酒足饭饱后，喝上两口浓茶，大师傅把挂在胸前的老花镜架在鼻梁上，扯下脖子上长长的软尺，……一个一个名字叫着；脖子、胳膊、手腕、胸、腰、腿，一个一个部位有条不紊地量着……"(《连年》)。还有："清早从菜地回来，带回一大捆散发着浓郁草香的艾叶，毛茸茸的叶子在奶奶的臂弯里一颤一颤，上下舞动，仿佛不停点头微笑的孩子……"(《奶奶的端午》)。读着这些文字，我会忘记自己是在阅读，我分明嗅到了泥土的清香，一种久违了的乡村味道。

娟子的文字或率性或率真，带着亲情和亲人的温度。爷爷、奶奶、父亲、母亲、儿子、姑姑等则是这种温度的一种最直接的刻度。"妈妈，今天我的被子有太阳的香味，和我睡吧！”(《戒不了的瘾》。“我有一个素未谋面的姑姑。她是随着滔滔赣水一路漂到我家的。”(《小姑》。“冬日的乡村是温暖的。家家都是木炭圆炉。素日里忙碌不停的母亲也闲了下来，坐在屋里烤火。可脚停手不停。她把挂在房梁下的面粉袋子取了下来，……”(《二十年，两床被》)。都说女儿是父亲上辈子的情人，在娟子的文字里，对父亲“老蒋”有着自己温暖的描述：“待到情窦初开的年纪，我便以老蒋的标准去衡量身边每一个过往的男子，却发现不是太幼稚就是太肤浅，不是缺乏成熟感就是没有安全感，完全不敌老蒋分毫。想想，这年头找个老蒋那样的男人真不容易！”(《老蒋》)。在娟子的眼里，父亲“老蒋”就是她膜拜的大山，就是她心仪的男神。

娟子的写作或直接或琐碎，带着乡村的家长与里短。“七十五岁的刘老汉坐在八仙桌的下首，上席和左右两边分别坐着大小六个舅子。天上雷公，地上舅公。只有娘舅在场，这个家才可能算分得公平。”(《分家》)。“婆婆委屈呵，辛辛苦苦养了个儿子，伺候吃伺候穿，衣来伸手饭来张口，现在反过来那个放在心尖上的男人却要对你嘘寒问暖，鞍前马后，一辈子的劳动成果就这么被你窃取……”(《当不了好媳妇就别指望做个好婆婆》)。在中国的乡村，婆媳关系是家长里短中一个无法绕开的话题。娟子在写到她的公公时，这样描述：“慢慢发现，公公对于盐特别钟爱，去小区商店破整钱找零钱，他就去买盐；超市搞活动，送蛋送纸送盐，他就选盐；电话积分兑礼物，瓜子花生肥皂洗衣粉食盐，不用问，肯定还是盐。……所以我们家厨房里、阁楼上、床下、抽屉里到处都可见盐的踪影。”(《公公存盐》)。还有，在邻里关系的新面孔中，对一位远嫁乡村汉子的台湾媳妇，娟子也有着敏感的捕捉与描写：“从始至终，那个台湾妇人没有插入我们的任何一句交流。只是低头默默地清点着货物，整理着货架。1 米 55 左右的身高不时弯腰或垫脚……许是初来乍到，她和周边的邻居一直都不怎么接触，照面也是微微一笑算是打了个招呼”(《台湾媳妇》)。另外，在《乡村三景》中“蝙蝠是外公”和“祖宗是条蛇”，这样的作品也值得咀嚼与阅读，还有《把春天吃进肚子》和《炖个冬天吃一吃》。

上班看数字，下班写文字。在业余的时间，率性而写，随性而写，不盲目追求奇特异新或阳春白雪，用传统的手法和有温度的文字，写自己熟悉的人和物，写自己能驾驭的乡村琐事，甚至家长里短。用琐碎直接的描写试图串起我们对乡村的碎片化的记忆。这是娟子生活和写作的自我状态，也是她的散文存在的价值与理由。

米兰·昆德拉曾经描述：人们一直在向往一曲牧歌，在盼望一片乐土，在那里有夜莺歌唱。乡村就是娟子的乐土，散文就是娟子的牧歌。诚然，娟子的散文写作从视野的深度与厚度，语言的质感与亮度上还有可提升的空间。希望她能像米兰·昆德拉描述的夜莺一样歌唱，用属于自己的嗓音。

冬和春还在纠缠。一场突如其来的倒春寒让我居住的城市温度骤降，但毕竟春天已经来了。春天，万物生长。也祝愿娟子的散文写作像春天的万物，自由勃发，率性生长。

二〇一七年二月二十一日于南昌

注：凌子，原名王秋凌，男，生于江西永修，祖籍安徽安庆。诗人，江西省作家协会会员，中国金融作家协会会员。著有诗集《去天堂的路很远》（大众文艺出版社出版）和《轻叩天堂的大门》（长江文艺出版社出版）。个人写作观：用有温度的语言写有温度的诗。

目　录
CONTENTS

丰收在望

记忆“叮叮磕”

把春天吃进肚子

重拾理想

JIAN DAN AI | 简 单 爱

在儿子的眼中，爱是一件非常简单的事情，也是一件非常容易做到的事。或是一句话的玩笑，或是一首歌的甜蜜，再或是扔一袋垃圾的小举动。可就是这么一种简单的爱，却让我这个在成人世界中找爱的妇人感受到了别样的温情。

橘子熟了

立冬过后，奶奶的电话就像战场上冲锋的鼓点，越催越急，原因无他一橘子该下树了："大崽啊，你看哪天有空叫上二崽、细崽回来摘橘子啊！"事实上这并不是意见征求，而是潜田的意识旨令：有空没空，你们都得回来！

有时候我觉得奶奶对于橘的感情比对我的感情还要深。一年当中，我和她见面的次数望强可数，可她谈论的话题不是橘树的管理，就是橘子的收成；和她通电话，她也是橘花橘叶唠叨个不停，似乎一生中所有的话题除了橘便再无其他，春天挖虫剪枝，夏天打药固果，秋天采摘保鲜，冬天保暖增温。她几乎把她醒着的所有时间都给了橘。就连已故爷爷也被她葬在了橘子地里，让他和橘树一起做伴。

待到三五日放晴后，全家便一齐出动，从县城往老家迁移，到地里忙活去了。奶奶早已拿出了一年只用一次的解放鞋、迷彩帽、旧衣裤，搬出了大大小小的篮子、筐子、剪子、马凳、独轮车在门口巴巴望着我们。爸爸推着车子，小孙子，外孙子坐在两边，奶奶、叔叔、婶婶们跟在后面，一家人乐乐呵呵地往地里走。

男人们或攀马凳、或踩树桠，把那树顶和树间一个个红彤彤的小灯笼轻剪，轻放进身后的筐子里；女人们或踮脚、或弯腰，把树底下的丰收果实装进幸福的篮子里；孩子们则成了这场劳动竞赛的巡查员，指挥着大人不放过任何一个"漏网之鱼"："爸爸，你头顶上还有两个没有摘！""妈妈，你背后还躲着一个大橘子呢！"一时间，林间"咔咔"的剪刀声，孩子们叽叽喳喳的欢笑声，大人们家长里短的闲聊声，把素日里静寂的橘林搅了个沸沸扬扬。小道上深深的独轮车痕迹，告诉我们刚刚压过去满满当当一车喜悦。这时候的奶奶，总是穿着她那件家织布蓝靛大围裙，口袋里放把剪刀，手臂上再挎个小篮子，在我们附近转悠：掉在地上已经烂了的橘子，她得一个一个把它们捡起来放成一堆，把皮剥出来，把籽弄出来，回去洗洗晒晒，这些都是上好的中药材，能卖不少钱呢；刚摘下来没拿稳掉在树底下的橘子，她得把它们小心翼翼地收在篮子里，这些不能保鲜久存得赶快吃掉。边忙着这些，她一边还得用她看了七十多年橘的眼睛在树叶间转悠：“大崽啊，右手边过去一点，有个大吊针，好好剪，别散了，等下挂到细宝的床头给他玩！”吊针是一个葡萄状的橘子串，孩子们的最爱。挂在床头，醒来就能看见红彤彤的橘子，多喜庆！

快到中午，奶奶得回去给大家准备中饭了，吃饱了下午才有力汽接着干。沿着独轮车的痕迹往回走，掉落在路边草丛里的橘子都能被她精明的眼睛一眼发即。一路走，一路瞄，等到家的时候，篮子里，口袋里，围裙兜兜里，满满地全是与橘相关的家贝。

开饭了，八仙桌上红通通一片：橘皮丝烧鲤鱼，甚腥去燥，鲜嫩可口；橘子皮炒五花肉，鲜香解腻；剁辣椒橘子粒，香辣下饭，就一个橘皮霉豆腐小菜，饭后水果再来两个刚下树的新鲜橘子。一时间满屋子都是橘子的香味。

晚上就更热闹了，大家都忙着上市前的最后一步工作。孩子们排排坐，一人一个等级板，拿着橘子往上放，分个三六九等放在不同的筐里；女人们凭借多年的眼力忙活着，一拿一个准；爸爸叔叔们则拿着奶奶的大脚盆，放满水，加上药店里买来的保鲜剂搅拌，让一筐一筐的橘子往里打个滚，然后再提起来一层一层码放在西边厢房里，等天亮了水干了再盖上大油布保湿防鼠。奶奶更忙了，专挑好的拿，专拣好的抓，一个一个审视后放在她旁边的大箩筐了，不许我们翻动：“这个有肚脐，味道很甜！”“这个发了油泡，水分很足！”时不时还剥开一个塞到曾孙的嘴巴里：“崽呀，吃！这个好吃！”

天亮了。树上的橘子全都乖乖地待在家里和奶奶做伴，而我们也将踏上归程。这时候奶奶就把她昨晚挑选的宝贝一袋一袋装好拿出来提到我们面前，送到村口：“年前弄个车子下来，装些橘子回去过年！”其实最甜的不是那些橘子，而是老人家疼惜的心。

（本文发表于2013年1月20日《井冈山报》）

连　年

乡间阴雨连绵的腊月，正是各家各户连衣缝袄的好时机。

每每这个时候，总是除夕前家里人聚在一起最全的时候；奶奶也不下地了，爷爷也不背着药箱下乡了，叔叔也辞别师傅回家了，婶子姑姑们也不去新媳妇家串门了，全家人一弃被剪刀的“咮咮咮”，缝纫机的“哒哒哒”召唤回来了，男人们围着烧得红红的炭火在厅堂里抽着烟喝着茶；女人们躲在厢房里打着毛线，编着瞎话；而孩子们则跑到门口的廊檐下跳着皮筋，踢着房子，大家都伸长了脖子，竖直了耳朵，随时等着裁缝师傅的一声召唤。

吃饭的时候，孩子们最是积极：忙着给大师傅布碗布筷，添酒递烟，殷勤的小姑娘更是暖声暖语，讨好地帮着捶背捏肩。原因无他，就是希望大师傅吃得高兴，帮我们把衣服做得漂亮些，最好是给机灵的小徒弟递上一句：“给小丫头片子的袄子上再裁朵大红花”。没办法，谁叫神奇的他是孩童们心中的魔法师呢！就那三角画粉在料子上那么随意一划，乌黑发亮的大剪刀那么信手一剪，再用缝纫机“哒哒哒”那么随便一踩，几个不明形状的布条那么一拼，一件崭新的衣服就漂亮地呈现在我们眼前。

酒足饭饱后，喝上两口浓茶，大师傅把挂在胸前的老花眼镜架在鼻梁上，扯下脖子上长长的软尺，站在两块铺板铺好的简易裁床旁，旁边同样站着弓着腰拿着纸笔的小徒弟：娟婆子、圆婆子、小晶子，一个一个名字叫着；脖子、胳膊、手腕、胸、腰、腿，一个一个部位有条不紊地量着；两尺三、六寸二、五分，一个一个专业名词说着，还不时回头看看纸上的数字对不对。小小的软尺如灵蛇一般在我们周身飞舞，蹿了个遍，一会就把尺码量得清清楚楚。“好了没有啊，大师傅？”贼小子们还惦记着火炉里煨着的大鸡蛋呢。“去吧，下一个！”大师傅布满茧子的蒲扇巴掌在我们的小屁股上那么一拍，眯着眼睛笑着，又把软尺安在了叔叔肩头。

接下来的时光是充满期待的，奶奶将从年头就开始准备的各色布料一件一件从橱子里面拿出来：大红的绸缎是待字闺中的小姑姑即将出嫁的新衣，深蓝色的卡其是吃公家饭爷爷的工作服，碎花的确良是妈妈婶子们回娘家的脸面，雪白的棉布是全家老小的内衣里衬，还有各色各款说不出颜色叫不出名字的布料，是给我们过年穿的行头。随后的几天中，全家管着师徒二人的吃喝拉撒，他们则将我们的愿望一件一件变成现实。老师傅也变了个模样，不再与我们说说笑笑，而是沉静在剪刀、布的世界中。偶尔听到我们的嬉笑，还敞开喉咙：“小崽子们，出去疯去！”把我们赶出了他的地盘。或把完好的一块布料剪得七零八落；或是用缝纫机将他们左拼右凑，不然就叫小徒弟用开水熨斗熨熨这里，用针头挑挑那里。几天下来，衣服没一件成型的，碎布条块倒是铺满了裁床。这个时候，连我们小孩子看了都觉得惨不忍睹的画面，奶奶竟然无动于衷，与那个率破了裤子膝盖就拿藤条在后面王着我们破口大骂的她截然不同。这时的她，一脸慈祥地坐在旁边的烘笼上，把全家的破袜子破裤子全都找了出来，物尽其用，" 就着大师傅废弃的布条缝缝补补。

就在我们探头探脑的观望中，裁床上的布料渐渐少了，裤子有点形状了，衣服也拼出了袖子，我们大棉袄的襟前也贴上了一个扎着辫子的洋娃娃……孩子们的眼睛在渐渐发亮，仿佛我们此刻就穿着了大师傅的手艺在林间放鞭炮、打雪仗。

“老蒋家的，在连衣服啊！”

“是啊，连年连年，连了衣裳好过年！”

（本文发表于 2013 年 2 月 2 日《井冈山报》）

奶奶的端午

奶奶的端午从五月初一开始。

清早从菜地回来，带回一大招散发着浓都药草香的艾叶，毛茸茸的叶子在奶奶的臂弯里一颤一颤，上下舞动，仿佛不住点头微笑的孩子。就着爷爷割回的菖蒲，用红绳子细细扎好，插在门框上。插上了艾叶和菖蒲，端午就近了。

蒜　子

刺鼻的味道，辛辣的口感，这是生蒜不讨众人喜欢的原因。但却是一道必不可少的端午食品。不得不说，经水一煮，口感绵软，清香扑鼻。

为了让我们吃得开心，奶奶总是挑上一个个颗粒饱满的蒜子，清水洗净，再随着鸡蛋鸭蛋一起放进粽子锅里焖上一夜，带着粽叶清香的蒜子就煮好了。

波波子

波波子是鸡鸭屁股底下的蛋。清明节前一段时间，家里的蛋异常短缺紧俏，因为奶奶要攒起来做咸蛋。过了清明做咸蛋，咸蛋少一半，古话是这么说的。

奶奶做咸蛋很有一套：装上一簸箕黄土，一块一块用手捏碎，拌上瓦罐里的粗盐，调上水，和成一盆粘稠的黄泥。洗干净的蛋在爷爷的白酒中洗个澡，再放进黄泥里让它穿上厚厚的衣裳。坛子装好，藏在床底下养着。

初四晚上，奶奶用篮子装上裹着黄泥的蛋，用井水细细洗净，放在已经快熟的粽子里，睡上一夜，便咸香可口了。

圆　子

城里人叫麻圆，或者丸子，乡下人叫圆子。都有团圆的意思。

奶奶说炸圆子的时候是不能说话的，不然灶神爷爷一生气，将滚烫的油溅在我们脸上，烫起一个个泡，就成了麻婆子了。多年之后才明白，溅起的油花，那是站在灶台边说话时，喷散的口水溅在锅里引起的喧哗。

圆子是糯米粉做成的，糯米粉是糯米用石磨磨出来的，糯米是爷爷在碾房用糯谷碾出来的，糯谷是全家人在田里辛辛苦苦种出来的。一个个小丸子，往芝麻上滚上一圈，一个圆子的雏形便做好了。这个工作是我们的最爱。一个个唇语交锋：我搓的大，我滚的圆！奶奶则站得直直的，脸朝一边，把搓好的圆子一个个顺着锅沿溜到滚烫的油锅里，然后用天筷子轻轻地左一拨，右一拨，浸到油底的圆子便慢慢地浮了起来，像不断吹气的气球慢慢变大。淡白，淡黄，金黄，好了。笼箕沿锅边下去，轻轻一捞，圆鼓鼓的圆子便滚进了旁边早已准备好的搁在脸盆上的米筛里。

包　子

包子要等到初四，爸爸买肉和面粉回家。

集市上的包子铺那天异常火爆，大家都是闻着老粉的酸味去的。

爸爸一回家，奶奶接过那一刀肉就进了灶下。去皮、剔骨、切肥肉，剁瘦肉。透红的火苗温柔地舔着锅底，透亮的肥肉在锅里鼓着一个个大大小小的油泡，当肥肉渐变成油渣的时候，奶奶便姜末蒜末往锅里一扔，瘦肉末拿刀面一托，手一推，全溜进了锅里，再拿铁锅铲一拨弄，通红的瘦肉就已泛白，松松散散，一粒一粒娇小可爱。梅干菜用水发好，切成细末用塞箕装好，此刻也一股脑全倒进了锅里。焖出来的梅干菜烧肉用钵装好，一半是我们爱吃的包子馅料，一半是爷爷绝佳的下酒菜。

吃过晚饭，奶奶便把老粉用温水化开，摆上一个大盆，卷起袖子，甩开膀子，倒进买回来的几斤面粉，加水，揉搓，和面。硬是把一盆粉尘一般的面粉揉成了盆光、手光、面光的柔软面团。再铺上一块湿润的干净毛巾——发面。

老粉发出来的面到了第二天便蓬起来了。一拨，一个个蜂窝煤一样的小孔，散发着勾引人食欲的酸味。调碱水，撒干粉，拧剂子，搓圆子，打饼子，塞馅子，做褶子，一个个肚子里鼓鼓囊囊的包子渐渐成型，醒一会，放在锅上装蒸，酸香可口的包子出炉了。

粽 子

粽子是端午绝对的主角，没有粽子的端午和没有月饼的中秋一样，都缺少了味道。

初一开始，奶奶抽空便到地头剪粽叶。粽叶要选碧绿的壮年叶片。深绿色的太老，韧性不够，包粽子的时候容易裂开；浅绿色的太嫩，叶片单瘦，粽子出来个子太小。只有碧绿色的壮年叶片足够厚实，韧性十足，包起来才足够先卷，张就可以包出一个大小适中的粽子。剪回来的粽叶在河边石阶上用刷子一叶一叶刷干净，江风吹干后便挂在房梁上。初四正式包的时候再提前用水打湿，用起来柔韧方便。

初四一早，奶奶便挑着年前的糯谷到村口的碾米房去，晚了排队得半天呢。中午灰蓬蓬回来，去时还穿着金黄色坚硬的稻壳外衣的糯米此刻已露出了真颜，洁白光亮的糯米在井水的浸泡下显得丰润光亮。

吃过中饭，奶奶便戴着老花眼镜，坐在厅堂门口，一边是装满了拌好碱水的淡黄色糯米的银白色铁皮桶，一边是准备就绪的粽叶。两张椅子背靠背的放着。奶奶坐在后面，棕绳绑在前面椅子的靠背上。双手一拢，一前一后一叠，一个圆锥状的棕筒身子便做好了。用搪瓷调羹勺满糯米，再用底部那么一压，松散的糯米便紧紧凑凑待在属于它们的屋子里。右手大拇指和食指捏着粽子上端，左一翻右一转，靠近棕绳，缠上两圈。一个漂亮的碱水粽就做好了。一个下午，那个蒲扇一般的棕绳上像系铃铛一般，或串两个，或串三个，串得满满当当。

晚饭后，灶膛的火又熊熊烧了起来。奶奶把粽子一提一放，粽子便均匀分散在锅底。坐上满满一锅开水，姑姑在灶下把平时舍不得烧的大树蔸、废木料全一股脑从楼板上扛了下来，一一劈开，毫不心疼地往灶膛里塞。“咕嘟咕嘟”水开了，锅盖上冒出了腾腾热气。“熟了熟了！”我们忙不迭冲到灶边，准备打开锅盖。“饿死鬼投胎啊！”“啪”得一声，手背上挨了重重一下，奶奶把我们轰了出去。

添上了两块大柴，用砖头把灶口封好，再掀开锅盖，适时添上一些水，加上咸蛋、蒜子，焖上一夜，解下裤腰带上的钥匙，奶奶把平素里从不上锁的厨房给锁了，馋了我们这些急得上蹿下跳的猴崽子们。

初五一大早，奶奶便给我们这些毛孩子一人一个红毛线缠的蛋袋。里面装着粽子、包子、波波子、圆子、蒜子，背着书包出门的时候，她再拿朱砂往眉心挨个一点，艾叶沾着雄黄水往周身一洒，吆喝一声："五子登科！"笑眯眯地看着我们活蹦乱跳的身影。

现有想来，奶奶的端午就为了这一句吧？或者她的一生也是为了孩子们的这一句。

（光明网"最炫中国节"2016年度中国好网民网络文化作品"微网文"类铜奖）

烂煨烂炖

选上三月春暖花开的艳阳天，树醒了，鸟叫了，奶奶把厚重的棉袄也脱了。身上松泛了的时候，我借弟弟的车子把她专程请到家里来看看。

一大早，头天买好的老母鸡就剁成小块，肥腻的鸡皮和肚子里的油都仔细剔掉，老人家肠胃不好，油份太重容易闹肚子。开水飞沫，汤上的浮沫用漏勺一点一点得仔细去掉，然后小心地放在电砂锅中轻煨慢炖，再加上从药店里买回的灵芝，用一上午的时间煲上一锅香喷喷的老母鸡汤。鲑鱼是家中的稀罕菜，价格不菲。可刺少肉嫩，鲜香可口，对于只有四颗大牙的奶奶来说清蒸是再适合不过的方式了。甲鱼是道大菜，在老家只有隆重的宴席，尊贵的客人才可享用。破膛清胸、姜水去味，再放入电炖锅中炖上半天，临上桌加料添味。呈上桌时，红黑油亮的汤汁已然浓稠，勺子一勺，拌入饭粒，浓浓的酱香和着软糯的米饭入口。啤酒鸭也烧得到位。平时半个小时就焖好的鸭子今天是大火半个小时，小火一个钟头的加工，骨头可以直接嚼碎，这样的肉质奶奶肯定也是能吃的。青菜不能直接洗好扔进锅里就炒，太长的叶子会噎着老人家的喉咙。得一刀一刀细细切碎、和黄豆差不多大小，姜末薄末再加上辣椒末，这是她一直喜欢的口味。

看着奶奶坐在上席，细细品尝着我盛给她的鸡汤。爸爸、妈妈、叔叔、姑父围坐在她的周围，帮她舀着各种软烂的菜肴，挑着没有骨头的鸭子肉、没有刺的鲑鱼，我的心里满满幸福。

小时候，奶奶就常常笑话我：等你长大了，婆婆我要去看看你到底嫁到哪个山杏旯里了。到时候别没良心，说山路难走，婆婆你还是别去了吧。可随着我越来越大，她越来越老，这样的笑话不知道从什么时候起在我们祖孙之间再也找不到了。那个操持着全家农活和家中琐事的奶奶再也挑不起百多斤的担子去集市卖橘子了，再也提不起几十斤的袋子往我车上案花生了日那个残忍的小偷，就那么一点点蚕食，无声无息地把她变成了一个每天只能坐在家门口晒着太阳，听着鸟叫，就连走上几十步路都会犯头晕，得好好休息三两天才能恢复的老太太。

七十不留宿，八十不留餐。之前，八十三岁的奶奶无论我怎么请都不肯来。一和她说起小时候的笑话，她总是招摇头；这么大年纪出什么门啦，到时候晕车吐得哪里都是，你们看了都嫌弃；又说自己的饭菜不好做，让我们跟着她吃寡淡无味的东西她于心不忍。可从她发亮却又突然黯淡的眼神中我可以感觉她想来又不想来的矛盾。

天气好了，奶奶身体也逐渐好了，爸爸妈妈叔叔他们一起陪着，弟弟的小车慢慢开着，走了近四十分钟把奶奶接到了我家。她瞧瞧厨房又看看厕所，门口的公园，三两步的上班路程，宽敞的房子，良善的公婆，看着她满脸的笑意，想来大孙女这样的生活她也是放心的吧？

“崽呀，听说峡江的篾匠特别好，编的斗笠很耐用。”

“好呀，我看到的时候就帮你买一顶回来。”许多年后，一想起自己当年的回答就觉得悔青了肠子。记得那年刚到异地上班，环境还没有特别适应，自己又挺着个大肚子上上下下，担心患老年痴呆的爷爷来家，一旦犯起病来就胡冲乱撞，没办法照顾他。总想着等以后条件成熟了，再接他过来好好孝顺两天。只是现在，孩子上幼儿园了，工作也稳定了，可爷爷他却不在了

临走时，买了个坐便椅让她的生活方便一些，奶奶说什么也不肯要。我忍着眼泪：您能拿我的东西是我的福气。爷爷，我想给都没机会了。后面那一句，我在心里对自己说。

爷爷的铜火锅

爷爷有个铜火锅。

那是一个一年只用一次的铜火锅。

天气晴朗的腊月，爷爷便颤巍巍地爬到楼上，踩着吱吱呀呀的楼板，踮起脚尖，亲自摘下挂在楼顶上的竹篮子，把用油布包得严严实实的铜火锅给取下来，再用他老人家的话说，是要给这个一年都难得用一次的老伙计好好开开光。

爷爷提着篮子，坐在门口，戴着那副老花镜，就着冬日暖洋洋的日头收拾起来。先是托底盘。圆形的托底盘已经有些年头了，灼热的灶肚天长日久的熨烫，底盘的中央已经有了一块明显的圆形黑印，在太阳下散发着黝黑的光亮，而旁边的环形空余地带却还锃亮如新，反射着黄白色的光芒。托底盘只消用清水稍微洗上一洗，在太阳下照照就可以了。肚灶是能否吃上美味火锅的关键所在。清理灶肚的时候，爷爷都会把头年遗下的木炭灰倒在早已准备好的大报纸上，再用他那粗大的手指来回拨弄，里外翻动，分成两堆。一堆是燃烧殆尽的灰白色木炭灰，一堆则是头年留下的零散木炭星子。分好了之后，再加上两勺木炭灰回炉，细心地在灶底铺上一层，便利下次燃烧时炉火的旺盛。而木炭星子则和早已买回的新木炭一起，放在香案底下，等待又一次的尽情燃烧。锅胆两侧的耳朵，添薪加火时最容易把手指烫起水泡，可不能马虎，得重新缠上厚厚的一层棉布，方便提拿。

洗好，晒好，爷爷便把全副家什摆在厅堂的香案上，恭候着我们这群归家的孩子。

爆竹渐渐响起，辛苦了一年的一家人也终于在年三十聚到了一起。奶奶早已灶下忙碌，张罗着团年饭，爷爷则从一大早开始拨弄着这个铜火锅。

豆腐是前两天奶奶刚磨出来的，水水嫩嫩，得装上一盘；梗白翠叶的白菜，还带着泥土的清新，就着热腾腾的井水，一掰脆生生，保管清甜；鸡蛋则是我们几个丫头片子守着鸡屁股后面捡来的，透着暖暖的腥气；冬瓜、萝卜早已被妈妈切成了均匀的薄片，一层斜着一层码放在盘子里，雪白透明；海带、香菇也已热水发好，围在火锅的四下。还有屋后小河中网起的寸长小鲫鱼、十二月晒得滴油的老腊肉，再加上奶奶不时端上的红烧肉、白切鸡……冷盘热菜围成一圈，铜火锅便众星捧月般安安稳稳坐在了八仙桌的中央，“咕噜”“咕噜”翻滚着，冒着腾腾的热气。这时候的爷爷，也不会像往常一般扯开喉咙骂我们这些调皮捣蛋的小兔崽子们了，他端坐在八仙桌的首席，嘴里含着旱烟袋，眯着眼睛，心满意足地靠在太师椅上，时不时看着翻滚的底汤，或者透过锅顶腾腾的热气找寻着在旁边小桌子下钻来钻去的我们……每年的年夜饭总是在铜火锅热火朝天的气氛中开始，旧的一年在它红彤彤的炉火中离开，新的一年也红红火火的到来。

以后的每一年，临近年关，我总会想起爷爷，想起他的黄铜火锅，想念那一大家子和和乐乐的团圆。

小　姑

我有一个素未谋面的姑姑。

她是随着滔滔赣水一路漂到我家的。

连续暴雨让赣江水位暴涨，江水浑浊，泥沙翻腾，往日清澈的赣江俨然成了怒吼的黄河，恬静的女子一下成了粗暴的莽汉。江水中夹杂着多少已逝去的生灵：连根拔起的大树、肚子圆圆的母猪、还有我那可怜的姑姑。在江边劳作的奶奶，伸出爬犁往水中一拉，她就到了眼前：一个早已沉睡多时的婴儿！奶奶一看就落了泪，孩子全身散发着腥臭，头发里夹杂着破布柳条，乱糟糟一团，衣服早已不见当初的颜色。紧闭的眼睛，泡胀的脸庞无一不诉说着她的早已逝去。不知从何处来，总该有个归宿吧？在冰冷的水中漂浮许久，走的时候多少也感受一点人世的温暖。已是六个孩子母亲的奶奶泪水涟涟，仿佛自己承受着切肤之痛，抱着孩子，跌跌撞撞回了家。

“老大烧水，老二去叫你爸！你妹回家了！”再没有多一句话。洗头、洗澡、掏耳朵、剪指甲，一切都如平常干净利索。只是眼眶是红的，鼻子是酸的，双手是抖的。该换衣服了，奶奶垫着脚尖，站在长凳上，从五斗橱中拿出准备给三姑姑过年的新衣，放到炭火旁边烘烤，冰冷的衣服在奶奶的手中逐渐散发出贴心的温暖。棉袄、棉裤、棉背心、棉袜、棉鞋一件一件摆放在靠近炭火盆的长凳上，闪耀着明亮的红光。穿戴整齐后，爷爷点响了鞭炮，奶奶在门口大喊一声：“细女，出门啰！”抱着孩子走向了家族的坟场。于是，我就有了一个小姑。

以后每每跟着大人去挂清明、烧月半、填冬至，奶奶总会对着坟场中这个矮矮的坟头呵护有加，亲自爬上坟头一根一根拔除上面的杂草，再一锹一锹培上新土；然后在坟前摆上笋啊鱼啊肉之类的生鲜祭品，烧些冥币、元宝之类的，边做边唠叨：“老大家的姑娘真争气，保送上了县重点中学，以后考个大学肯定没同题！”“老三家的小子太淘了，前两天又和屋前小宝干了一仗，不晓得以后要操多少心”……末了，总要加上一句：“穷日子难熬，寄点钱给你，你要好好陪着你爷爷，在下面好好保佑你的这些兄弟姊妹，侄儿侄女。让他们稳稳当当过日子。”高兴的事，难过的事，通通一股脑全部倒给了小姑姑听。就好像在和睡着的她唠家常一般，尽管不言不语，奶奶却一直惦着，一直念着。

从头到尾，小姑姑从未睁眼看过我们，从未微笑对过我们，不知道我们的长相，没见过我们的模样，甚至都不知道她有那么一双善良的父母，一群敦厚的兄姐，一帮天真淘气的子侄。但至少她是幸福的，一直活在我们心中，从未远离。

当不了好媳妇，就别指望做个好婆婆

她简直就是中国婆婆界的一朵奇葩！

当闺蜜带着讥讽的语调给她的婆婆下着结论的时候，我仿佛看见一个脸上带着委屈的的老太太正坐在一群老太太中间，一把鼻涕一把眼泪细数着她的种种罪状。奇怪，为什么世界上的翁婿关系看起来都融洽无比，而婆媳关系如此剑拔弩张呢？

闺蜜坐在面前那叫一个火啊，从睁开眼的烦躁讲到临睡前的不安。越讲越大声，越讲越激动，放眼过去全是婆婆不是。现在两人已从婚前相敬如宾的融洽关系一步跨越到相敬如“冰”的尴尬了。

听到了很多媳妇对婆婆的种种不满，也听到了很多婆婆对媳妇的诸多控诉，自己也做媳妇不短的时间了，完全明白闺蜜的心情。当一个和你生活习惯完全不同的人突然闯入你的生活，并且对你指手画脚进行干预，甚至在某些时候联合你的丈夫以外人的眼光和语气来对待你的时候，那种委屈自然不言而喻。可当一个勤俭持家的婆婆看到周末晚上嗨到三四点，白天睡到十一点的媳妇时，看到一起床就坐在电脑边玩游戏不叠被子不做早饭的媳妇时，看到吃不完的饭菜就这么华丽丽地倒向垃圾桶的媳妇时，哪里还会有什么好脾气来对你和颜悦色？

于是，媳妇委屈婆婆的不理解：每天累死累活上班，周末还不让我好好放松，睡到自然醒？年青人自然玩得疯一点，有什么关系？剩饭剩菜不营养，对身体无益，自然是倒掉得好！婆婆就看不惯这么个好吃懒做的败家媳妇：趁着休息还不好好打扫卫生？一有空就出去看电影唱歌，浪费钱！吃不完下餐继续吃，什么都倒掉，不精打细算过日子，还会有发达的一天？

于是，天长日久。丈夫就成了一块倒霉的夹心饼干。和媳妇统一战线改变婆婆的思想，基本上就这个结局：浑小子，娶了媳妇忘了娘，我还是回老家吧！老泪纵横那叫一个凄惨。和老妈统一意见对媳妇稍加规劝吧：你是和她过还是和我过？不然有她没我，不然有我没她！原本温暖和睦的家庭因为两个女人的毫不妥协、互不让步变成了寒冬冰窖。

婚姻本就是两个毫不相干的家庭逐渐融合发展成三个互相交融的圆的过程。

而婆媳关系便是维护三个家庭和谐稳定的重要因素。不同时代的人，所受的教育和生活经历的差异，彼此对事物的看法也有所不同。特别是当她们共同分享同一个男人爱的时候，独占心理必然决定了有色眼镜的存在。婆婆委屈啊：辛辛苦苦养了个儿子，伺候吃伺候穿衣来伸手饭来张口的，现在反过来那个放在心尖上疼的男人却要来对你嘘寒问暖，鞍前马后，一辈子的劳动成果就这么被你窃取，还不兴我有点脾气、发发牢骚？媳妇不乐意啊：我的家我做主。该怎么吃怎么穿怎么用我说了算，您就别瞎掺和了！于是，上演了婆媳过招，大战几回。

要是我以后当婆婆绝不做她那样的婆婆！闺蜜信誓旦旦。但连一个媳妇都做不好的女人又如何当得了一个好婆婆？不是怀疑她的决心，但行动上肯定要大打折扣。不可否认，在对待家庭和睦团结的问题上，两个人的心愿都是出奇统一。只是看法不同，意见不同，导致了种种语言上的冲突，增加了诸多无谓矛盾。比如闺蜜虽说是朝九晚五的工作规律，但深圳下班高峰的堵车，还有私企毫无规律的加班，所以常常在九点多才到家。婆婆意见大了：下班不回家就知道在外疯！其实就一个电话的事情，矛盾轻轻松松化解，说不定婆婆还心疼你工作劳累，给你额外增加营养呢！剩菜不健康，老人家可舍不得。现在网络多发达，随便调出点吃坏了肚子住进医院的图片新闻给老人家看看，自然有所感触，下次可能就不会那么节约了！适时撒撒娇，像在母亲身边一样谈谈心聊聊天，老人家还能不疼你？不过，最重要的是你得设身处地为她着想，背井离乡远离故土来到繁华都市照顾孩子，白天手忙脚乱一个人照顾那大闹天宫的孙子，自然希望孩子们早点回家帮衬一点；出门柴米油盐都是钱，对于一个没有收入的老人而言自然看得金贵，能省则省，不浪费也是情理之中，逢年过节，给自己妈妈买礼物的时候，不妨也给婆婆带点；出门看个电影，干脆图个热闹，全家一起去，也不多她一个不是？即便真要享受二人世界，善意的谎言也是能让气氛融洽的。

都说多年的媳妇熬成婆，年轻时都不能做个体贴入微的好媳妇，怎指望年老时能跟上潮流，做一个善解人意的好婆婆？闺蜜啊，人生的书本才翻开，要学透还长着呢！

二十年，两床被

我不知道母亲到底花了多少时间来做这两床被子，二十年，抑或更长。只是从记忆开始，她就在为此而操心着。

上世纪八十年代的农村，鸡鸭是家里的流动银行。蛋可换钱，肉可卖钱，鸡内金换麦芽糖，就连残毛亦可作价。可我们家的这些鸡毛鸭毛，却是母亲的宝贝，非但不卖，还一根根清理好，用开水煮好，在太阳底下晒好，再用面粉袋子扎好挂在西面房的房梁上，就像一个悬挂在半空中的白色拳击沙袋。

家里的鸡鸭毛算自产自销，留着是一定的，可母亲总说太少了，不够！非得让全家总动员去找这些她所谓的宝贝。于是，当我每次放暑寒假去外婆、奶奶家回来的时候，书包里总会塞进一包臭烘烘的鸭毛。而她更乐意去爸爸单位的大食堂帮忙，每逢食堂炒鸡炖鸭，她就像过年一般，在院子里的井边搁个大脚盆，自己蹲在边上边褪毛边哼小调，那神情跟捡到金元宝没什么两样。而后乐呵呵地拎着那一大塑料袋的鸡毛鸭毛回家。每每我和弟弟见到她这副模样嗤之以鼻的时候，她总是笑笑，抹抹额头的汗：等你盖在身上就不嫌弃它了。

那些我们所说的垃圾一拿回家，母亲就忙开了，先是初步挑拣，把翅膀下、大腿两侧、腹部等这些部位细小的绒毛全部清理出来，一小撮一小撮，然后是一小根一小根，所谓“集腋成裘”就是说这个吧。接着是过水清理，碱面消毒，开水煮沸；捞出来之后就是阳光曝晒了。为了防止那些细小的绒毛随风四下飘散：每次母亲都是在米筛中垫上一层报纸，再在上面盖上一层细密的小铁纱布。如此反复几天，晒干后小心地放进面粉袋里，扎紧捆好挂在房梁上。母亲就是这样，化零为整，一只鸡、一只鸭地把毛攒起来。

干嘛那么麻烦？集在一起弄一次不就好了？

她说不行！不洗晒干净容易生虫子，并且鸡鸭的腥臭味道散不去。

可一只鸡一只鸭最后到底能整出多少毛呢，一钱还是五钱？我实在不知，反正最后晒出来轻飘飘的，一个巴掌就可以把它攥住。每次放进面粉口袋的时候我总觉得好像是做了一场无用功，袋子根本就没有什么变化。一天，两天，三天，一年，两年，三年……在母亲长年累月的坚持下，它倒是的的确确是在以肉眼不可见的速度增长着，一寸，一尺，一袋，两袋，三袋……

冬日的乡村是温暖的。家家都是木炭圆炉。素日里忙碌不停的母亲也闲了下来，坐在屋里烤火，可手却不停。她把挂在房梁下的面粉袋子取了下来，戴一副眼镜，穿上一件反罩衫，腿上搁一个垫了报纸的小米筛子，一手拿一把小剪子，另一只手就撮着一小把平日里晒好的绒毛，一根一根把底部的毛桩剪掉。那些绒毛本身就是鸡鸭身上刚出的新毛，柔软轻滑，再那么一煮，什么都煮软掉了，有的根本就看不见毛桩。可母亲却吃饱了没事，非得一根一根仔细检查，生怕错过了“漏网之鱼”。每年的冬天，她就这么坐着，盯着，剪着……

有一天，我和母亲说找到了生命中的另一个，要离开她的羽翼，打算和一个可托付的男人比翼双飞了。母亲默默的，什么也没有说。

那年的冬天特别寒冷。我从柜子里翻出了结婚时娘家陪嫁的被子盖在身上。这样一床打着方格，看似高低不平摸起来却轻柔松软的被子引起了我的好奇：这应该不是普通的棉被吧？这工匠的手艺也太次了：“是羽绒被！”母亲的声音从电话中传来：“小格子缝好就能保证那些羽绒各归各位不乱跑，也防止厚薄不均，盖得不舒服。晚上搭床毯子在被子上就可以了，不然不保暖。你和你弟一人一床。”

早先我还纳闷为什么那些面粉袋一转眼就空空如也，原来它们全部都跟着我出嫁来这里了。二十多年，母亲攒出了两床这么“重”的被子。

那一夜，我就像在母亲温暖的羽翼下安眠。

（本文发表于 2016 年 3 月 13 日《井冈山报》）

一朵花，两朵花

一直以来，我认为舅妈就是我亲妈，她比亲妈对我还亲呢。这种感觉一直从儿时持续到我也成为一个妈妈。

小时候在外婆家读书。舅妈对我可好啦！赶集回来抽个大西瓜，她悄悄把我反锁在房间，让我一个人抱着；早饭蒸个鸡蛋，也先紧看我，让我舀在碗里拌饭。妈妈呢，每次都对我横挑鼻子竖挑眼的：不爱说话，她说我是根木头，没有表妹聪明；成绩好，她又说我死读书，没有表妹机灵。总之，在她眼里，表妹就是一朵花，而我就是一个呆瓜，我什么都比不上她。也难怪，她们俩同一个姓，我才是外人。

一天，妈妈又来了外婆家。她不是来看我，又是来给表妹献宝的吧？果不其然，妈妈从花布包里拿出了两朵头花。真漂亮！就是上次放暑假去县城看到的那一种。一层一层透明的花瓣从中间向四周肆意伸展，花蕊是柔软的白色塑料棒顶着一颗同色透明的圆珠。用手轻轻一拨，颤巍巍的，就像一只轻巧的蝴蝶在花上高低飞舞。花下，一个银白色铁皮夹子用弹簧顶着，用手轻轻一挤，就弹开。穿过头发，一朵花就盛开在头上。有哪个姑娘不爱美呢？

我一把拿起那朵粉红的头花，弹开夹子就要往头上戴。大红的太俗了，看起来那么老气，带在头上就像电视里的媒婆。

“好看吗？”手上一轻，花飞起来了。而后虎口一紧，夹子划过虎口。待我抬起头，那朵粉色的花就已经戴在了表妹的头上。“这朵我要！”无视我的存在，表妹张扬地笑着。

“还是我侄女戴着好看！”

“妈，那是我先看中的！”

“吵什么吵，不是还有一朵吗？”妈妈不耐烦，眼睛仍然笑眯眯地看着表妹，而口中的不耐烦却是对着我，随手把剩下的一朵花递到了我手中。

看着他们和乐的姑侄俩，突然一下子觉得委屈起来。一把拽过，大红花被我狠狠地扔在了地上，还不解恨地踩过两脚，转身就跑。

在接下来的时间内，我无视妈妈的存在，她给我夹菜我扔掉，她和我说话我转身走开，晚上睡觉时也一个人躺在角落里拿个小被子裹着：就离你远远的！

朦朦胧胧间，耳边传来鼻子寒寒窸窸窣窣的声音。我偷偷睁开眼，昏黄的灯光下，妈妈的手里拿着我踩烂的那朵花直直盯着，眼泪就那么一滴、两滴、三滴，滴了下来，落在那轻盈的花瓣上，慢慢垂下。

该，活该！有你哭的！谁叫你对我不好！就这么一直恨着，恨到在以后的那么多年内从未好言好语对她。恨到自此之后身上从未有过她买给我的任何一个物件。还不解恨，每次还特意在她面前展现我和爸爸的父女情深。每每看到她转身走开的落寞，我的心里都觉得无比畅快。

出嫁了，生了孩子。毫无经验的新妈妈没有办法在照顾孩子与工作之间做到两全。妈妈卑微地讨好："要是你放心的话，我就帮你带崽崽吧？"好像是因她要弥补那颗亏欠我的心。我默许了，把带崽崽这个任务恩赐给了她，孩子放在了娘家。

于是，她成了我孩子的保姆。而同时，也是我侄女的保姆。每次回家，看到弟媳对崽崽忽冷忽热的态度，当着我的脸摔盆子摔碗，借故打侄女，不断敲打我的时候，我就冒起无名火。那是我妈给我带人，又不是你帮我带！可又对自己的有心无力感到憋屈。

"要不，你给你侄女买点东西吧？"妈妈怯怯地给我支招。这个时候，我想起了二十多年前被我踩坏的那朵大红花，看到了那个时候像我这般年轻的妈妈。

母亲的鞋垫

母亲又拿起了她那套纳鞋垫的家什。

母亲年轻时候有一手让十里八乡赞不绝口的手艺：做鞋垫。母亲的鞋垫做得喜庆，是姑娘家出嫁前都争相谋求的宝贝，什么并蒂莲开、喜上眉梢，富贵牡丹都信手拈来，不在话下；母亲的鞋垫做得紧实，横平竖直，针脚均匀，整齐密实。尽管颜色已经泛白，但现在爸爸脚下垫的还是那几双结婚时妈妈亲手纳的鞋垫。

母亲的鞋垫有特点，一看就知道是她的手艺。红女蓝男麻灰小，线白针密弧度巧。女子的一色红底白花，男子的则全部蓝底白纹，小孩子的则清一色麻灰棉布打底。线是纯白的双棉线，针脚是整齐的小米大小。至于弧度，无论你拿多少码的鞋垫放入相应的皮鞋、棉鞋、解放鞋里，几乎都是满满当当，不留缝隙。

家里的鞋垫从来都不缺。就算是我们再喜新厌旧，打开箱子，总能随便抽出一双合适的新鞋垫垫在鞋子里。每每外出时，母亲总会放上几双在我包里，说是脏了就换，感觉也干净舒服。所以，当大家都穿着市场上缝纫机踩的速成鞋垫、所谓的防臭鞋垫时，我的脚底永远都是母亲纳的红底白花的爱心鞋垫。

这几年母亲的眼睛愈发不好了，容易干涩疲劳。特别是不能长时间盯着同一个地方，不然就会朦胧不清，每天晚上都要点着眼药水才能舒服一些。可就在这时，她却突然拿起了多年未用的家什，又开始缝制起来了。

打袼子还是平时节省下来的各类棉质布料，依旧还是用蒸熟的米饭做黏合剂，一块一块就这么平整地粘起来，挂在墙上晒。贴一层晒几天，再拿下来把松开的地方再黏一遍，用小锤子一点一点捶实，再粘上一层。在经过了数次这样的过程之后，最后全部蒙上一层白布。一整块袼子就打好了。

“拿胶水多省事，用饭还要一粒一粒抹平，多麻烦！”我蹲在旁边嫌弃着。

“你懂什么？米饭黏性好，再说用饭黏的布越洗越软，穿得舒服。”母亲戴着老花镜，头也不抬。

袼子打好了，那些硬壳纸做的鞋垫模子就派上了用场。把模子放在袼子上，她的大剪刀就那样一点一点沿着模子边沿推进。底布，剪出比雏形稍大一点的形状，边缘弄出整齐的波浪，用米糊上去。于是，纯色的红蓝麻灰色正面，纯白的底色，再镶嵌一圈整齐的波浪花纹。鞋垫的雏形就出来了。

胳膊上套着儿子的奶粉盒，里面装着剪刀、棉线、针盒、顶针、鞋垫五件宝。母亲是走到哪带到哪。一有空下来就拿出来纳两针。盯着鞋垫看看线有没有走歪，针脚是不是均匀。想当初，母亲只要把中轴线一拉，剩下的工作全部交给她那双灵巧的手，根本用不着眼睛什么事。可现在她的动作慢了下来，那双干涩的眼睛也开始了日复一日的超负荷运转。

“别纳了，伤眼睛！我和你女婿的鞋垫还有一抽屉没动，这一辈子都用不完呢！”我极力地劝阻母亲，可她依旧我行我素。那一根长长的棉线在她的手中慢慢变短，然后又一根，又一根……母亲的头离鞋垫近一点，然后更近一点，更近一点……

一天，母亲领着我来到房间，打开箱子，满满一箱子鞋垫，麻灰色的、蓝的、红的，由短至长，从窄到宽，密密地排成了三路：这些是从二十码到三十八码，是果子上学垫的，这些蓝色的和红色的，是他结婚后和他老婆两个人的……看着母亲那手指上厚厚的茧子，想着我那才刚满五岁的孩子，我的鼻子酸了。

（本文发表于2013年09月08日《井冈山报》）

毛　衣

母亲不会打毛衣。确切地说母亲的毛衣打得不行。

先不说她打不了小白兔、红牡丹等各种漂亮图案，就连普通的上下针、元宝针都不行。不是针脚松紧不一，就是漏针添针。看起来没花样，摸起来没手感，还时不时能发现几个小洞洞或者鼓出几个小疙瘩。所以，从知道臭美的年龄开始，母亲的毛衣就被我束之高阁了。

怀孕了，我每天挺着个大肚子在她面前走来走去。母亲又开始琢磨我下一代的衣食住行了。给乡下的老姨打电话，说今年的稻子可千万不能打农药，她家外孙的米粉就指着它了；又怀疑尿不湿里面的棉花是黑心棉，把爸爸穿过的旧棉毛衫全给拆了，剪成一块块规格相等的长方形洗好晒好，说什么旧衣服做成的尿布柔软，放心；娃娃衣也是东一家西一家凑的纯棉旧布，不消说，肯定又是个长命百岁的说头……总之，她的脑袋时刻处于高速运转的状态，想到什么就立马动手实施。

这不，听说现在市场上宝宝的纱衣不是纯棉纱打的，夹杂了其他成分，容易起静电。便又开始琢磨开了。拆了几十双自己二十几年前在粮管所做小工时候的白棉纱手套，绕了六个圆球；到专卖店买了十几种粗细不一的羊毛线，说是粗的打外套穿外面，细的编背心贴身。算了吧，就你那手艺，别把我家儿子给打扮丑了！靠在沙发里的我对她的兴致勃勃浇了一盆冷水。不会不会！母亲的新毛线在清水中依旧漂得婀娜多姿。

接下来的日子，她倒不再谈论毛衣子。只是戒了牌鼻上的麻将广天天和一伙婆子媳妇坐在院子里面聊天说话，帮人摘摘菜申串小灯泡，牵着别人家的孩子在那蹒跚学步，玩得不亦乐乎。现在是实习期，那是为转正后的得心应手作准备吧？我在那打趣。母亲笑笑，依旧带着这些小宝贝出门买零食，进超市逛公园等等。一回来就洗澡洗衣服，收拾那被尿渍印湿的衣服，被屎沾脏的裤子，被鼻涕口水沾满的袖子。马上就要自己带小孩了，何必现在帮别人家看孩子？全家一脸不解。

预产期渐渐临近，家中也渐渐热闹起来了。院子里大妈、大婶、大嫂、小妹好像突然对我这个在家安胎静养的大肚婆有了兴趣，隔三差五就有人跑到家里来和我聊上几句，说着生男生女娶名字的闲话。又生怕打扰了我，聊上几句就借口离开。母亲总是满脸笑意送到门口，一个劲地谢谢谢谢。都是隔壁邻居，用得着如此礼数周全吗？在我的不解中，又看到了后门的小嫂子抱着一岁半的孩子林林到我家串门了。闲话两句半，好动的林林把家里弄得乱七八糟，在满怀歉意中小嫂子带着孩子离开了，落下一个红色塑料袋在沙发。

我追了出去。“这是你妈托我打的衣服”，摊开，一条草绿色的背带毛线裤，足足可以装个五岁的孩子！回到母亲的房间，打开樟木箱，全是一个一个的塑料袋，里面或装着一件，或装着一套宝宝衣，从刚出生的再到十多岁孩子的毛衣：各式各样的花样，多姿多彩的颜色。套头衫、开衫、背带裤；小白兔、小猪、小孩；波浪纹、麻花纹等等，整个一毛衣大荟萃。

突然想起了母亲抱着林林在公园的长凳上换尿布手忙脚乱的样子……

老妈去打工

初六，年未过完，年近六十的老妈便再次背起行囊，挤进了南下打工的滚滚洪流，继续她的保姆生涯了。

在此之前，她几乎没有离开过家。当年我在南昌求学时，她就是再想我，也不敢一个人去看我，非逼着爸爸找个周末陪她一起来。回去时，我先打好电话叫家人在车站等着，再把她送上汽车。后来每每出游带着她时，她也总是紧紧抓住我的手，寸步不离像个孩子，仿佛一转身我便会把她丢了。就这么一个胆小的老妈，这回却破天荒对着全家宣告：我要去广东！我要去打工！

出门前几天，老妈脸上像开了花，表现得可高兴了，动不动就对着家中大大小小一顿得意："天天嫌我唠叨，这下好了，不管了！眼不见为净，离你们远一点，让你们过自在日子去。"又扯开大嗓门和她的麻友们炫耀："我要去广东看大世界去咯！"收拾起东西来，洋洋洒洒三大包，一包是日常换洗衣服和日常生活用品，一包是棉袄、毛衣毛裤等专门冬季保温的衣服，再一包是家里的霉豆腐、霉干菜、萝卜干、橘子皮、干辣椒等佐餐小菜。随身小包、贴身衣服里则分别塞了一张写满了我们工作单位、家庭住址、联系电话等详细内容的信纸。还特别嘱咐我要寄一份到东家家里，说是防止掉了找不到了就回不来了。大家都劝她，那边天气好，各种条件都便利，什么都买得到，不必带这么多。老妈眉一皱，眼一横，振振有词："变天怎么办，不带衣服不要冷死我咯？胃口不好，没有萝卜干霉豆腐下饭，不要饿死我咯？"呛得全家哑口无言。

出门的火车在晚上。在此之前，她的表现都是即将逃离我们的雀跃。只是当这一天真的到来时，老妈却变了个样。凌晨五点，当我们还躺在暖烘烘的被窝时，她早已把全家换下来的脏衣服全洗了，像万国旗一样挂满整个院子。上午则拉着我在家里来来回回，这个橱子里是你爸爸的棉袄毛衣，那个柜子里是天热的换洗衣裤，樟木箱子里是晒好的被子，客房用的；我不在家，你要常回来，给你爸打扫卫生，带仔仔过来给他做伴；要天天给他打电话……下午则把我们赶出门，一个人大汗淋漓打扫卫生，又是抹又是拖的。伺候好全家吃了晚饭，抱着孙女外孙在旁边看电视："奶奶去赚钱，会不会想我啊？"不会！孩子们对着精彩的电视目不斜视，脱口而出。

这两个没良心的家伙，白疼了！老妈笑了，但笑出了眼泪。之后便不再言语，红着眼眶盯着电视。

一个月赚两千,一年就两万四，干两年就有五万块了。以后有个大病小灾的也可以贴补贴补，不用你姐弟太艰难。我不在的时候，你要帮我好好看着这个家。临上火车，老妈红着眼和我说了最后一句话。

（本文发表与 2013 年 6 月 2 日《井冈山报》）

纠结的母亲

我能强烈感受到病房内一个纠结的眼神就那么一直流转在哀嚎的我和忙前忙后的弟弟身上。

5点半。医生来进行下班前的最后一次查房。这时，稍缓疼痛的我才有精力看一眼病友——一位大概60岁的乡下妇人。肤色黝黑，花白的头发凌乱的散落胸前，岁月镰刀在她的脸上镌刻出一条条蜈蚣般的皱纹，右手捂住的胸口不断起伏，微微隆起的后背颤抖不停。外套的纽扣已经解开，露出了里面同样解开了扣子的老式毛衣和领口松散的泛白棉毛衫。破旧的毛线帽子无奈地蹲在有着刺鼻消毒水味的白色枕头旁边，床头柜上的饼干已经打开，剩下零零碎碎的几块。老人左手撑着床沿，有气无力的有一句没一句回答着医生的问题。

医生的声音越来越大，语气也渐渐冲了起来，完全没有刚进门的轻言细语，这让我不觉反感：怎么能对生病的老人如此恶劣的态度？细听一下，方知原委，老人家反复高烧，冷热交替，从一大早孤身进院起就无人照顾，早中两餐全靠柜子上护士送的那一盒饼干对付。难怪医生会生气，那是对病人家属冷漠亲情的愤怒。当他坚决地从老人嘴里得到其儿子的联系方式准备打电话时，老人家却连连摆手，眼睛盯着地面的痰盂，不断阻拦："别打电话，他在上班！"

"那就等他下班过来！"

"要给小孩做饭！"老人的声音渐渐低了下去，我的心却一下吊了起来：就算自己病得下不来床也不麻烦孩子，担心他的工作，担心他来照顾自己会影响孙子的正常作息，可作儿子的心中又有多少位置留给这位孱弱的母亲呢？

电话终于在我的期盼中打通了，儿子那头对于医嘱的答复我无从知晓，但从医生逐渐回稳的情绪中不难得知结果。我不知道这个儿子对于老人平素有多大的孝心，可从老人刚才怯弱却又渴望的眼神中不难看出她对亲情的祈盼。这是多么纠结的感情啊，想见却又怕见。想要得到儿子的照顾却又担心影响他的生活；渴望亲情的包围却又害怕影响了他为父的责任。石榴满腹都是籽（子），一心一意为了孩子，就算是卧病在床也不忍麻烦，就算是独自凄苦也不愿孩子奔波。

暮色渐渐降临，老人家的精神却一下好了许多。拢拢头发，整整衣服，压抑着咳嗽的脸上不再凄苦，浑浊的眼睛也光亮起来，坐在床边双手紧抓着床单盯着门口，仔细关注着走廊的动静。

我不再哀嚎，强忍着疼痛陪着老人一起守望，多希望下一眼就可以看见一张充满歉意的脸站在门口。

（本文发表于2012年10月26日《粮油市场报》）

老　蒋

"娟婆子，长大了嫁谁啊？"

"嫁老蒋！"

年幼时，每每有人问我这样的问题，答案都只有一个——老蒋！原因很简单，印象中老蒋几乎没怎么打过我，还给我买了全村小丫头片子当中第一块电子表！现在想来这是在当时有着严重重男轻女情结的农村对我这个女儿多么无声的重视啊。这样的男人，我怎么会不爱呢？待到情窦初开的年纪，我便以老蒋的标准去衡量身边每一个过往的男子，却发现不是太幼稚就是太肤浅，不是缺乏成熟感就是没有安全感，完全不敌老蒋分毫。想想，这年头找个老蒋那样的男人真不容易。能对长辈孝敬关怀，又不会对孩子怒目相向；可以对弟妹帮助扶持，又能对朋友仗义相助，最重要的是对老婆那是一等一的好。这样的一个男人，到哪里找去？

老蒋是个良善孝顺的人，家中长子，底下弟妹四个。五十年代出生的人，上山砍柴，下地挑粪，自是吃了不少苦。却让他养成了能吃亏，肯担当的好品格。八十年代中期，寡居多年的老姑婆生病，半月不得动弹，吃喝拉撒全在床上。表侄子老蒋知道后，二话没有，叫上几个壮小伙，抬个铺板，裹着大棉被就把老姑婆连夜送到了三十里外的镇医院。挂号、交费、找医生、托熟人，里里外外全是一个人。还垫了八百多块的住院费、手术费——那可是老蒋刚参加工作三四年才辛辛苦苦攒下的钱。老人家油尽灯枯时，指着床底下那个乌不溜秋的小坛子，说是留给老蒋的，感谢他送了她这个老太婆在人世间的最后一程。五天后，帮衬着族人把老人的丧事办完，老蒋领着众族人到了老人的床头，指着那个小坛子给他们看后便悄无声息地走了——等大家发现那一坛子东西全是老人家积攒一辈子的"袁大头"时，老蒋早已不见了踪影，那个坛子他原封未动！

对待旁人如此，对待亲人自不必说。上半年，逾八十岁的奶奶、外婆像约好了似的，一个刚从医院出来一个立马又接着进去，总是"老大老大"地直叫唤，这个时候老蒋就更忙了：年幼的孙女外孙缠着他要喂饭、要陪着睡觉、做游戏；年老的母亲、岳母在医院要打针、要陪护；家里的食杂店要守着，怀孕的媳妇要搞好伙食加强营养；单位的工作还要顾着不能丢，忙得老蒋像个陀螺连轴转，一下子老了十几岁。劝他别那么操劳，能松手的就松手，快六十的人了有什么事就让其他人去做了，动动嘴巴指挥指挥就可以了。可老蒋总说，忙点累点没什么，只要一家老小没什么说的就可以了。

老蒋是个朴素浪漫的人。粮校毕业后，老蒋在县粮食局上了班。老妈依然还在乡下种着几块贫瘠的土地外带我和弟弟。星期天回家，老蒋总是穿上一身肥大的粗布衣服在地里耕地、施肥、种花生、收油菜、剪枝、打药，比日常在家劳作的男人更卖力认真。作为一个脱产干部，这样的劳作难免引起村里男女老少的议论，可老蒋毫不在乎。多少脱产干部一脱产就脱家，离了糟糠找新人，可四十年过去，老蒋却依然和发妻恩爱如初。

90年代末，县城刚兴起过情人节，我兴冲冲跑到他跟前去为母亲讨赏："今天是情人节，也给老妈买朵玫瑰吧！""去去去，小孩子家的，瞎凑什么热闹？还玫瑰呢，又不能吃又不能喝的，就晓得浪费钱！他脸子不耐烦，把锅铲磕得"咔咔"直响，吓得我像个老鼠一样溜掉了。傍晚，他从地里回来，提着满满一篮子菜，手里还拽着一大把顶上零星开着黄花的白菜条。"老婆子，咱们今天也过过外国人的情人节，也送把花给你！"接过白菜条的时候，老妈的脸上露出了少女般羞涩的笑容。饭桌上，趁着老妈不注意的时候老蒋对我说："看见了吧，一把白菜，让你妈高兴了，还添了一道菜，多划算！"是啊，如此朴素浪漫的情怀，在周遭的男人中，也只有老蒋可以做得到！

老蒋是个体贴慈爱的人。年少时分，向往电视中义薄云天的朋友情谊，崇拜电影中患难与共的同学情，于是生活中的许多举动也不免向着这个方向靠拢。学校伙食单调，清一色的青菜豆腐大锅烩，哪里有现在精致的点餐制生活。很多农村的孩子一个月都回不了一次家，吃不上一顿荤腥。于是，一个月总有那么几天，乖巧的我常借口课业繁重、作业多，往返家中吃饭浪费时间，要到学校搭膳。又说学校伙食不好，央求老蒋给我炖红烧肉。而事实上，这些好菜几乎都拿给我的哥们姐们改善伙食了。时间久了，老蒋发现了苗头，便要我邀请同学们来家吃饭。红烧肉、酸菜鱼、酱牛肉，荷包蛋，对于正在长身体的少男少女来讲，厨艺绝佳的老蒋做出的一桌子家常菜无疑是他们的饕餮盛宴。为了避免大家的不自在，贴心的他总是大汗淋漓做完饭就悄悄离开，由着我们信马由缰、海阔天空。老蒋的慈爱与宽容让我在同学间倍有面子，大家都羡慕我有这样一个亦父亦友的知己。久而久之，大家便如同我一般和老蒋打成一片，无所不谈，从学业到理想，从感情到期望。

多年之后，我已然出嫁，可每每远方的朋友归来，总是来不及归家便来老蒋处点卯。点着烟，喝着水，促膝长谈，一同分享这些年在外奔波的酸甜苦辣，好像他们才是无话不谈的莫逆之交。等到交朋友了，有小孩了，便全家其乐融融跑到老蒋面前来拜年，看得我是羡慕加嫉妒。

这就是老蒋。若是讲起他的故事，那是三天三夜也讲不完。可就是这么一个平凡而普通的男人，却是我一生中引以为豪的父亲，畅谈心声的朋友，彷徨无助的指引，幸福快乐的见证。因为有他，所以有我；因为有他，所以有乐。在他六十岁的时候，我充满感激，充满感谢，也充满祝福：老蒋，生日快乐！老爸，一生幸福！

姜汤面

自小不喜面条，更厌姜蒜。可偏偏我是个娇气的姑娘，动不动就感冒发烧。不能吃药，吃药就吐；不能打针，打针就哭。

怎么办呢？姜能发汗，红糖驱寒，后来只要一感冒，父亲就给我煮驱寒散湿的姜丝红糖水。我喝得那是一把鼻涕一把眼泪，简直像经历了一场酷刑。哭得更是稀里哗啦，父亲也唉声叹气。

又一场感冒不期而至。父亲赶忙走进厨房，不一会就端来一钵面条让我吃下。

不吃不吃！看见就烦！一点，就一点点。父亲讨好着端到我眼前。

没姜？没姜！他连忙把面拨开，果真没有看到姜块、姜片、姜丝、姜米；没蒜？没蒜！拿着勺子把汤一搅，还真没有看到蒜蓉、蒜末。

原来也没有想象的那么难吃。可是没有辣椒，怎么汤里还有辛辣的味道？

走进厨房放碗。父亲的老花镜搁在案板上，一个小碗里面盛满姜米蒜末。

母亲告诉我，原来为了把汤汁熬出来，父亲特意把姜蒜切成米粒般大小，早在一个小时前坐锅开火小心熬着。为了让我不看到这些讨厌的佐料，用漏勺过滤掉这些残渣之后，他又带着老花镜，把“漏网之鱼”一颗一颗捡了出来。然后放上胡椒粉，继续熬。等我一到家，他便盛了出来，再用清水煮了一撮七分熟的面条放进汤里。洒上葱花，淋上麻油，端了出来。

早上起来，我又活蹦乱跳，背着书包就往外跑。父亲的眼睛眯成了一条缝——笑了

（本文发表于 2015 年 6 月 28 日《每周文摘》）

别告诉爸爸

儿子生病，不接电话，却说野小子疯得没着家，实际情况还是别告诉爸爸吧；

工作瓶颈，原地踏步，却说顺风顺水地干着，沮丧情绪还是别告诉爸爸吧；

曾几何时，生活中一有个风吹草动的，全家人在第一时间相互通气商讨解决办法的时候总会互相提醒，别告诉爸爸！

爸爸老了。原来背着我们几里路不停歇的背开始驼了；原来伏案在桌奋笔疾书的双手开始颤抖了；原来昏黄灯光下飞针走线的眼开始昏花了……总之一句话，原来那个风度翩翩的俊朗男人不见了，代替他的是一个头发花白、脾气古怪、身体孱弱的老头。

不知什么时候开始，那个无所不知、无所不能的搜索引擎变成了现在这个动不动就问为什么，时不时就说怎么办的问题专家；那个能将豆腐做出肉味，于简单处见精致的居家男人变成了现在这个或忘记加盐，或咸死了卖盐的健忘厨师；那个总在身边鼓励我们不服输不认命、奋发图强的指路明灯变成了现在这个动辄以命理论、天命论来断言人世的茅山道士……不知不觉间，那棵能为我们遮风避雨的参天大树已渐渐凋零，在暮年的风雨中左摇右摆；那个温文尔雅，谈吐不凡的谦谦君子已渐渐衰老，在夕阳的余晖中步履蹒跚。爸爸，真的老了！

老小孩、老小孩，老了的爸爸像个天真无邪的小孩。他会为一句他不认同的话而肝火大动，气得吃不下睡不着；会为找不着合适的衣服去参加同学聚会而愁眉苦脸，卧室厨房来回穿梭，急得上蹿下跳；会为幼儿园小侄女的一个简单舞蹈喜笑颜开，到处炫耀宝贝的多才多艺。以往喜怒不形于色的脸现在越来越像不着调的天气预报，说变就变。前一时还眉飞色舞神采飞扬，后一时就愁眉不展乌云密布；前一刻还午后暴雨倾盆而下，转身就碧空如洗彩虹高挂。家中的气压总能在爸爸的不经意间转低拉高，让全家人随着他的情绪快乐悲伤，起伏跌宕。

于是，我们便像带孩子一样地哄着爸爸。买件好衣服给他，假装那不过是三四十块的地摊货，便宜；时常回家吃他做的怪味饭菜，夸奖那是三四十年宝刀不老的真功夫；听听他发表的各种高谈阔论，假装崇拜他历经人世沧桑的真知灼见……其实，一转身，我们该干嘛还干嘛，只是当着他的面不说而已。

嗨，今儿个这话，可千万别告诉爸爸！

公公的菜地

2010年春节前夕，远在上海打工的公公被儿子的哇哇啼哭和幽怨眼神给招了回来。没有办法，还未到入学年龄的他总不能天天跟着我和丈夫去单位当小跟班吧？

公公的归来，无疑是旱地甘霖。一下子把我们两个从家庭的忙碌中解放出来：孩子每天可以睡到自然醒，我们不用强行把他弄哭叫醒交给楼下邻居帮忙照看了，因为公公会在房间守着他；每天我们夫妻俩也不用起早摸黑连轴转了，又是买菜做饭干家务又是帮他洗澡喂饭陪他玩了，因为公公都干得妥妥的；就算是工作繁忙加个班熬个夜出个差什么的，也不用两头记挂，一会担心工作没做好一会又担心家里一团糟了，因为家务活公公都会弄得好好的。

与奶奶外婆这些中老年妇女操持家务带孩子不同，一名六十多岁的老爷来干这些事，在小区里还是一个挺特别的存在。工作交接后不久，他就开始带着儿子在距家十多里之外的菜地里忙碌开来。于是，除双休节假日之外，几乎每天总能看见他骑着电动车带着儿子在家与菜地的路上奔走。

菜地还是多年前他在家的时候开出来的。老人闲不住，那个时候还骑着自行车帮人送液化气。没有生意的时候，他便拿着锄头镰刀在对面的山上开荒。锄草、挑石头、捡砖头，运土、趴平、整地，中间辛苦自不必说。几年零零散散的功夫下来，倒是整出了一块近两千平米的大菜地。只是还没开始种上菜，便去了上海。几年没回来，这不又荒上了。

我和丈夫颇有怨言，带孩子就专心带孩子吧，干嘛还要那么费心费力去捣鼓菜地。那地又远又贫瘠的，难道还会有什么好收成。可公公却想把它变成一个百果园。于是，整个春天，我就看见他带着儿子骑着电动车今儿个几棵柚子树、蜜桔树、桃树、梨树往山上带，明儿个一把葡萄藤、枇杷苗、杨梅苗、李子树往地里栽，再过几天又是一小捆板栗树、石榴树等等，真有大干一场的架势。想想到了盛果期，菜地变果园，到处瓜果飘香，那时候小孙子也变成大孙子了，站在树底下摘着果子，吃着爷爷亲手种出来的各种美味。那种景象，别说老人家想得眉开眼笑的，把个小孙子哄得两眼发亮，就连我听了都口齿生津。

只是，理想很丰满，现实太骨感。勤劳的公公总觉着等着这些果树成气候还得几年，这地闲着还是闲着，总得长出点什么吧？不然是杂草不然就是蔬菜。于是他又开始在地里种上了花生、黄豆、绿豆、茄子、辣椒、西红柿、红薯等农作物。这一来二去，倒也有些收获。每每看到他嘀回一把比他还老的空心菜、或者是嚼也嚼不动的韭菜时，我总会拿这些去和菜市场的新鲜时蔬比较，得出一个结论：您可不是个擅长农事的农民。可这并不妨很他老人家把全副的精力全部放到照顾孩子和菜地上。白天，垫张大油布，他把儿子放在旁边的树底下或坐或爬，几根狗尾巴草，一把路边的蒲公英就打发了他。老人家一边锄草一边种菜一边还得时不时抬头看看宝贝孙子在干嘛，是不是把地上的泥土往身上擦，或者又是把什么乱七八糟的东西塞进了嘴巴。看着小家伙一瘪嘴，听着他满口“爷爷爷爷”地叫着，公公又得立马放下手中的活计，洗洗手哄一哄抱一抱喂喂水或者开包饼干给他热垫肚什么的。等小家伙吃饱了喝足了在树底下睡着了，他又偷偷转回头背起药水桶子打虫去了。苦夏时分，地里都旱起烟了，他更忙了。每天做完晚饭等我下班之后就匆匆忙忙往地里赶。到一里地外的小河里一担一担挑水，然后再从那个几乎倾斜了60度的斜坡下去给菜地浇水。河水淌到黄土上，一踩一个滑，可公公还是一趟一趟来回。几乎每天晚上都要干到八点多种才回家。

尽管这样辛苦操劳，我的那个“不擅长农事”结论还是在第二年的春天再次得到了无情地印证，不知道是土质原因还是管理方法不对，他头年栽下去的果树全军覆没，一根没留。可能是栽杂了品种不好管理吧，单种一个总没问题。于是，他又让我找人给他到苗木基地寻了一百株井冈蜜柚苗。办不成百果园就上个小蜜柚基地吧！一棵树上一个果，一年一百个蜜柚，也基本够管家了吧？公公这回想得可谨慎了。而我也常常把从伺候了一辈子橘树的母亲那偷师的建议告诉他，该挖盘埋肥了，该树兜钩虫了，该剪枝固干了，该捂温防冻了。这么言传，这下总该好好的吧。

可天总不遂人愿。这一百棵果树苗到最后都成了公公蒸糯米做冬酒的柴火了。而他悄悄从老家盘的几蔸竹子反倒在角落里越发越多，渐渐开始有了蚕食菜地的迹象。以今年自家晒了笋干为佐证。真是有心栽花花不成，无心插柳柳成荫了。而邻居家、亲戚朋友家甚至我和丈夫同事家的餐桌上，也常常出现公公种出来的茄子辣椒豆角红薯了。每每公公汗流浃背地走东家窜西家送菜时，总能看见

他黄铜色的脸上憨憨的笑意。

再过几年，儿子可以独自上学不用接送了，菜地里竹子也成林，到时候我这个闲不下来的公公又要忙活些什么呢？

我和公公的战争

我和公公的战争常常一触即发。

他的眼里，我就是一后娘级别的亲妈，狠着呢！因为在对待我的儿子，他唯一的宝贝孙子问题上，他有他疼爱的固执，我有我狠心的坚持。这样的固执与坚持常常南辕北辙，因此家中常常看见我们的战争。

比如说吃饭，尽管公公的耐心不会像其他老太太一样，追着不吃饭的宝贝屁；股后一喂就是一两个小时，但他也会买些香香脆脆重口味的零食来满足孙子早已疲倦的味蕾，填充他尚未鼓起的小肚子。而我的做法通常就是端起饭碗一走了人，除了喝水之外所有吃食一概免谈。再比如说游戏，隔代的溺爱让儿子在公公面前的一切行为都是合情合理合法的，他可以放任小家伙拿着小木棍毫无轻重地敲打在他的背上，脸上还笑眯眯的，洋溢着幸福的笑容；他可以容忍已经学会走路的儿子缩起小脚，像膏药一样贴在他的背上一两个小时不下来。而我看到这些的时候则是直接拿过他手中的小木棍敲打在儿子身上，或者就是把他从公公身上扯下来，然后用自己一百多斤的吨位直接压在儿子背上，也要求享受背的滋味。还比如说学习，公公天天抱怨儿子上了三年县幼儿园，还写不了一个“大”字，然后以羡慕的神情告诉我，某某某在私立幼儿园读书，现在已经能看报了；而我则在每个周末或假期带着他到处疯玩，要求小家伙每天做着洗袜子，倒垃圾，收拾玩具，拖地这些公公眼中家庭妇女干的活……

如果你给了他零食，那他尝到甜头之后就会常常不吃饭，反正还会有更美味的东西等着，爷爷会买！长久就会养成不按时吃饭甚至不吃饭的坏习惯。可公公却说，吃就吃呗，就一个孩子，又不是买不起！现在放任他闹着玩打你，以后等他长大一些就收不住手，对长辈没有起码的尊敬，何谈孝顺？哪里有那么严重！我对他那么好，他会对我不好？公公一脸质疑。读书认字不是幼儿园孩子的首要功课，愉快的童年，快乐地成长，独立的生活，男子汉的担当才是一生的财富。可公公却说，白瞎了一年几千块钱的学费，不读书不认字在家干活不说，上学还搞什么系鞋带比赛！两代人教育孩子的理念不同，所以常常产生分歧。每次我和公公交谈的时候，总是告诉他，孩子不能那么教，会教坏的。可他不是表示强烈反对，就是固执地你说你的，他做他的。

一天傍晚，儿子和邻居小朋友在门口追追打打闹着玩。我和公公坐大门口聊天。“妈妈，妈妈！”一会就听见了儿子的哭喊，小家伙像只青蛙一样；双手撑着地，对着我们泪眼汪汪。看来是摔着了！“来了，来了！”一看这模样，公公忙从椅子上站了起来，抬起脚就要跑过去抱。“他在叫我呢，没叫你！”坐着动，我制止了公公想要去帮忙的胸步，终是停了下来，公公站在我和儿子中间，心疼地看着那摔倒在地上的孙子。

“爬起来呗！”我对着儿子招呼。儿子不青，说什么摔痛了。难道摔得痛不痛和起来的方式有关？痛都已经痛了，那就做一个勇敢的孩子，再自己起来！对于我的无动于衷儿子无可奈何，看来在妈妈身上是不能寻找到安慰了，又开始嚎；“爷爷，爷爷！”这下是叫我了吧！公公的脚又开始了蠢蠢欲动。“过去干什么？让他哭，哭累了就会起来了！”于是，儿子的嚎啕大哭成了我和公公战争的催化剂，在我的无动于衷和公公的于心不忍之间演绎了一场没有硝烟的战争。“宝宝，起来呗！爷爷带你买吃的去！”看到我狠心的坚持，公公无柰，只好蹲在地上，面对着儿子，摊开双臂，恨不得长了一双神仙的大手，可以把儿子从粗糙的水泥地上捞起来。小家伙的鼻涕一耸一耸，看到爷爷的手越伸越近了，立马把头仰得高高的，小手也伸了出来，活像一只讨巧的小海狮，开心得不得了。“爸爸，家里没盐了！”一看这阵势，我连忙走了过去，把公公支开。

最后的结果是公公心不甘情不愿地去了超市，临走还抛了我两颗卫生球，“后妈样的女人”。我站在儿子面前，一直就那么看着他。小家伙哭了两嗓子；后，一骨碌爬起来又和小伙伴们跑远了，晚上还吃了两大碗饭！

其实我和公公心里都清楚，所有战争的引线，都是教育方式的不同。而根源，那是每个人对孩子一点一滴最细微的爱。

公公存盐

周末收拾阁楼，旁边角落里一个大大的塑料袋，里面安安静静躺着十几包食盐。

公公肯定又健忘了，买了东西就床底下、抽屉里到处乱放，自己都找不着。这下可好，还把这么多的食盐放到阁楼上来。幸亏不是什么保质期短的食品，不然铁定又得浪费。我摇摇头，提着袋子将食盐放到了厨房。

“这是我存的，每次存着存着就被你拿出来用了，下次不准拿！”公公边说边去拿他的盐。

存盐？这倒是件稀奇事。原来我把老人家的特意为之曲解成了健忘之事。“老太太更厉害，她都是一百斤一百斤地存。”听到我说的稀奇事，先生不以为然。

原来这还是家里的一个优良传统呢。

慢慢发现，公公对于盐特别钟爱，去小区商店破整钱换零钱，他就去买盐；超市搞活动，送蛋送纸送盐，他就是选盐；电话积分兑礼物，瓜子花生肥皂洗衣粉食盐，不用问，肯定还是盐。总之，只要有盐存在的选择题，他必定心无他念。所以我们家厨房里，阁楼上，床下，抽屉里到处都可见盐的踪影。

我不知道为什么公公对于盐有着这么深厚的感情。

尽管未经历过战争，但不可否认他曾是个军人这铁一般的事实。有时我烧菜勺子多舀了一点，就会把多余的盐倒掉。他看见了“啧啧啧”觉得可惜，然后拿个小碗接住：“下餐再用。”硬是舍不得浪费一点。

“打仗的时候没有盐，你哭都来不及。”公公又开始和我忆苦思甜，看人家潘冬子，为了完成任务，还把自己的棉袄用盐水浸透给山上的红军送盐呢！《闪闪的红星》这一段经典在我们家隔三差五就要来一次回放，而每每这个时候，弄得我好像犯下了什么十恶不赦的大罪一样。

于是，我开始找资料，看看盐除了基本的调味之外到底有多么重要。原来人长期不吃盐，会发生食欲不振、四肢无力、眩晕等现象，严重还会产生厌食、恶心、呕吐、心率加速、视力模糊等症状。在药物匮乏的战争年代，盐甚至还可作为外用杀菌消毒防腐的药品。人类从耕作时代开始，便开始寻盐，并把它添加到食物中。库兰斯基说，在观察野生动物留下的脚印时，它们合周期性地重复走别些通往天然盐矿的道路。在纪录片中，盐、火柴、糖等也被列为战争年代首要笔需品，需国家调剂、政府专卖，以防市场案乱产生动荡。想一想，万一家里长期没有盐，那会是一个什么样的结果？难怪公公爱存盐，这么重要的东西，多多善，有备无患嘛。

记得前些年来典疫情来袭时曾闹过一次所谓“盐荒”，大家纷纷去市场上抢盐，成箱成箱买，整袋整袋拖，一元钱一包的食盐被炒成了几十元的天价。公公那时候却稳如泰山，咱家不差盐！

（本文发表于2016年6月8日《吉安晚报》）

爱上一个人，恋上一座城

记得数年前曾写过一篇抒情短文，叫做《不喜欢峡江的理由》，洋洋洒洒数千字，论点明确论据充分论证合理，一点两点直至四五六点，结论斩钉截铁。就连现在一看到它，都能深刻地感受到那时的自己有多么不喜欢峡江这个地方，多么不喜欢把自己伟大梦想囚禁起来的这座小城。

一直以为是小城禁锢了梦想，但十多年过去，却发现是自己早已习惯了这里的生活，不再奢望远行。简单随性自由，可以按照自己的方式生存。不用每天起早摸黑，奔波于城市的头尾之间；不用每天提心吊胆，担心雾霾、PM2.5 等现代化工业产物充斥于家庭与工作之间。早点起床公园遛遛，听听鸟语，闻闻花香，悠闲自在，一位多年旅居在外的友人甚至给予了它“小新加坡”之称。原来自己一直生活在花园般的城市而不自知。没有幸福感并不代表你不幸福，只是幸福太多早已习以为常了。

但真正让自己停留下来的并不是美丽的风景，而是陪你看风景的人。年少时分，对于未来毅然决然。当无法浪迹天涯的时候就选择乖乖回家。而命运的潮汐却将我的人生小舟推到了这个离家说远不远说近不近的小城。新搬迁的小县城，人还没有房子多，一下把这颗爱热闹的心打入了冷宫。没有超市没有酒吧没有ktv 没有游乐场，没有同学没有朋友没有亲戚没有闺蜜，节奏感简单得只有上班下班，下班上班。办公室再无聊尚有人气，多少可打发；房间只身影孤却聊无可慰。每个周末，我如同一头被囚禁等待放风的小鹿四下逃窜，迫不及待离开这个没有生气的地方。感情上的无所依靠，生活上的无所寄托，突生了对这座城市的厌倦。每天上班睡觉，睡觉上班，无所归依的心灵逐渐开始荒芜。

直到遇到了他。都说爱情是在恰当的时间恰当的地点遇到恰当的人。就在孤独寂寞的时候，就在孤单无依的时候碰上了同样内心寂寞的他。两块南北极的磁铁慢慢吸引，逐渐靠拢，最后紧紧依偎。从以前每天等待上班到每天期待下班，从每天张望太阳到每天渴望星光。几年了无可依的日子过去了，终于渐渐开始有了期待。期待天气晴好的夜晚，闪烁星光下，绕着湖畔一圈又一圈，好像永远都不会累的一双渐行渐近背影；期待凉风习习时，夜色遮掩下，坐在幽静凉亭巧言细语，好像永远都说不完话的两个越靠越紧的身影；期待细雨蒙蒙时，温暖灯光下，一人坐在窗前吹着口琴一人傻傻看着的温馨；期待临近下班时，自行车“铃铃”响着，坐在后座，手圈着他的腰，爬坡路上他气喘吁吁的气息……着他看到熟人加快脚步装作不认识自己的尴尬样子；就愿意看着他想要快放开的紧张样子；就愿意闹着他，看他憋红了脸而我却赖在他背上不起来的无赖样子……苍白的日子逐渐有了色彩，生活开出了缤纷的花。素日里漫长无边的日子不知道什么时候开始缩短，短得好像刚刚见面却又马上要分开。明明都已经说再见各自回去，可仍然忍不住偷偷回头看着他路灯下愈行愈远的背影。难道这就是传说中的还未分别却已开始想念？

没有轰轰烈烈，没有大悲大喜，一切顺其自然，水到渠成。爱情悄然种下，生长出了亲情的花。恋爱，结婚，生子。因为有了他，这座小城也不再那么面目可憎。因为在这个地方，有了爱情的结晶，这座小城也逐渐开始有了温暖。当我抱着儿子在娘家坐月子时；突然会想那个孤单的男人现在在家干什么？是否也如我般思念着他？思念着我们的孩子？每到周末当我在娘家和家两地辗转时，就不由开启了在他身边思念孩子，在孩子身边思念他的模式；开始了两头牵挂的日子。日子一天一天过着，心安定下来了，孩子也回到身边渐渐长大。送他上学，听他叽叽喳喳；接他回家，听他笑声挥洒。因为有了一个他，我们拥有了一个更稳定而牢固的家。自己再也不是在这座陌生的小城孤独求生，而是和心爱的人一起看云卷云舒，花开花谢，一起经历人生的风吹雨打。

逐渐爱上了这座小城，爱上他春日里满街飞舞的樱花，爱上他凉风习习的盛夏，爱上他秋季飘香的果实，爱上他有冬天纷纷扬扬的雪花。有时候想想，爱上它，并不是它有多么美丽的风景，而是有没有美丽的心情，有没有细心发现美的眼睛，心中有没有爱。想一想那时的我，除了逃离别无所求，又怎会发现身边如此美好的风景？若不是有了他，还有了那个调皮捣蛋的小傻瓜，我又怎会觉得每天生活在西双版纳？又怎会每天在甜蜜中沉睡，然后在微笑中醒来？

因为爱，所以有了期待。因为爱，所以会倍加关怀。其实，生活真的很简单。爱上一个人，自然而然就会恋上了与他有关的一切，包括那座自己曾经不爱却与他有关的城。

退后原来是向前

婚后，在各自父母宠爱下个性十足说一不二的我和他开始了两个人的居家生活。

浪漫的烛光晚餐还未开始，我们便为谁买菜，谁下厨，谁洗碗，谁拖地等问题发生了争执，针尖麦芒，爆发了一场旷日持久的冷战。

母亲知道后，匆匆从四十里外赶了过来。对我们这两只气鼓鼓的青蛙没有任何指责。递给我一把拖把拖地，交给他半只老母鸡下厨。

拖把是新的，水是清的水。拖把在前我在后，直挺挺一路向前，不一会便将客厅拖完了。母亲盯着我身后杂乱的脚印不做声。无奈，我只有再走过去把脚印拖掉。只是在这来回往复间，我的身后永远都有擦不完的脚印。他那边倒是省事，把水一放，鸡一丢，盖上高压锅，便坐在电脑前优哉游哉地玩起了电脑。

吃饭了。我对他所谓的土鸡汤嗤之以鼻，汤几乎全干了，鸡肉也成了鸡糜，像极了病号奶奶的饭食。而他则看着地上那依旧清晰的脚印冷笑。一顿饭就在我们的冷眼相看两无言中结束。

母亲依旧不做声。她拿起拖把，开始打扫。拖把还是那个拖把，水还是自来水，可母亲身子前倾，背微微驼下，双手拿着拖把前后推动，边拖边往后退。所退之处，镜子般光亮，没有任何杂乱的痕迹。从客厅到厨房，所到之处，一尘不染。接着，母亲又在厨房坐上开水，拿起剩下的半只鸡放入锅中，锅开后浮沫漂满了整个锅面。母亲调小了火，拿着漏勺轻轻撇去浮沫，等差不多了，又重新开大火，拿勺子轻轻搅动锅底。两三次重复动作，浮沫全部撒干净了，小火煨着鸡汤“咕噜咕噜”，房间里飘荡着诱人的香味。

母亲给我们讲起了老人的故事。爷爷是典型的炮仗性格，稍不顺心就大发雷霆。这个时候，奶奶从不指责争吵，该干什么干什么。等脾气发完，奶奶便开始摆事实讲道理，硬是把个能言善辩的爷爷说得哑口无言。试想，若你奶奶顶着这阵风上去闹，就算是对的，可依你爷爷的个性，这个家能不鸡飞狗跳？同样是拖地，为什么我的就能照出影子，你的就乱七八糟？同样是煨汤，为什么我的就散发清香，你的就不成个型？

母亲提点着我们：争赢了理伤了心，少做了事没了情，这家还想回吗？一人退一步，小日子不是和和乐乐的？

原来，退后不是懦弱，而是为了生活更好地向前！

栀子花开

带着儿子散步回来，一股似有若无的清香远远扑面而来。

老公低着头坐在门口，手一起一落，一朵白色的花瞬间从他左侧的红色塑料桶飞舞到右边银白色洗菜盆中。凑近一看：微缩版黄色棒棒糖一般的花蕊散落一地，浅褐色的细状花针凌乱夹杂其中，翠绿色的花托在灰白的水泥地上分外显眼。原来栀子花开了！

看着老公的举动，儿子也立马有模有样地学了起来：找上一枝五体齐全、花瓣水润、长相清丽、通体洁白的栀子花，细心地掰掉底座的翠绿花托，左手轻轻握住花柄，右手拇指与食指合作，把黄帽子白身子的花蕊连根拔出，再精心修饰，把紧贴在六片白色花瓣上端的浅褐色针状花衬一根一根除去。全部完成以后，轻捏花底，高举头顶，用拇指食指交错擦身，白色的栀子花便如同张开的降落伞，缓缓旋转，慢慢下落，带着一丝细微的香风从面前拂过。哇，大自然的电风扇！儿子拍手边笑边叫，任何一个东西都能在他手中成为玩具。

厨房里已坐上了一锅开水。一阵阵花雨随着脸盆轻轻抖动簌簌地落在了锅里。沸腾的水面顿时安静下来，老公撒花我搅水，儿子在旁目不转睛地盯着。不多时，堆积在水面上的花全部随着锅铲的搅动带到了水里，花瓣慢慢变软，直至互相拥挤，贴在一处。水气蒸腾，脸上全是温暖的花香，厨房里升腾起一股浓郁的芳香，甜蜜了整个屋子，也甜蜜了我的心房。没有劣质香水的呛鼻，也没有毒药（香水名）的浓烈，有的只是那弥漫屋子的素雅馨香，仿若秋日香蕉成熟时的温暖，沁人心脾。而自己正置身于一片多情的花海，让人恍惚忘记这只是一对再普通不过的俗世男女正在解决饮食温饱。

美丽的栀子花转眼成了餐桌上一道香香的菜。吃吧，吃了身上都会香香的！一听这话，儿子立马凑到了我身边，耸着鼻子从头发闻到衣角："哇，香妈妈！"掉头又凑到了老公身边："哇，香爸爸！"傻儿子，哪里真有传说中的香妃，只不过一时花香未曾散去，萦绕在身边而已。

再美丽的栀子花也无法永远枝头开放。或经历季节变化，风吹雨打，结出秋日的累累硕果。或开水一泡，油盐酱醋那么一加，变得透明滑润，成了桌上的一道菜。如同女子，年轻时再风花雪月，浪漫情调，风姿卓然亭亭玉立在灯红酒绿的花花世界，也终究敌不过婚姻的平淡琐碎，一日三餐。被生活那么一鼓捣，再不食人间烟火的纯情少女也能渐渐变成讨价还价居家过日子的“黄脸婆”，成为家庭中不可或缺的那盘菜。看着饭菜掉一地的儿子，埋头吃饭不言语的丈夫，或许这就是女人如栀子花花语般永恒的爱，一生梦寐以求的守候与喜悦。

（本文发表于 2013 年 5 月 27 日《井冈山报》）

牵手而眠

结婚七年。

现在躺在床上，我习惯侧着身子，用双手轻轻环着他的右臂，把头微微贴在他的身旁；或者伸出左手的某个指头，勾着他右手的某个指头；再或者把自己那只肥嘟嘟的左手直接塞进他那只粗糙有力的右手中。每每睡不着时，我总会轻轻摇一摇他的手臂，动动我的手指看看他睡着了没有；而他无法入眠时，也习惯用他那只粗壮的右手轻轻捏着我的左手，无声地问着我是否已经开始了与周公的再一次约会。

从来没有想过我们会以这样一种牵手而眠的方式一起告别黑夜，迎接明天。

也从来不知道这样的一种相处会变得如此自然温暖。

我是一个非常没有安全感的女人，总喜欢借助外物来给自己营造一个安全的氛围——比如睡觉喜欢抱着东西。没结婚时抱着枕头，结了婚就抱着他，就像紧紧抱着桉树的考拉。我喜欢把头搁在他的手臂上，喜欢把手搭在他的胸口上，喜欢把脚盘在他的大腿上，似乎只有这样紧紧地贴着他，才能证明自己不是孤独的存在。

我是一个那么感性的人，而他却因为成长的心路历程比较艰辛，所以显得非常理性独立自立。例如睡觉，他可以双脚并拢，双手平放两侧，平稳地躺在床上一整晚。晚上在哪躺下，早晨依旧在同样的位置醒来。而我则是擅长乾坤大挪移的武林高手，一晚上来个 90 度甚至 180 度的肆意大转弯完全不在话下。每每醒来看着左侧那个一动没动的身体，我常笑道：挺尸么？怎么可能睡一晚上一丁点改变都有？

就是这样完全不在同一频道上的两个频率，竟然生活在了一起。最初的他由于刚品尝到稳定家庭的幸福，接着又有迎来小生命到来的喜悦，所以无条件纵容我的种种肆意：头枕着胳膊一整晚也毫无怨言，手搭着胸口一整夜也是甜蜜的负担，更不用说两人的紧紧相拥了。

只是再甜蜜的生活也不如影视精彩浪漫，我们终究回归平淡，每个人都回到了自己原来的模样。我还是过去的感性浪漫，他却依然理性死板。晚上睡觉，刚把头搭了过去，马上一巴掌推开：靠在一起太热了，睡不着！才把手搭过去，立马就被甩了回来：压死了，睡不着！脚一抬起，又被一巴掌拍下：死沉死沉的，睡不着！刚想和他说说悄悄话，也是：吵死了，睡不着！夫妻间的一点点温情就被这些生硬的拒绝压榨殆尽。

他不再爱我！一时间我无法接受那个宠我上天的男人变得如此冷漠无法靠近。我所盼望的相濡以沫没有出现，所期待的温馨暖意不再出现。突然害怕夜晚的来临，害怕躺在两个人的大床上一个人品尝孤独的滋味，害怕看到那曾经温暖的被窝里躺着两个完全没有任何接触的个体。家庭的琐事，孩子的教育，种种心情的不好带来了生活的口角。争吵，厮打，冷战几乎持续了整整两年的时间。生不如死！甚至到了谈论离婚一拍两散的地步。没有人知道从小生活在和睦家庭的我甚至抱着死亡的念头，现在想来都是后怕的。

也不知道从什么时候起，他开始躺在床上叹气，而我则是屁股对着他。我不知道为什么我的婚姻没有像父母那样同进同出，没有像他们那样一个烧火一个切菜，没有像他们那样一个掌勺一个洗碗。我是如此地害怕孤独，恐惧孤单。只是夜深人静的时候，那个不争气的我又会死皮赖脸地偷偷靠近他的身边，小心翼翼。竟然靠着睡不着，我就等你睡着了再靠；竟然抱着没办法睡，我就看你睡着了再抱。就这么一天又一天，从黑夜到白天，我一点一点蚕食他的地盘，汲取那么一点点的温暖。等他醒来时，我又若无其事滚回到属于自己的床沿。也不知道从哪一天开始，当我的双手一直抱着他的手臂时，他没有很拒绝地甩开；当我的指头一直勾着他的指头时，他没有很明显地反对；当我的左手一直放进他粗糙有力的右手中时，他会轻轻回握，告诉我他一直都在。

感觉好像又回到了过去，我的浪漫依然还在，可以一起手牵手从梦中醒来。而他也同样有了属于自己不受太多干扰的夜晚。彼此的磨合迁就让我们有了现在的模样。想来就算是夫妻，也不可能变成两个同心圆。或者完全一样，或者完全包容或者完全被包容。每个人多多少少都会想有自己独立的空间，都会想有自己不想被完全打扰的一面。让对方完全接受自己或者让自己完全接受对方，短暂的新鲜倒还可以品尝，长久的辛苦却无法忍耐。或许每个人都退后一点，在保留自己生活意见的同时留出一片相交的地带空间，或许会多一些晴天。

哪个妈妈不认识孩子的声音

美容院。一溜女人躺在并排的床上敷面膜、做美体。门外一伙孩子叽叽喳喳的声音由远及近，马上又由近及远。

“我儿子过去了。”妇人语。不信，青春少艾的美容师跑出去一看，那名妇人虎头虎脑的儿子正踏着滑板车飞快地追赶着前方，刚刚路过门口的那一帮孩子中果真就有他。

大家惊讶于妇人灵敏的听力，凭着一晃而过的声音就能在七八个孩子当中认出自己的孩子，莫非经过了特殊训练？等你们都做了母亲就知道了，有哪个妈妈会不认识孩子的声音？

从精子着床开始，一个少不更事的少女就开始褪变成一位温柔坚强的母亲。每天忍着孕吐的酸苦强迫自己吃下大象的食量，每天忍着小腿抽筋的痛楚抱着大西瓜散步，每天躺在床上不厌其烦地给他讲故事，每天给他如春风般温柔地轻抚；然后以万般的痛楚换来他人生的第一声啼哭。第一次喂奶，乳头磨得鲜血淋淋，一碰生疼，却流着眼泪直直忍着，让他顺利地开始人生第一餐；第一次分床，害怕被子蒙住了头导致窒息，一夜无眠，生生坐着；第一次生病，担心那只升不降的高烧烧坏了他的脑袋，那只手就那么在他脑门上一直贴着；第一次上学，害怕幼儿园的老师没办法全心照顾，窗外一整天站着盯着…

于是，那小子（姑娘）跟你亲了。每天睁开眼第一句叫妈妈；每天像树熊一样挂在你的身上；每天和你讲着不着边际的悄悄话；小手拉着大手四处逛荡，只为寻找草丛中的那一只调皮的小青蛙；拽着你的袖子到处闲逛，只为寻觅春天那一朵最美的小黄花；伸长了脖子和你吵架，只为争论那个黄头发的明星究竟是哪年生的废话；甩门就走不回头，只是因为你不小心撕了他最心爱的漫画。奶声奶气逗你大笑的是他，甜言蜜语哄你开心的是他，闯了祸低头认错让你哭笑不得的也是他，青春叛逆让你寝食难安的还是他。就是那个疯丫头，傻小子，非但从你身上生生拽走了一块肉，还明目张胆地偷走了你的一颗心。

一个眼神，就知道他想要做什么；一开口，就知道他想要说什么。走进厨房，就能猜到他想吃什么；大汗淋漓回来，就晓得他刚刚干了什么。妈妈，就像只精明的猎狗，嗅着孩子现在的气味，找寻着不在自己身边的印记。考试没考好，老师说是不聪明，妈妈却知道那家伙还意犹未尽回味着昨天的烤鸭；作业没做好，同学说是不认真，母亲却了解小家伙一整晚坐等爸爸回家。妈妈，就像个聪明的侦探，看着原本既定的答案，寻找最初开始的原因。每一次流泪，妈妈在一旁擦；每一次流血，妈妈陪着不害怕。妈妈就是那个木偶，而那根牵引的丝线却一直紧紧拽在孩子的手中。小家伙的一举一动一言一行时刻牵动着妈妈那颗坚强而脆弱的心。

你说说，就这么朝夕相处，日夜相伴，劳心劳力，废寝忘食，又有哪个妈妈会认不出孩子的声音？

小驴陈果

陈果今年刚满四岁。

因为有个爱好户外运动的大驴父亲，陈果自然而然被熏陶成了一头非专业小驴。今年7月份跟着俱乐部一起去了趟资溪大觉山；这不，刚满四岁就又参加了第五届武功山国际帐篷节，独立完成了武功山金顶的膜拜之路。

夜宿山脚。深夜到达，更深露重，停车场里熙熙攘攘，到处都是盛开的帐篷花。找了个角落安营扎寨。旁边暖意融融的帐篷热情地接纳了冷得瑟瑟发抖的小果子。小家伙一边躲在帐篷里吃着饼干牛奶，一边探出头来为正在安营扎寨的我们加油鼓劲："爸爸妈妈加油，快点快点，我要睡觉了！"等到我们的帐篷也绽放在五彩斑斓的停车场中时，他反倒睡意全无，在里面是又唱又跳。

凌晨五点，宁静的停车场上热闹起来了，陆陆续续听见有人起床的声音。小家伙着急得不行，看到上山的队伍便开始激动：拉着我的手直往前冲，也想融人这股登山大潮中去。如此艰辛的行程对于儿子而言还是第一次，担心他没有办法走完全程，决定坐缆车到半山腰才开始步行。

费了三个小时排队才坐到了缆车，儿子充满惊奇，看到空中滑行的车厢，兴奋地不得了："妈妈妈妈，那个房子好小哦！""爸爸爸爸，树都在我们脚底下了！"行至中庵已经十一点半，吃了个简易中餐开始了今天真正意义上的爬山。平日里雷打不动的午觉瞌睡虫也被儿子赶得远远的。人手一根竹竿，小家伙小跑着前进，丈夫背着登山包，我肯着衣服干粮，怎么也追不上他。担心旁边没有护栏的山路危险，我是越叫越大，他是越跑越欢。没办法，只好出绝招。

"保护我好不好？旁边没有栏杆，妈妈会摔下去的！"听到我的求助，他回过头转过身伸出小手抓住我的大手，拖起我慢慢朝前走。这下我可安心了一路上说说笑笑，走走停停，反倒不觉得累。山路上来来往往的背包客看到儿子小小的身影在林间跳跃，都显示出一副不可思议的表情：咦，怎么这里有个小孩？而当听到他的年龄那么小却没有喊苦喊累要抱时，更是一个个都竖起大拇指夸赞，真是头倔强的小驴！一路上，儿子赢得了许多粉丝。摄影爱好者们不断给他拍照留念。

每次休息，旁边的叔叔阿姨总是毫不吝惜拿出自己的干粮给他补充能量，把个小家伙的肚子吃得溜圆溜圆。

有台阶的地方按部就班踩着台阶上去，没有台阶的斜坡干脆就把拐杖一扔，手脚并用一起来。行至好汉坡，两条分岔路汇聚成一条，驴友们把好汉坡塞了个严严实实，无法动弹。陈果夹在人群中，左无法伸拳，右不能抬腿，急得肝火大动，吵吵嚷嚷，小手用力扒开人群，虎头虎脑七蹿八跳，想要突出重围。机灵劲让旁边的驴友大笑不已，纷纷避让尽着他来。凡走过的地方，总能留下他叽叽喳喳的喧闹和驴友们爽朗的笑声。

近四个半小时行程，到达金顶时，小家伙丝毫不觉得累，央着大驴父亲带他去山顶和其他的队友会合，到世纪之碑前去看滑翔机表演。

夜宿武功山顶。累了一天了，刚躺下陈果就睡着了，连晚上的篝火晚会也没有赶上。

凌晨五点，看日出的人们渐渐起来，山路上零零散散飘落着驴友们清早的问候。一夜安眠的儿子一下就惊醒了，非要吵着起床。穿着毛衣，裹着雨衣，对着云海喊太阳。喷薄而出的红日耀着我们的眼睛，儿子在山顶尖叫。金顶的早晨因为他的到来而特别清新。

下山的旅程是愉快的。没有时间的约束，我们从栈道往回走，武功神拳、阴阳柱、回音谷……沿途的风景确实让人着迷。但陈果已经没有了昨日的意气风发，精神明显疲惫下来了。走一下就嚷着累了要休息。做游戏吧！昨日支撑上山的竹竿拐杖成了他手中珍贵的武器——步枪。走两步到前面假装装些石头当子弹，再跑两步占据有利地形架好步枪，蹦蹦跳跳把注意力吸引了过去，反倒不说累了。

到达中庵，坐缆车的队伍弯弯曲曲排了好几百米。“缆车是懒人坐的。”老公的一句话断了儿子想坐缆车的念想，想是想坐缆车，可不想做个懒孩子呀！

“小朋友，超车了，借过借过。”跑步下山的人太多了，一会让一个，一会让把儿子给让烦了。

“不让就不让”，抓起我的手也开始跑，“超车超车了，快点让开！”一个劲往下栽，俨然成了一头专业小驴。跑一路歇一路，离终点是越来越近了，可儿子的审美疲劳却逐渐显现出来。“小伙子真棒！”

听见旁人的称赞，小家伙头也不抬，更不用说微笑面对了，低着脑袋杵着竹竿一个劲地往下冲：“怎么那么多话呢？”鸭翅、鸡蛋、花生米一路走一路吃，下山了，干粮也全部消灭了。六个小时，从顶到底，坚强的儿子在我们的鼓励下硬是一步一步走了下来，完成了最初的目标。

一下山，小家伙就在我的腿上睡着了。还没一个小时，睁开惺忪的双眼："我还要去武功山！"

（本文发表于2012年10月17日《吉安晨报》）

开学寄语

陈果：

做一个明媚的女子，不倾城，不倾国，以优雅姿势去摸爬滚打：做一个丰盈的男子，不虚化，不浮躁，以先锋之姿去奋斗拼搏。这是一段多么优雅的励志文字，妈妈觉得妙不可言，想把它作为你新学期的礼物送给你。

刚过完五岁生日的你还太小，根本理解不了这其中的含义，但这并不妨碍如妈将如此美好的祝福送给再次迈进幼儿园大门的你。今天，妈妈不叫你宝贝了不叫你儿子了，并不是因为这些称谓不再属于你，而是在妈妈的心中，五岁的你已经足够大了，已经能够承担一个小小男子汉在家庭中应尽的责任与义务了。

爸爸在家的时候，你很顽皮很粘人，每天都要闹到深更半夜才睡觉，早上天不亮就吵人。但爸爸出差在外，你却可以自己洗澡，穿好衣服乖乖地躺在床上睡觉，体贴妈妈一天的辛劳。甚至在起床的时候顺便把地给拖了，尽管是越拖越脏。

所以新的学年，妈妈并没有给你准备新衣服，新鞋子，一切如同平常。妈妈不希望你的每一次新鲜尝试都以崭新的面貌开始。但凡开头美好的东西结局都不如理想中的灿烂。所以，我宁愿你以一颗平常心来对待以后来临的每一个新学年，迎接生活中的每一个不同。当然，开学伊始，你也得到了一件专属礼物：一个完全属于自己的小房间。那是妈妈希望能以你自己喜欢的方式来迎接独立与成长。

又是一个新开始，妈妈希望你能养成良好的生活习惯：按时起床，按时吃饭，按时睡觉，每天都无病无灾，带着偷快的心情去迎接新的一天；又是一个新开始，妈妈希望你能有一群快乐的小伙伴：一同游戏，一同学习，一同成长，每天都无忧无虑，带着阳光般的笑容来迎接新的生活；又是一个新开始，妈妈希望你能成为一个坚强的男子汉：不乱发脾气，不乱撒娇，走路咚咚响，说话脆当当，带着一股男子汉的阳刚之气去作风行事；又是一个新开始，妈妈希望你能成为一个勇敢的男子汉：不怕黑夜，不怕摔跤，忍住眼泪，学会独立，就是在爸爸妈妈都出差的时候你也能唱着歌入睡，勇敢地做个小当家……

又是一个新开始，妈妈有好多好多愿望，就像那天上闪烁的繁星，一直亮在心上。妈妈那心尖尖的你呀，可知道？

给儿子的一封信

陈果：

妈妈的好孩子！

在度过这个炎热的暑期之后，你就要迈入小学，告别学龄前儿童的称谓，真正成为一名接受正规和系统教育的小学生了。妈妈感到非常高兴，我的孩子终于渐渐成长大了。

只是，在这么一个六十多天的暑假中，该怎么安排你呢？这是一个头疼的问题，是一个非常令人头疼的问题。

我想让你拥有一个快乐的暑假。想让你尽情地玩，想让你撒欢地玩，想让你一出门就不想着回家，和小伙伴们一起去林子里抓知了，去小池塘边看小鱼，用柳条做帽子，和泥巴过家家，去尽情享受大自然赐予你的种种乐趣。妈妈不在乎你是否把衣服弄得脏兮兮的，也不心疼你的膝盖上层层叠叠的小伤疤，只要你玩得高兴，玩得开心。过后会时不时冒出一句：那天我和康康抓得那只蜗牛不知道爬到哪里去了？在脑海中充满幸福的童年回忆就好。只是，现在那么多的意外伤害事故天天在妈妈脑门前转悠，对一个白天上班，晚上还常常加班的我来说，怎么放得心呢？更为担忧的是，现在的你们，已经有了自己的小主意，对自己的时间也有了充分的安排，或者看电视，或者上网打游戏，宁肯把所有的时间都孤独地贡献给现代多元化的电子娱乐设施，也根本没想到要走出空调房，走出家门，去寻找在生活中能和你一起打打闹闹、嘻嘻笑笑的小朋友。试想，这样的暑假，虽然也随着你的心意一天一天过去，但如何能算充实，能算有意义，能算快乐，能留下美好回忆呢？

我想让你拥有一些特长，有点自己的小本领，小骄傲。妈妈的愿望很简单尽管也羡慕崇拜那些大画家、大歌唱家、名舞蹈家、钢琴家等等，但我不想你把一生所有快乐的时光都贡献在那些单调枯燥的练习上。我想你有自己的爱好，凭借兴趣的力量去支撑你的特长。你不想画画了，妈妈也不逼迫你，但自己的选择还是要坚持的，不是吗？所以，妈妈要求你坚持了一个学期画画。对于爱蹦爱跳的你来说，我想也许学习舞蹈是个不错的主意。可你又说：上午学珠心算，下午来跳舞，不要累死我略？那就算了吧，咱也不学了！可是，我又担心你在以长的若干年内，每次的集体活动别人都是舞台的主角，而你永远是台下忠实的众，心中难免酸涩！老师说，兴趣有时候是逼迫出来的，大人们的有意引导为则孩子对一些艺术类体育类的功课产生好感。只是，妈妈不知道，一旦适得书让在你今后不快乐的一生中将会对妈妈产生如何的怨恨？学了怕你不开心，不学怕你说妈妈没引导，实在是两难啊！

妈妈想让你愉快地学习。尽管现在提倡素质教育，可身边应试教育，填鸭式的教育方法和模式一直存在。我不想你学得太累，可也不想你每次都站在班级的最后一排，接受老师无声的呵责，逐渐成为一个自卑的孩子。一个班，六十多名学生，四十分钟一堂课，平均每个孩子接受不到老师一分钟的眷顾，这还不包括什么领导子女，老师家的孩子，特别照顾对象等等。如果有了他们的存在，可能你就是老师眼中的群众演员甲乙丙丁，扫一眼就过去了。当过学生的妈妈知道，老师的重视能够很大程度上提高你们对该门学科的兴趣。所以，妈妈又想让你在这个暑假补补课，充充电，让你在即将到来的九月，这个 1 米 1 的小个子在班级中不至于完全被老师忽视掉，完全在那个挤得像个鸽子笼一样的教室中被淹没掉。不学习，担心你跟不上，用心学习你会吃力，到时候哭哭啼啼不想上学怎么办？超前学习，又担心你正式上课时的东张西望，屁股生疮，到时候坐不住了，又该怎么办？

以前，看过一个相声，也是讲爸爸妈妈瞎操心的，可真正做了妈妈，才发现这哪里是瞎操心，完全是正常的思维嘛！

不如这样，放假后，先到外婆家住一个礼拜。那是妈妈早已应下的许诺，先兑现，省得你说妈妈说话不算数；接着，咱们再到兴趣班去选一门你感兴趣的课程学一学，妈妈还替你约了你最好的小朋友一起，这样就算是有些许的单调枯燥，有伴也不会孤单了；然后，妈妈带你出去旅游，见见新朋友，开拓新视野；最后的半个月，咱们就好好得静下心来，养成正常作息的好规律，好不好？咱们互相支持，互相监督，把这个暑假过好，行不行？

爱你的老妈

2014 年 7 月 1 日

儿子开饭店

儿子的理想是长大开一个饭店。对于一枚吃货而言，这无疑是最完美的人生规划了。

也不知道他从什么时候开始起了这么一个念头，直到有一天他将老公记录股市行情的笔记本摊开，中间几页竟然是他用铅笔写下的汉字与拼音相互交替相互结合的菜单时，我才发现我这个刚上一年级的儿子已经开始了他人生的第一次规划。

接下来的日子，他总是对吃充满了无数的好奇。外出吃饭或在亲戚家做客，一旦碰上了他自己喜欢的菜肴，他总是以一种打破沙锅问到底的坚持，带着一万个问题来打断我的大快朵颐：这个叫什么菜？是用什么做的？先放水还是先放油，要不要放盐……总之，从名字开始，到配菜再到烹制方法，他听得是一个津津有味，再回过头来转述给我也头头是道，不落分毫，俨然一个偷师成功的厨房小当家。到家的第一件事，门也不关，鞋也不换，跑到电脑前拿出笔记本，跪在茶几边，拿支小铅笔用他独特的方法记录下今天又知道的菜谱。写完之后还举起本子，前后翻翻，左右端详，在客厅里摇头晃脑：又有一个菜了，这下我的饭店可就更多美味了！那种从心底洋溢出来的自豪和幸福常常让我忘记他只是一个刚满六岁的孩子。

对于家事，儿子也表现出了极高的热情。洗碗、扫地，收拾屋子。特别是厨，房，周末就成了他的专属战场。“爷爷爷爷，你别做饭了。明天我和妈妈来！”周六一早，天还蒙蒙亮，小家伙却叫得比窗外的小鸟还欢，充满了无限激情。光着脚跑到我的房间，一屁股坐到我的身上，捏着我的脸，两个手指拨开我的上下眼皮，一副慌里慌张的表情：“妈妈妈妈，快起来，要做早饭了！”可怜我一个大好周末，就被他无比重要的饭店梦给残忍地打破了。

在我睡眼惺忪的指导下，儿子将水龙头打开，用勺子接上一勺自来水踮起脚尖倒进锅里，摁下电磁炉开关，盖锅烧水放入隔夜剩饭煮起了最简单的泡饭。接着，把冰箱里的包菜拿出来冲洗干净，切了。可能是和案板有仇吧，那个拿刀的架势，让我看着是又惊又怕。小家伙不敢学我的样子左手摁菜右手拿刀，只好把包菜一叶一叶拨开展在案板上，双手紧紧握住刀柄，狠狠地砍下去。这一刀刀下来，那响声比剁个猪蹄的动静还大，引得表姐表妹们站在厨房口看得一个心惊胆颤。终于切挖了，效果比手撕包菜更为不规则，无奈只好我亲自操刀进行返工，不然这一锅端上来，不是太生就是太熟，岂不是打击了他的积极性？划鸡蛋可是小家伙的拿手活。尽管没有像我如此炉火纯青的功力能顺时针将鸡黄搅出雪白泡沫，搅得碗中心起个大漩涡，但能让蛋黄不是蛋黄，蛋白不是蛋白却也不是难事。他那两支筷子像撑船一般左右划拨，也硬是将蛋打散了，尽管过程生疏，但结果还是差强人意。打开液化灶，坐锅烧油，将鸡蛋慢慢倒入锅中，锅铲轻轻推动，将已经凝固的蛋液推到一遍，再用铲底将鸡蛋划开，装盘。在我手把手指导下儿子笨拙地翻动锅里的包菜，半熟时倒入鸡蛋，听从指令放盐，放酱油，方水焖一下，一盘黑乎乎的包菜炒蛋就做好了。

妈妈，我把酱油放错了，生抽放成了老抽！儿子有些瘪嘴，转眼又眉开眼笑：“不过，吃起来味道还不错。”

当然，自己动手，肯定是人间美味。这不，这个早餐吃的，肚子溜圆溜圆的。

如此好学，相信，儿子开个饭店应该不是件难事。

戒不了的瘾

妈妈，今天我的被子有太阳的香味，和我睡吧！

妈妈，今天爸爸不在家，你一个人会害怕，陪你睡吧！

妈妈，今天我考了全班第一，奖励一下，和我睡吧！

自让儿子分房独睡之后，每隔一段时间，他总会找个机会让我和他同眠，理由理所当然地几乎让人无法拒绝。

和以往的每个夜晚并没有任何不同。依旧是自己刷牙洗脸洗脚，依旧是自己收拾好第二天要穿的衣服和上学的书包文具，依旧是早上自己起床穿衣吃饭上学。他已沉睡我才躺下，我还未起他却已离开。只不过醒来的那一眼看着我笑着：“妈妈！”然后边穿衣服边和躺在被窝里的我叽叽喳喳说个不停。

人世间总有一些无法割舍的情缘，总有一些戒不了的瘾，譬如学生于老师，孩子于母亲。就像我的孩子和我。尽管孩子还小，却非常独立。只要给他一个认同的计划，再偶尔抽查督促一下，他便会按照自己的节奏运转。学习上生活上几乎不需要我太操心。特别是今年，自己的周末时间都贡献给了驾校，根本没什么时间陪他。可他该干嘛干嘛，依然自己写作业打羽毛球吹葫芦丝玩得不亦乐乎，没我什么事的样子。但就算是这样，每隔一段时间，他总要腻歪着我几天，粘着我靠着我，白天寸步不离守着我，晚上蜷缩在我的怀里温暖我。

再譬如我与母亲。人入中年，家庭繁琐，工作不顺，心中的苦恼哪里是母亲那个朴实的乡下妇人所能理解开导的？可每每烦躁不安的时候，我就特别愿意跑回家。只要一看到她围着围裙家里家外忙碌的时候，我的心就一下子静了。也不用诉苦，也不用抱怨，就那么简简单单的，陪她去菜地摘摘菜，听她唠唠叨叨讲一讲家长里短，吃一口她用剩饭炒香的油盐饭，就着她的杯子喝一口水，就这样安安静静简简单单陪在她的身边，再紧张慌乱的心也会慢慢安静下来。晚上，快四十的我更愿意把父亲赶到客房，和母亲头靠头地躺着。就算不彻夜长谈，听着母亲轻微的鼾声，靠着她肉乎乎的胳膊，我从身到心哪里都是暖暖的。素日的烦恼忧愁仿佛一下子就不见了。次日，与儿时一般，母亲总是喜欢把她冰冷的手塞进我的脖子：“懒猪，起来恰饭！”神清气爽的一天由此开启。

母亲不漂亮，而我也并不妖娆。可在孩子的眼中，她们都是世界上最漂亮的女人，是人世间最能温暖你的那颗心。孩子会长大会离开，夫妻会淡漠会分开朋友会反目会成仇。可是母亲，也只有母亲会永远守在家中，开着那扇门等你回来。所谓岁月静美，有时候可能就是这个样子。没有太多华丽的外衣，没有多少谄媚的语言，只是那颗朴实的内心指引着回家的方向，静静地带你去寻找母亲平复你那颗焦躁的心。烟瘾酒瘾毒瘾，这些世间的瘾疾或通过毅力克制或通过药物强制都能够戒除，可是对于靠近母亲的瘾，却总是无法割舍，一辈子都无法戒除。

应该就是这样。

你愿死后葬在我家祖坟吗

你愿死后葬在我家祖坟吗？

听到这句话的时候我热泪涟涟。既有传统中式“你若不离不弃，我必生死相依”的坚定，也有浪漫西方“无论富贵贫穷，无论健康疾病，无论人生的顺境逆境，在对方最需要的时候，不离不弃直到永远”的忠贞。终归回到这么一句：你愿死后葬在我家祖坟吗？

看到我如此模样，男友嗤之以鼻：文艺女青年的矫情！甜言蜜语能当饭吃？

和男友恋爱，磕磕碰碰两年半。经历了甜蜜、争吵、分手、回头，那个在旁人眼中木讷老实、不善言辞的男人竟然成了我生命中最重要的另一半。都说世间的男女都是一个个半圆，通过不断地选择匹配最终找到属于自己的另一半，在俗世红尘中相互拥抱相互取暖滚成一个圈，走得更远。而现在我们即将拥抱，我却还未得到婚姻的誓言。

都说誓言代表了你在对方心中的地位及重要性。可自相识以来，我那个木讷的男人啦，却从未对我有过只字片言。夜晚公园散步，紧紧牵着的手总会莫名其妙地松开，然后悄然解释：刚刚从身边走过的是我的同事，多不好意思！就连每天下班骑辆自行车等在门口接我去他家吃饭，同事们都得小心装作没看见，不然一准能瞧见他羞红的脸。就这么一个羞涩的男人，你若想从他口中听到所有女人最面红耳赤的三个字，那几乎就是幻想。

我爱你。这句情人间最喃喃最动人也是说得最多的甜言蜜语，我的男人可从不会说。莫非他不爱我？在经历了恋爱的磕磕碰碰之后我不得不怀疑，我是否只是他将就婚姻的信手拈来而非是对下半生慎重的讲究？于是，我开始寻找答案。“你好像忘了和我说什么吧？”这样的问句几乎成了半年来我与他每天夜晚分开时候的主题，但他总是笑笑：“没有忘记什么呀！”总是不给我一个我期待的答案。挠得我心里像爬了只老鼠，痒得痛心。

既然你不知道，那我来说吧。“你爱我吗？”“嗯！”简单干脆，连嘴巴都不用张，就应付了过去。无论我怎么要求，他总是不开口。问急了，一回嘴：这不都在一起了吗？有什么说的！把期待甜蜜的心一下撞到了南墙北。这下我是明白了，想要从他口中得到梦寐以求的答案，估计这辈子是没有指望了。

日子如水般流过。节假日不断在同学同事的婚礼中度过，那一袭袭洁白胜雪的婚纱，那一幅幅王子公主的幸福童话，极大地勾引出了我那少女的待嫁心事。“怎么办呢？这么胖，我要去减肥，不然可塞不进婚纱！”拧着腰上的一圈肥肉，暗自后悔怎么当初就管不了那张贪吃的嘴呢！“减什么肥呀，身体健康就好！”男友盯着电视看都没看我一眼。瞧这话说的，怎么跟过了四五十年的老头老太太一样？

我们去拍婚纱照吧？不去！像个木偶一样被人摆弄，多尴尬！看似温柔的男人在这个问题上一脸倔强，态度坚持。无论我怎么诱惑，他总是不为所动。

没有我爱你，没有婚姻誓言，没有婚纱照，这么下去到底算什么呢？我的心渐渐冷了，既然所有期待的结果都得不到实现，这段感情是否还有维系的必要？“这个礼拜回去把户口本拿来去办下手续吧！”当我正准备放弃的时候，躺在沙发上看电视的他冷不丁来了一句：“回头找大伯定个日子把事给办了！”

我终于没有等来我想要的求婚，却在这样的平淡中将自己嫁给了这个寡言少语，说不出一句甜言蜜语的他。或许，见过了家长，办完了手续，上了家谱，就算是完成了彼此人生一道神圣的使命。

死后，你愿葬在我家祖坟吗？梦中，丈夫笑盈盈的。

（本文发表于2013年10月22日《井冈山报》）

简单爱

在儿子的眼中，爱是一件非常简单的事情，也是一件非常容易做到的事。或者是一句话的玩笑，或者是一首歌的甜蜜，再或者就是扔一袋垃圾的小举动。可就是这么一种简单的爱，却让我这个成人世界中找爱的妇人感受到了别样的温情。

前几天感冒了，为了避免传染到家人，我主动跑到客房，想要独睡。朦朦胧胧中，感到身边突然暖和起来，原来儿子跟着丈夫洗漱完毕后爬到了我的身边，用温暖的小手搂着我的腰。

“宝贝，妈妈感冒了，你今天和爸爸睡好吗？”声音嗡嗡的，感冒挺严重。

“你不是吃药了吗？”在他看来，药是有立竿见影的效果。一包板蓝根下去，我的感冒就会烟消云散。

“是啊，所以妈妈要捂一捂，明天才能好呀！你和我睡，容易传染的！”头昏脑热，实在没有过多精神和他解释。

“你不是最喜欢我的吗？”儿子的声音有些哽咽了。突然想起曾经和他说过“妈妈最喜欢你了，所以喜欢天天看着你睡，陪着你睡。”今天客房的孤单安排没有了他的身影，小家伙以为我不再喜欢他了。只是他不知道，正是因为太爱，所以害怕他会受到病魔的伤害，才要暂时远离！而他看来，因为不爱，所以才不需要陪伴。无论我怎么解释，儿子就是不肯离开，看着我不停地流鼻涕，他不断地帮我扯着纸巾，还常常爬起来，用小手把被子往上拖，遮住我的肩膀。

整个晚上，他跟着我坐坐起起，去厕所在门口守着，喝水也在客厅陪着，会问问“妈妈，你好了没有？”一会又搂着我的腰：“妈妈，我帮你捂捂！”在儿子的眼中，爱就是不离不弃，就是即使妈妈生病了也不许摆脱他，也要一直陪在身边，关心她，照顾她。

而对于婚姻，他则有了更直观的理解：无论男女，不分老少，只是简单的一句“她对我好，我也对她好”。

以前，旁边的老人家总会逗他：“果子果子，你长大了和谁结婚啊？”“妈妈！”总是不假思索地脱口而出。在他的眼里，妈妈是他最亲近的人，是天天陪着他的人，是每天带着他看书、做游戏的人，是教他洗衣服拖地的人，也是生气了对着他吼、打他小屁股的人。所以虽然都还没有弄明白什么是真正的婚姻，但一提到结婚的对象，妈妈总是他心中的不二人选。

一天，电视中演结婚场景，邻居小姑娘皮皮一看，立马就来了："一拜天地二拜高堂，夫妻对拜，送入洞房！"

"这在干什么呀？"我在那考她。

"结婚！"四岁的小姑娘电视看得不少，懂得也多。

"那你长大了和谁结婚呢？"

她指儿子，傻笑："陈钟奥！"这样的答案让我意外。同样的问题问儿子，他也一样，指着皮皮说要和她结婚。

"为什么呢？"这样的答案让在场的几个大人都非常好奇。

"因为皮皮对我好，所以我也对她好呀！"在孩子的眼里，婚姻的概念很简单。以前和妈妈结婚，现在和邻居小朋友结婚，只一个原因，因为她（他）对我好，所以我也对他（她）好。

在孩子的世界里，爱是一个非常宽泛的字眼，也是一个很常用的词。只是做了一个他喜欢的菜，他会说："妈妈，我好爱你啊！"只是陪着他看了一场电影，他会甜甜地亲着你的脸颊，高兴地说："妈妈，我最喜欢你了！"这一切都源自于一个字："爱。"没有成人世界中的天荒地老，没有大人情感中的海枯石烂，没有缠绵悱恻的你侬我侬，只有简单的你对我好，我对你好。

环看周围，包二奶的，养情人的，背着原配花天酒地的，当着糟糠和小三成双人对的。爱成了一件奢侈的消费品，每个人都假装拥有，却没有真正拥有；每个人都假装付出，却没有真正给予。生活中不可缺少的感情皈依成了可望而不可即的海市蜃楼。于是，夫妻间同床异梦的，朋友间离心离德的，不付出爱也得不到爱。所以，离婚的多了，背叛的多了，仇杀多了，一切不安定的因素都多了起来。

不如回归孩童时代吧，什么都不去想，什么都不用谋划，就那么简简单单的用心，用心去关怀。

（本文发表于2012年8月2日《井冈山报》）

眼　镜

眼镜又叫周扒皮。事实上两个都是他的绰号。一个得名于他鼻梁上那副黑色镜框的招牌眼镜。另一个则来自他对我们的严厉与苛刻。

初中除了正常的课堂时间，早晚自习也是重要的学习环节。无论刮风下雨，酷暑寒冬，眼镜总是第一个来到教室。站在门口转悠，盯着一个个姗姗来迟的我们，盯得爱睡懒觉起不来床的我们心发慌。如此无声的严厉，让班级的迟到早退现象一下子趋于绝迹。因此一招，他被全班同学背后集体授予“周扒皮”的光荣称号。

不过，他也有招人待见的一面，全班同学都对他佩服得五体投地。没办法，谁叫他能见招拆招呢？每个班都有那么一两个让老师和学生都头疼的刺头，学习成绩不好不说，还喜欢捣乱。不是在课堂上和老师对着干就是下课欺负女同学，大家唯恐避之不及。而眼镜和他们的关系处得可好了，把手往领头的肩上一搭：哥们，咱班这六十多号人我就交给你了，多少也得给点面子，好好护着不是？这下，刺头就成了班上的纪律委员，得到了官方认证，更威风凛凛了。每天上课前他总是把那些调皮的小跟班驯得服服帖帖，保证了老师的教学质量。而看到班上的小姑娘在外受欺负了，也第一个站出去撑腰。一时间，班级团结一心，老师开心，家长放心。

初三了，课业愈发繁重，而不堪压力的我却开始了三天打渔两天晒网的生活。常常一生病就两三天下不来床。一天，眼镜笑眯眯地走到我身边，眼镜后的那双大眼睛都快眯成了一条缝：以后你的早自习就别上了，每天早上六点半到教研室找我！难道他对功课门门第一的我不放心，还要另开小灶？第二天推门进去，里面已经站着五六个和我一样体弱多病的老病号了。“走，我们玩去！”眼镜搓了搓手，缩着脖子，领着一群哆哆嗦嗦的我们列队走向了寒风凛冽的操场“起步，跑！”平地一声吼，眼镜在前面就开始跑起来了！这就叫玩？这么冷的天，呼呼的风刮在脸上像刀割一般，还让我们跑步？真是狠心！大家尽管不情不愿，可心底里还是怕着他这个班主任的头衔，便挪着步子慢慢地走了起来。一边走一边嘀咕：叫周扒皮还真没叫错，这么冷的天在教室里多暖和，还把我们拽出来跑步！真狠心！

还不快跑，想挨打吗？一回头，眼镜已经跑到了我们的身后，不知什么时候手中还拿着一根短短的竹鞭，在风中舞得呼呼作响。厚厚的眼镜后面瞪着一双瓢狠狠的眼睛："真没用！"吓得我们一阵狂飙，这鞭子要是真招呼在身上，该名疼！于是，在以后每一个书声朗朗的清晨，总能看见一个戴着眼镜的小个子男人拿着根鞭子赶着一群气喘吁吁的孩子在操场上狂飙的情景。然后，当我们累得摊在地上的时候，他又精力充沛地跑到教工食堂，装上一小钢精锅稀饭，反扣的盖子上堆着宝塔一样的大肉包小跑过来。又累又饿的我们看到如此美食还不围追堵截？他总是塞个包子在口中，拿脚招呼我们，嘴巴还含糊不清地嚷嚷：吃什么吃，跑又跑不动，没吃！只是最后他到底没能保住他的包子，反倒全都进了我们的肚子，而他那蹩脚的腿功却从来没有踢到我们一根毫毛。

在后来的中考中，我们班六十三个人全都健健康康走进了考场。以全年级倒数第一的开头来了个乾坤大逆转，把其他三个班远远地抛在了后头。而周扒皮，则依旧带着他那副标志性的黑框眼镜开始了又一轮的桃李芬芳。

（本文发表于2013年9月8日《井冈山报》）

台湾媳妇

小区里沉寂了快半年的刁福记食品商行终于开门了。偶尔看见一个矮个子男人过来，不是坐在办公桌后面打电话，就是和一两个陌生的男人坐在那喝茶聊天。店内，左边紧挨着墙摆了一排空荡荡的展示柜，中间地面上乱七八糟地叠着一个个长方形纸箱。时多时少，一切杂乱无章的模样。男人偶尔开一下门，随即又急忙关上，骑上摩托车一阵风一样离开。没有人知道这个已经挂了半年多门牌的地方究竟卖些什么吃食。

过完正月十五，门开的次数逐渐多了起来，开的时间也逐渐长了起来。男人在里面待的时间越来越长，不是叮叮当当钉个木头货架，就是在电脑键盘上敲敲打打。隔间的磨砂玻璃后还挂了一条长长的门帘，看不清里面模样，想来是要在这里安个家吧。

再过几天，店里更热闹了。一个六七岁的小男孩子在门口蹦蹦跳跳，一名身材丰满的中年妇人在里面清点货物，不时低头抄抄写写。门外两侧各多了一株宝塔形状的小柏树，碧绿长青。里两侧则各摆放一个五十公分左右的长圆形的木栅栏，小巧精致，里面还各自间隔放了三盆小绿植，好像孩子们的游戏家什。店中间已经清理干净空了出来，摆上了一套功夫茶具。茶宠是一排憨态可掬的撒尿娃娃，笑脸迎人。与这些小弥勒们相呼应的是进门左手边高台上的一尊笑弥勒，大"腹便便坐享着日夜不休的香火。和气生财，单看这不同一般的装饰打扮，便增添了我们看新奇的兴趣。

周末，携子登门。男人非常热情，拿出很多样品给我们品尝，进口红酒，各式饮料，台式糕点等等。古话说：吃人嘴短。尝了不买可不是个好主顾。没关系，尝尝看，给点意见。

男人满脸微笑："这个口味还好？这个味道您还适应？"一边招待，一边给我详细介绍原料、产地、工艺流程等等。在听到我不容乐观的前景预测时，男人温婉地笑着："原本就没打算做本地市场，我现在做台湾食品的江西总代理。老婆台湾人，做这个有优势。再说现在信息那么发达，在哪儿干其实都是一样的。在家自在，又可以和爸妈做个伴。"

自始至终，那个台湾妇人没有插入我们的任何一句交谈。只是低头默默地清点着货物，整理着货架。

许是初来乍到，她和周边的邻居一直都不怎么接触，照面也是微微一笑算是打了个招呼。偶然也会骑着一辆童版小自行车在小区里穿过，清风吹起的红色风衣艳丽多娇。

尽管和想象中台湾媳妇应有的璀璨明眸、婀娜身段相距甚远，但那温柔的语调却和电视剧中的感觉一样缠绵温柔，每天在如此多情的感觉中生活，男人都快被周遭的汉子羡慕死了。

看着孩子在公园里越跑越远，女人慢慢走到门口，轻轻招招手，眼角带着止不住的笑意，声音软软糯糯："崽崽，回家啰！"如拂柳的春风，温柔沁心。甜甜的话语在春风中飘荡，一直飘向远方…

（本文发表于 2014 年 4 月 2 日《粮油市场报》）

老家，老屋，老人

老家有栋老屋，老屋住着个老人。

老屋已经残破不堪，缩在偌大的空心村中间瑟瑟发抖。屋顶的青色瓦片已不见当年的整齐密实，破碎的地方露出一个个大大小小的洞，阳光下在老屋中映射出一道一道苍白的光线。外面瓢泼大雨的时候老屋里也细雨绵绵，小水桶里、小脸盆里叮叮当当，老人就一手杵着拐杖，一手撑着黑洋布大伞颤巍巍地行走在厨房与大厅之间。曾经一个老母亲四个儿子四个媳妇八个孙子十七个人住在一起的大家庭已经不见了；曾经做饭时间五个烟囱同时升起的袅袅炊烟已经不见了；曾经老奶奶这只老鹰抓着一串小火车一样的小鸡笑呵呵的情景已经不见了……现在的老屋，和这个年近八旬的老人一样，靠着遥远的回忆度日。

更多的时候，老人把她醒着的绝大多数时光奉献给了门口的那条路、口袋里的手机和床头的电话。她常常一个人端着把靠背椅坐在门口，一双混沌无神的眼睛就那么直直地盯着这条一直通往村外的路，两只枯树皮一般布满老茧的手放在胸前的围裙布兜上，里面装着一部永远电量满格的老年手机。她的耳朵异常灵敏，远处稍微几声似有若无的狗吠、几句模糊不清的谈笑都能让她精神为之一振。每每这个时候，她总是费力地杵着拐杖站起来，扶着墙一步一步走下台阶，站在小路中央张望。高高拱起的背在小路中央那么突兀，谁曾想到在它的上面曾经有过四个儿子一个女儿的酣睡，有过八个孙子的酣眠？那双昏花的老眼仿佛一下子涂上了清油，看起来神采飞扬。只是这样亢奋的精神状态常常会在看清路人的容颜后陡然挫败——她最终没等到她盼望的人归来！晚上的时候，老人早早地坐在床头，不开电视，不开电灯，在这个漆黑安宁的乡村夜晚一直从耳朵盯着床头那部用了十几年未变号码的老电话。坐着坐着她会艰难起身，一会把耳朵靠在电话上，听筒是拿起又放下，放下又拿起，一会又用衣角擦擦眼睛，偶尔还喃喃："怎么还不响，是不是坏了？"

一天又一天，一月再一月，一年复一年，老人就这么孤独的一个人，守着这栋孤独的老屋，过着孤独的日子，

"铃铃铃，铃铃铃……"电话响起，小孙女打工回来了，明天早上到家。

天还未亮，老人家就精神抖擞，迅速穿衣、洗脸、开门、打着手电，售物弱的手电光在蒙蒙的雾气中蹒跚穿行，笨重的身子俨然变成了一只灵巧的满轻盈欢乐。抖抖索索站在村口，走过来走过去，走到天泛出了鱼肚白，走到料，小店卖出了第一茬菜，走到风尘仆仆的小孙女满脸笑意的归来。

青春靓丽红彤彤的脸蛋贴上了老人满是皱纹清冷的验庞；一只阳光的玉手住了老人沧桑的手臂："婆婆，想我了没？"笑嘻嘻地亲着老人的脸。

"小没良心的，想你个头！"举起手电筒要敲头。只是眼角的笑意却把她出卖，乐成这样，眼睛都眯成一条缝了，还能没想？

"来，尝尝这个，我孙女买给我的！""看看这件衣裳，我孙女孝顺我的！""这个镯子，可贵了，我孙女送给我的！"一时间，老人的孙女成了全村老人心中尊老敬老的典范，老人则像极了一个得了宝贝四处炫耀骄傲的公主。

乳燕归巢。小孙女的归来让那栋老屋一下子亮堂起来。

FENG SHOU ZAI WANG | 丰 收 在 望

蹲下来，与眼齐平的是那一幕黄白相间的田园山水；如丝绸般从远处缓缓流淌，直至眼前，看不到丝毫褶皱。些许低眸，却看见那青绿色的稻秆笔直向上，支撑起一茬茬希望。现在的稻田里已经看不见流动的水了。

找　春

“柳树姑娘，辫子长长，风儿一吹，跳进池塘。洗洗干净，多么漂亮，多么漂亮……”形象的童谣，配着儿子奶奶的童音，如一股清新的春风吹进了家门。咱们找春去！

春天在哪儿呢？应该在泥土里吧？冬眠的小草已睁开惺忪的双眼，掀开厚重的棉被，争先恐后从黑暗的泥土里倔强地探出了头。一根根鹅黄的小针在田野里赶集般熙熙攘攘。

春天在哪儿呢？兴许在小水塘里吧？.黑黝黝的小蝌蚪一群群一簇簇，欢快地吐露着早春的泡泡。顽皮的小石头一扔；惊着了这一窝刚断奶的孩子，纤巧的舞姿伴着那秀发般细嫩的水草随波逐荡。

春天在哪儿呢？可不就在那繁星点点的迎春上？这早春的信使啊，它早早地就穿上了亮丽的新装，静静守候在公园里小河旁。看着那幸福的情侣，温馨的家庭，悄悄绽放出春天第一抹绚烂的明黄。

春天在哪儿呢？肯定就在河边的垂柳树上。剪刀般的二月春风一吹，裁剪出一身身婀娜多姿的新装。乍暖还寒的池塘上，一位位碧色佳人依水而立，温柔的传递着春天的消息，绿色的丝绦在水面荡漾。

春天在哪儿呢？就在林间的桃树上。红的艳，粉的娇，白的俏，一朵朵在枝间打闹，吓跑了那一树尚未开口的新叶：“别走别走，你看看我们谁长得好，谁的衣裳漂亮？”

春天在哪儿呢？在那不期而遇的雷声上。远远地从天边传来，轻一脚，重一脚，也急急忙忙赶来参加着春天的舞蹈。轰隆隆响起，好似那迎春的礼炮。

春天在哪儿呢？在那淅淅沥沥的雨点上。滴滴答答地落在雨伞上，开出一朵朵调皮的雨花。躲进衣领里，鞋子里。清风吹过，温柔的雨丝拂过脸庞，给紧绷的肌肤带来了一丝湿润凉爽。

春天在哪儿呢？就在我的衣服上。脱下寒冬厚重的棉袄，换上明丽的春装。我们踏青去！欢乐的笑声在田野飞扬，嘹亮的歌声在山谷回响。

春来了，春来了！

在山野丰腴的红花身上，在田间老牛勤恳的背上，在天空布谷急急忙忙的通知上，在燕子不远千里的返巢上；在一颗颗催芽的谷子里，在厨房香喷喷的艾米果里，在小鸭子一摇一摆的蹒跚中，在蚯蚓歪歪扭扭的爬行中；在老人们轻装简行的漫步中，在孩子们蹦蹦跳跳的上学路上，在大人们年富力强的肩膀上。

春来了！经历了四季轮回，经过了酷暑寒冬，突破严寒的阻挡，打破冰冷的封锁，在人们热切的目光中，就这么穿过田野，穿过森林，幸福地回来了！

（本文发表于2014年3月27日《粮油市场报》）

春 讯

梦里一夜桃花，莫非春来了？

“妈妈，逗号！”儿子兴冲冲地跑到跟前：沾满青草、泥巴的手里拿着个矿泉水瓶子，直在我眼前摇晃——原来是一窝小蝌蚪！看来，春似乎真的来了！

心情也似他般雀跃，立马起身，和儿子一起找寻春天的讯息。

风依旧冷冽，但脸上却没有了隐痛割人的烦恼，反夹杂着丝丝清新凉润。难道这风也通晓人意，无声地报告着春的讯息？打了个冷颤，却感觉轻松。丝丝凉意透过厚重的棉袄直达肌肤，像长久未洗澡的孩子突然来了个全方位沐浴。笨重的身体一下子变得轻盈，脚步也愈发轻快了。远处孩子们的喧闹打破了公园长久的宁静，清灵的笑声穿透蒙蒙细雨直达眼前。小径两旁点点鹅黄在满目灰黄中悄然探头，倔强地宣告：属于我的世界马上就要来了！

树上依然光秃秃的，没有绿叶，没有繁花，徒留几根丑陋难堪的老树杈，龟裂的树皮甚至都有心无力地替树干遮挡着这萧瑟的冷风，一副晚年垂暮的萧条。莫非他没接到春的邀约，独自黯然神伤？触手一摸，却感觉那苍老的树皮下隐藏了一颗蠢蠢欲动的心：每隔一段长短不一的距离就能感觉树皮下那微微凸起的小颗粒，细看有些已经撑开了表皮，露出了缝隙，看来这老树也已露出芽苞，着急与春风约会了。更有几个迫不及待的小家伙偷偷探出了头，却依然蜷缩着。仍在这冷冽的早春中酣眠。是否他的 morningcall（早安叫醒）就是那春雷？

小水坑的表面看来依然平静。虽是满坑污水，但已然层次分明：浑浊的泥沙在多日的寒冬中逐渐下沉，全在坑底安眠，享受着无人打扰的平静。清澈的水面则在偶尔微风吹过时漾起一层水纹，展示她轻灵的舞姿。间隔处的青草随波浮动，摇曳多姿，舒展着婀娜的体态。儿子的小手轻轻一拨，便掀起了水坑里的滔天巨浪，弄出了个地动山摇，一簇簇黑黝黝的小精灵无法承受这样的动荡，四下逃窜：是哪个粗鲁的家伙，打扰我热闹的家庭聚会？原来是一群小蝌蚪，这可爱的春天的精灵！

阳台上也逐渐热闹起来，早晨六点刚过，丝丝亮光就从厚厚的窗帘透进来，照富了一床好梦。唧唧喳喳的鸟鸣碎碎响起，奏响了春天的序曲。

春，果真来了！

乡村三景

蝙蝠是外公

当我追着外婆找外公的时候，她总是对着挂在墙壁上那些黑乎乎的家伙嘟嘟嘴：“那不是？”

黑娥仔（蝙蝠）怎么会是外公？我一脸疑问。我的外公不应该像隔壁叫花子的爷爷一样，长着长长的胡须，摇着大蒲扇，坐在躺椅上，抿着小酒，嚼着花生米吗？那个长得黑乎乎的一点都不讨喜的怪物，还像老鼠一样叽叽叫着，怎么可能是外公？

怎么不是？要不是他天天晚上守着你，飞来飞去帮你捉蚊子，你能一觉睡到大天光？外婆一直相信辞世多年的外公从未离开，总变幻着各种模样随时随地出现在我们的身边。比如乍暖还寒时候，他是一只回春的燕子；而夏夜，他就是灯光下那一只飞翔的蝙蝠。

于是，素未谋面的外公就常常一袭黑衣，在我的梦中飞来飞去。

夜幕降临的盛夏，我总是仰着头，对着头顶飞过的蝙蝠和他说话：外公，你又回来看我们了吗？可他总是没空理我，从头顶的房梁上像滑翔机一样地从我身边飞过，再倒挂在两扇墙的夹缝中，一动不动。一天深夜，我竟然发现房间里有十五只蝙蝠，原来不光外公喜欢我，他还带了好多朋友来看我！难怪在没有蚊帐、没有杀虫水的乡村盛夏，我也依然能够安枕无忧。

几个舅舅家都盖新房子了，清一色的灰白水泥平顶，白色仿瓷墙壁，没有木头房梁，也没有墙角旮旯。可蝙蝠却来得晚了，走得早了，朋友们也一个一个越来越少。外婆说舅舅这儿没有他们的家，回来一趟太累了。

知了在树上有气无力地叫着，隔壁的叫花子不知从哪用树枝夹出来一只蝙蝠。浑身黑油油的，长着一层柔软的绒毛。圆圆的小脑袋上两只大大的耳朵，耳朵下面的小眼睛紧闭着。叫花子把它的翅膀拉开，薄薄的一层油膜状的外衣把他的骨头完整地连成了一张拆开的油布伞。薄膜一直连到了底端，露出了两只小爪，他应该就是用它们来倒挂在墙上的吧？我拿着树枝轻轻地杵着他：外公，快走吧，再不走你会死的！可他的小眼睛依旧紧闭，软绵绵的身子依旧倒在地上无法动弹！

早把他打死了！叫花子嘻嘻笑着。

他竟然杀死了他，杀死了蝙蝠，杀死了我的外公！我的眼泪滚涌而出。

之后，我身边的蝙蝠就越来越少，梦中再也没有出现过外公。

（2013 年 9 月 21 日《粮油市场报》）

祖宗是条蛇

太婆说每家人家都有一个祖宗，每个祖宗都化成一条蛇庇佑着后人。

为什么会有那么多蛇？人多，家多，祖宗多，蛇也多。太婆是这么说的，我也深信不疑。因为我看到了它的无所不在，也相信祖宗的无所不在。在奶奶堆砌的木柴里，妈妈讨菜的菜地里，叔叔拆房的烂砖头里，姑姑刷锅的灶台里，甚至在二婶子解手的茅房里，他们总是不经意地出现，再迅速离开。太婆说那是祖宗想我们了，化做蛇来看我们。我就亲眼见过一次，一个深秋的上午，我和爷爷坐在屋外晒太阳，一条红黑相间的小蛇从西厢房像流动的波浪线一样从狗洞中溜出，沿着爷爷的椅子根飞快地窜到旁边的小菜园中去了。

太婆对蛇有一种莫名的感情。说蛇是祖宗，不能打。要是见着了，绕着走就是。每次听到村里哪个男人贪嘴，去地里抓蛇炖汤后被咬的消息时，她总是一脸凶恶：亥！手轻脚痒的家伙！蛇无伤人心，人有害蛇意。他是你祖宗，你去吃他，不咬你咬谁？该！

也是，在农村蛇是个稀松平常的东西，摘花生、割茅草的时候都时不时能碰到，但每次都是他乖乖溜掉，也没听几个人说被咬了。反倒是那些以捕杀为手段，以售卖为目的，以五脏庙为终点的人常常受到它的强烈反击，有人因它切断了手脚，有人更因此送掉了性命。

拆房子的时候，小舅舅从砖瓦缝里找到了一条蛇，手拧着尾巴，棍子挑着身子，蛇的小脑袋费力地往上抬起，身子慢慢弓起，叉开的蛇信子在空中不断左右舔拭，加上挑在蛇尾附近的棍子，像极了集市小贩手中晃动的秤钩。看到蛇头快要接近尾巴靠着手的时候，小舅舅便用力一抖，他的身体便如一根柔软的线垂了下去，在空中缓缓飘荡，笑翻了围在旁边的一伙半大孩子。

作孽哦！这祖宗是记仇的，可别惹翻了他，你们快把他放到地里去。太婆慌慌的，在蛇尾上用米糊贴了一张红纸，再点了一挂鞭炮，领着我们放生去了。

渐渐长大，一时间龙凤汤、龙虎汤以迅雷不及掩耳之势席卷全国。而菜市场常常有提着丝网络子的蛇贩子招摇，先是甘蔗粗大小的菜花蛇居多，然后渐渐地就小了，我看到过最小的一条是大拇指粗的。那蛇盘踞在网兜里，可怜兮兮，一动不动。

连祖宗都吃光了，后人活命的光景还有几天？太婆摇摇头，柱着拐杖驼着背独自喃喃。

年年燕归来

老家把燕子叫做“燕崽”，就像叫家中的细狗崽、小牛崽一般亲切。仿佛它们也是家中不可或缺的一员。

老家几乎家家都有燕崽窝。一般都垒在厅堂的房梁中央，因为电灯泡就是从那上面的钉子上吊下来的，所以燕崽窝基本就以钉子为地基，衔着干草和着唾沫垒出的一个男人巴掌大小的家。没有燕崽的人家有时候就连拍着屁股跳起脚来骂人也是没有底气的：连畜生都不待见的人家，还想在乡下这一亩三分地上做人吗？

实际上大家对燕崽却并不花太多的心思来照顾。不像鸡鸭，早上得放出去刨食，晚上要寻回来归栏；也不像小猪崽，得一天三餐不间断伺候着。门槛是间隔的杂木栏，你爱进不进，哪里有那么多心思去管它的朝去来兮。顶多就是在燕巢下吊一顶破草帽，那还是担心它们随时可能丢出的热乎乎的炸弹——燕粪弄脏了巢下玩耍的小孙子的头。

而燕崽也叽叽喳喳地在我们的头顶飞进飞出，和每个家庭的成员相安无事，平淡相处。它从不像贪吃的麻雀大胆地在孩子们的脚边窜来窜去，等待掉落的饭粒；更不像贪婪的老鼠把挂在厅堂当中的那刀流油的腊肉咬得伤痕累累。每天我们听到最多的就是嗷嗷待哺的小燕崽声嘶力竭的叫声，看到最多的就是衔食归来的父燕母燕把叼回的大青虫塞进小燕崽伸长的喉咙里的场景。就在这不断的飞进飞出之间，小燕子渐渐长大，呈现出父母一般的白肚黑身，像极了一只只慵懒的企鹅。再过几天，学飞了，在电线杆上张开剪刀一样的翅膀欢快的吟唱。又再过几天，像闪电白般一次次从头顶掠过，留下一个个黑白靓影。

夏天的蝉鸣伴着秋日的晨霜渐渐远去。不知是哪一次，一窝燕崽飞出去就再没回来过。奶奶说它们是飞到更温暖的南方去过冬了。厅堂里一下子安静下来了。清早也没有清脆的燕鸣叫醒服务了，白天也少了灵燕的轻巧舞蹈了，头顶上空空的，只剩下那个孤零零的窝。

柳绿了，桃红了，燕崽便又魔术般从家里冒出来，依旧匆匆忙忙，飞进飞去，衔着草，和着唾沫，修补着窝。

“奶奶奶奶，家里来了两只新燕崽！”

“是去年的那一对！”奶奶头也没抬，挂着老花镜，依旧缝缝补补：“无论飞多远，他们总要飞回来的。千里万里，终归还是自己家里！”

党校掠影

有幸到设在井冈山的中国农业发展银行总行党校进行了为期三天的综合业务系统升级培训，使我对党校有了个初步印象。

突然涌进了多号人的培训队伍，一下子这个六层楼的大楼挤了个满满当当。就连吃个饭也要踩着点排着长长的队伍依次进场。平日里空荡荡的大厅这回总见着不少熟悉的面孔进进出出，安静的电梯也是你方下来我又上去。熟悉的微笑招呼，不熟的点头示意，大家都在自觉不自觉间悄言细语，生怕夹杂方言的普通话唐突了旁边匆匆而过的路人，一不小心露出的乡音突兀了身后静静等待的同行。与大门外车流不息的马路，热闹喧哗的大街形成了鲜明对比。厚厚的红底大花地毯除了让行走的路人倍感舒适之外，吸收大楼内多余的声音恐怕也是其独特的功效之一吧？大厅静、电梯里静、楼道静、教室静，连吃饭的地方都是安安静静的。不敢高声但也无需高音，幽静的环境自然能让你悄声一言，便语出意达了。

对于爱睡懒觉的人而言，宾馆的 morning call（早安叫醒服务）必不可少。少了它，一天便从紧张忙碌中开始，颇显焦躁不安。大多数宾馆的早安叫醒服务不是电话提示就是服务员叩门提醒，清晨突兀的声音容易把人唐突，从惊醒中开始一天。若是有个“起床气”坏脾气的人，这样的叫醒服务可完全带不来一天好心情。四五个小时的车程让不惯旅途的我倍感疲惫，风雨交加的盘山公路则让心在紧张惶恐中纠结度过。好不容易安顿下来便早早安眠，夜晚醒来突然想起忘了向总台要一个早安叫醒，索性起来定了个手机闹便又和周公继续约会。似睡非睡间，潺潺流水在耳边习习流过，清脆鸟鸣在头顶碎碎响起，悠扬温馨的乐曲在身边不断回响，如此清新甜美的林中美景醉得让人想赶快与其融为一体。睁眼一看，已过七点。起床、开窗、洗脸……开门一瞧究竟，廊道里空无一人，美妙的晨曲从走廊顶端的扩音槽中徐徐流出，既舒畅又清新，流到每一个宁静的房间，唤醒每一个沉睡的人们。如此独特的山中情景叫醒法，于我而言还是头一回，既新鲜又新奇，心情也舒畅不少，美好的一天由此开启。

三天紧张的生活基本都在这栋楼里度过，一楼吃饭，二楼上课，三楼休息。触目所至，到处都是农发行鲜明的宣传标志，房间里的指引手册、水杯托盖、庭盖、拖鞋、厕所马桶盖封条，洗漱杯、一次性洗漱用品，全部都是熟悉的黄底镂空金星三角形——独特醒目的农发行标志。无不时刻提醒着我们所处的环境。宽敞的多功能教室则是学习的主要阵地，160 座的阶梯教室整洁宽敞，让每一个参加学习的人都不敢轻易打扰这份难得的宁静。最为特别的就是镶嵌在桌子中间上端的电源插口和网线插口了。所有的电线都是从厚厚的地毯下穿行，一路延伸到桌子底部，再悄悄地探出端口接到桌面，从上望去干净整洁，丝毫没有多余架设。往下一看却内有乾坤。这样既避免了学习人员笔记本电脑上的电源线，网线和教室本身各种线路的相互纠缠，又避免了大家进出过程中的牵绊。椅子也是电影院常用的翻转椅，一起身椅身便翻转起来，给进出的人留出了诸多空隙，避免了行走过程中的磕磕碰碰。如此独具匠心的设计无不体现了农发行无处不在的贴心和以人为本的服务理念。

吃过饭，走出大门，到院子里呼吸呼吸新鲜空气。草地上干净的健身器材秋千上飞舞的小孩，菜园中绿油油的青菜萝卜，鞋底上湿漉漉的泥巴，再加上微风中清透着的丝丝清甜，无一不透露着世外桃源的甜美与悠闲。远方雾霭中翠绿的青山，若隐若现的楼台亭榭，让人不觉身处仙境，如梦似幻。耳边却隐约传来大厅内羽毛球撞击球拍的声音和脚步跳跃的兴奋，原来现实就在眼前。真真印了这句：梦想照进现实。抬头是梦，回头是实。多完美的结合，多般配的统一。真想就那么一直生活在这里，享受大自然丰厚的馈赠，拥抱天然氧吧毫不吝惜的付出。

房子无需多豪华，温馨就好；装饰无需多华美，适用就行。党校，给我的不仅仅是庄重严肃，更是接地气的平凡普通。或许，就像是一个久未回归的家，无论多久，无论多远，看见总是亲切，亲近总是熟悉。

（本文发表于中国农业发展银行官网）

秋来筠水桥

世间并不缺少美，只是缺少发现美的眼睛。

而我，就甘于扮演这双眼睛的角色，为发现周围一切美好的事物而来。

国庆长假，和文友一起来到新干县城上乡竹溪村，参观距今已有258年历史的筠水桥。

到达竹溪时，已是夕阳西下的傍晚时分。车子行驶在村口新修的水泥桥上，向左望去，一座古桥和脚下的新桥遥遥相望，显得落寞寂然。桥顶是现在少见的人字型瓦梁，梁上的瓦片在落日的余晖下反射出点点金光。几个大桥墩夯实有力，从水面伸出，托起古桥由南至北。此时的它像极了古时大富人家小姐的绣廊。下面小河缓缓流淌，若是再有一位丁香般的姑娘倚桥而立，翘首仰望远方的情郎，该是多美的一幅画卷？

站在桥头，我不禁有些犹豫，不敢踏足上前。整座桥给人的第一印象是旧，再就是破败，进而危险。旧，自不必说，经历了尘世二百多年的变迁，且不说沧海已变桑田，可早已消磨了当初俏丽的娇颜。整座桥的颜色呈现着一种棕灰色，那是久经岁月磨打后呈现的色彩，透出苍老的气息。没入水中的大石墩驮着那一层层次第而上的古砖坚实有力。过水处仿佛沾染上了一层薄薄的油渍，隐隐透着青意，仿佛那青色是从骨子里冒出来的。愈靠近水面青意愈发明显。石缝砖缝中漫不经心冒出一两株修长的水草随风摇曳，颇有随遇而安的味道。桥廊上三位连牙齿几乎看不到的老人坐在那缺边少角的长廊上有一搭没一搭的闲聊着。人与物的苍老，此刻仿佛归于统一。破败危险的感觉来源于触目所及的桥体。脚下的木板稀松排列，没有一块是规则的形状，几乎每一块的桥板上都或多或少显露出虫蛀的痕迹。而有的两块之间完全没有联系，露出比巴掌还宽的缝隙。着实怀疑，那看起来破烂不堪，踩上去咿咿呀呀的几块小木板等扛得住我扎实的吨位？放心，这些都是老樟木板，别说是你的小身板，就算是头牛，也安然无恙。似乎为了印证，朋友的嘴还没闭上，果真从对面走过来一头老牛。说是说长廊，其实就是一根木棍杠在了两桥墩之间。大约离桥面二三十公分的距离，宽度不足五公分，三位老人就坐在上面。若在旧时倒也无妨，可现在处处讲树立安全意识、危险防范化解风险，这样的长廊，坐着坐着，我总担心重心不稳，直接往后栽，掉进了西流的盆溪水里。

咦，竟然有神龛？桥上供神，这在印象中是头一个。也顾不得害怕，我装作看不见那桥板缝隙下的河水，走了过去。既然是桥上供奉的，那自然就是龙王或者河神之类的水族神灵吧，不然也是洛神一类的水中仙子。待虔诚地看过去。看，不禁哑然：天聋地哑神位。看来只要是神，都有铁粉。冷暖在心，万般皆明。尽管口不言，耳不聪，但两神心中却如同这溪水一般清澈，注视着往来的百姓。

筠水桥下有个金手掌。文友贴心的指给我看。从水面露出的第一口砖往上，数至第十三口砖的位置，就在那一撮野草茂密的地方，看见没？照着方位，伸出手掌，比划给我看：就这个样子，金手掌！相传孩童顽劣，戏水弄舟，常有意外发生，一不小心就会掉进河里，但筠溪中却从未有孩子淹死。据说这就是金手掌的功德了。每每意外发生，那个金手掌就会将孩子从水中托起，缓缓前行，就好像一叶扁舟。难怪即使现在建了新桥，村民们还是积极对它进行修缮维护，想来也是对金手掌的一种感激吧？

或停或行桥上。每座桥墩都是一个宣传栏，它们或介绍桥的建造背景，或记载桥的风姿美景，给我们这些初来乍到的游人默默介绍着桥的历史。据载，筠水桥桥身长 45 米，宽 3.5 米，4 个石墩用红质巨石砌成。每墩高 5.7 米，宽 1.8 米，长 6.5 米，墩上部如鲤鱼背状，桥面由木板铺成，桥上建有木质长亭阁，似水上长廊。竹溪村邹氏族谱所记：此桥始建于清乾隆二十一年（1756 年）。

桥下两岸的菜地绿意盎然。一位大嫂正往菜地浇着水，夕阳下满身金灿灿的光芒。一河的空心菜就这样肆无忌惮地生长，真是担心再这么长下去，还不得堵塞了河道？看着我们亮晶晶的眼神，大嫂伸出扁担，往中间一插，往回一拖，伸手一折，不多时，每个女人的手里都塞上了一捆叶厚梗粗的无公害绿色蔬菜。

回望四周，村庄逐渐热闹起来了。袅袅炊烟悠悠升起，各家各户开始了晚饭前的忙碌。而此时的筠水桥，又默默陪着世人度过了一日光阴。

下七三景

下七渔网

记住下七，从那张网汗始

我见过许多种捕鱼方式：有拉网式水库捕鱼；有闲情逸致的赣江垂钓；有干净利落的电瓶脉冲电鱼。小时候还见过弟弟小渠做堤，拿着水桶米箩对小鱼小虾的围追堵截，甚至电视中还见过鸬鹚下水。但从没有见过下七人这样捕鱼。

应“最美乡政府”之约，吉安市散文协会一行数人前往位于井冈山“南大门”的下七采风。

当坐上新竹筏，游荡在蜿蜒的下七河中时，我没有被两岸秀丽的原生态风光所吸引，却对眼前一张又一张的渔网感到新奇。

这绝对不是因为发展旅游而特意挂在河上的观光渔网，一看那朴素破旧的模样就几乎可以肯定这是老表家的私物。只是这样的网挂在水面上又有什么用呢？难不成还真守株待兔，等着鲤鱼跳龙门，傻傻地自投罗网？

竹筏左侧，一张墨绿色的长方形大网正悬空而挂。网的两条长边穿过两根平行的粗铁丝固定了宽度，四个角的下端各系着一块砖头。和普通的网不同，这张渔网还有一个小尾巴。渔网中央人为地接了一个细长的小网兜，像个口袋一般。底端被绳子紧紧扎住。整个渔网初看像一个方形漏斗，又像极了一个朴素的鸡尾酒杯。小网兜的正上端，离网面不高处挂着一个白炽灯泡，在河风中微微晃悠。

看到我一脸好奇，船夫打开了话匣子。傍晚的时候，村民便启动自行研制的装备，把渔网缓缓放入水中，砖头等重物会拉着渔网一直往下沉，一直让整张网全部没入河中。而通上电后的灯泡便会在离水面数十公分的高度上亮起。引来两岸山中的小蚊子和各种小昆虫密密麻麻在灯光下飞舞。那些到处找食吃的鱼儿们见了，可不就一条条奋力往上蹿，拼命抓吃呢！有经验的船夫告诉我，吃饱了的鱼儿懒懒的，也不怎么乱游，只往深水里扎，游来游去便全部都留在渔网中。再狡猾的鱼儿也逃不过聪明的渔夫。待到大清早，铁丝一拉，鱼儿们便全部挤在小兜里了。小船一划，解开绳索，大的留下，小的放生，一次下七的捕鱼就欢欢夏喜结束了。

天长日久这么干，那承包养鱼的老板不亏死了？谁愿意别人老在自家的河里干这事呀？准是个傻子！

一听，果真是个傻子。而且还不是一个，是一伙傻子呢！听说有人也动了承包的心思，想在这里搞水产养殖，发家致富。乡政府一班人死活不同意！说什么下七河姓“公”，是咱8400来号下七人的养鱼塘，要给周围的百姓搞点人放无养，无污染的餐桌福利。不能富了你一个，苦了全乡人。所以，硬是把这条河归了全乡百姓的公。所以呀，只要你愿意，喜欢，来个客人，打个牙祭，都可以挂上张网捞上一盘菜来。只是，不能做断子绝孙的事情，小鱼不能抓，电鱼不能干，要给明天留点，要给别人留点，咱也得可持续发展，与大自然和谐共处不是？

在近一个小时的单程游览过程中，我所乘坐的竹筏就这样在一张又一张这样生态渔网旁经过。河上一共挂了七张网，可岸上何止七户人家！有这样的好福利，大家不都会挂张渔网吃鱼么，吃不了还可以拿去卖，赚钱呢！

够吃就行！哪里还会拿去卖？自己把鱼都捞完了，别人吃什么呢？别人把鱼都捞完了，我吃什么呢？船夫笑了笑。

朴实无华单两句话，让我看到了山里人山泉般清澈的心。

家养青蛙

夜宿农家。

青山碧水，周围还有一畦畦的稻田，乡间的夜晚宁静而安详。只是在这样的一个炎炎夏日，蚊子应该是乡间当仁不让的主角吧？

吃过了“拿个皇帝也不换”的红薯丝捞饭，我们便随着红坪村的村小组长老古来到了他家。今晚，这里便是娘子军的驻扎地。

乡间的孩子胆大，见谁都亲亲热热的。就连老古家那两岁还差四天的小阿妹看到我们都没有丝毫怯意。“姐姐、姐姐”叫个不停，把我们这伙穿着花裙子装嫩的中老年妇女叫得是一个心花怒放。一会给你抓把乡间秘制苦瓜丝，一会递给你一个鲜美多汁的水蜜桃。可真懂待客之道呀，怕水果不好吃，小阿妹还非得一个一个尝上一口，确定了人间美味才塞到你嘴里。逗得我们哈哈大笑。

青蛙！

紫蝶突然大叫。循着手指望去，一个黑乎乎的小家伙正蹲在墙边的躺椅下。怎么可能？虽说是在农村，可老古家水泥地，地砖房，席梦思、冰箱、彩电一应俱全，完全就是一栋坐落在青山碧水间的豪华小别墅，怎么可能会有青蛙跑到家里？

为了验证紫蝶言语的真伪，我咚咚咚踏上几脚。后腿一伸，往前一蹦，果真是只小青蛙！小东西如入无人之境，根本不在乎一屋子女人的叽叽喳喳，嘻嘻哈哈，蹦一下，歇一下，在墙角边优哉游哉！

看到我们一脸稀奇，古大嫂笑眯眯地，用略带客家方言的普通话和我们交流着。

什么！她们家养的？

那还不快抓回去，跑掉了怎么办？

没关系！放养的。等下没东西吃了它就自己走啦，

放养青蛙？让它自己走？这老古家可真有意思。

在七嘴八舌地追问之下，才了解古大嫂家的这只青蛙原来就是田间的野生青蛙。还有很多这样的小家伙，到了晚上没啥事的时候就从田里跑到家里来，逛荡逛荡，吃个小虫，舔只蚊子什么的。可不，这和家养的有什么两样？亏得有了这些小家伙，家里倒是干净许多。

这才发现，原来嫂子家可真没什么蚊子。大门敞开着，连纱窗都没有。一个小小的落地扇就这么在客厅里徐徐转着。老古家的房子可真有意思，和一般四周封闭的宅院不同，厨房、客厅、厕所全是联通的。厕所里一条细长的水沟，一直沿着墙根通往屋前，顺着水沟我竟然可以看到屋前小阿妹踉踉跄跄的身影，这竟然是一座敞开式的房子！可开了我的眼界。

哎呦！我打死了一只两斤重的蚊子！清早，文友打趣。

才一只蚊子而已！连个蚊香都没有用，让你一觉睡到大天光。亏了古大嫂家养的这一伙小青蛙。不然，依着它们一贯热情的招待法，可不管什么八项规定和陪同人员限制，没两百蚊子一起来伺候你，算不错了！

乡间晨趣

乡间好眠，一夜无梦。

站在阳台上喊阿妹，那个在我们房间里闹到十点多钟还不肯走的小家伙正仰着脖子直直地盯着我。半天半天，才恍然大悟，扯了个嗓子奶声奶气：“姐姐！”

换了个马甲难道就不认识了么？

和城市一样，清晨的乡村也极其热闹。只不过这种热闹带着乡间独有的淳朴气息。汽车的喧哗被屋旁那溪水流淌的哗哗声所代替，没有了摩肩接踵的喧闹人群，却看见几只毛色油光发亮的母鸡在那咯咯咯叫个不停，莫非清早就下了蛋，向我们邀功？不远处的乡间木屋上，青黄的柚子已然压满了整个树皮房顶光中微微透出金秋丰收的印记。肆意生长的南瓜、雪霜裹身的冬瓜在路旁、沟边触目皆是。勤劳的农妇正勾着头在盆子里洗着刚从门口篱笆上摘下来的新鲜花朵，一朵一朵呈扇形平铺摆放，准备着传统的客家美食——丝瓜花；旁边的小子端了个凳子，手里捏个勺子，半天半天就吃着一口鸡蛋羹。

蹲在溪边，我的手在水中摆来摆去。不时还扬起一阵水花，像个孩子一般笑着。

小阿妹独自一人站在门口的空地上，一双明亮的大眼睛直直地盯着在溪边嬉戏的我。双手捧着个大油饼，左手两个手指头还勾着一个透明的塑料袋。真是不小心，还只勾着了一边，露出半个大包子在外边晃悠。许是闻着了香，还在厨房边咯咯咯，等着主人奖励的两只母鸡一下子窜到了阿妹面前，伸长了脖子仰望，就等着小主人掰下一块来分享。

这边踏两步，那边站一会，两只母鸡就这么跟着阿妹手中的油饼转来转去。怎么还不分给我呀？着急了，垫着脚就往上凑，就想和美味的大油饼来个亲密接触。可小阿妹的心思一直在我身上，看着我在水边洗漱玩耍，哪里还顾得上咬上一口，更不用说照顾这两个天天送鸡蛋给她的“功臣”了。

不管了！既然小主人都没有和我共进早餐的意思，咱也不能饿着不是？化被动为主动！说时迟那时快，只见站在油饼正下端的那只黄色大母鸡把脚轻轻一垫，张开嘴巴往前啄，整块油饼瞬间从阿妹的手中飞到了母鸡口里。得手后，立马调转屁股，一个劲地往厨房后面跑，生怕晚了就被发现。旁边那只一看，得手了！也立马尾随，屁颠屁颠跑在后面，奋起直追，企图截住分食同伴的劳动成果。那哪行！前面的母鸡装了个发电机一般，突突突跑得飞快，身后扬起一阵细细的尘土。

许是速度不够，许是胆量不行。一看同伴都已经跑了快飞起来了。得！咱还是回来吧！

小阿妹还没发觉怎么回事，只觉得手指一动，手上一轻，低头一看，手中的油饼怎么就不翼而飞了呢？抬起头，心爱的早餐已经变成了大母鸡的口粮。这还不算，还有一个对手呢！另一只饥肠辘辘的母鸡正飞快地朝自己跑来，两只眼睛冒光，虎视眈眈盯着塑料袋中那露出半个、正在空中晃悠的大包子！

怎么办？怎么办？早餐没了，大母鸡的眼神好害怕呀！小阿妹一下慌了，可又不知道该怎么办。面前的那只母鸡正死死地盯着那大包子，也想一不做二不休，和同伴一样，帮小主人解决她半天都没开始解决的早餐呢！

“哇……阿妈……”还是寻求帮助吧。半晌，不知道怎么办的阿妹后知后觉，一下子哭了出来。别哭别哭！越是安慰，越是帮她抹眼泪，小阿妹越是委屈，哭声越来越大。引起了邻居的一阵一阵的笑声。

和着溪水的歌唱，乡村的早晨充满了欢笑。

（本文收录于中国文史出版社发行的《文人笔下的下七》一书）

走进鄱阳湖

2013 年 11 月 8 日，与峡江县蓝盾单车俱乐部大小二十四位队员一起踏上了开往鄱阳湖的汽车，和全国 5000 多名驴友一起参加了以“念念不忘、心系鄱阳”为主题的 2013 年鄱阳湖户外帐篷节暨鄱阳湖湿地观鸟活动。

零点到达，沿着青石板路寻找宿营地。穿着丈夫外套的儿子兴奋地甩起粗笨的水袖，兴奋极了：大鸟！大鸟！和着深夜几声远远的鸟鸣，走近一看：原来是鹤形指路牌。飞时不见云和日，落时不见湖边草。看来被誉为白鹤天堂，天鹅故乡的鄱阳湖，他的迷人不仅在于每年冬季吸引了世界上 98% 的白鹤与数十万的天鹅来此越冬，更在于鄱阳人已将他们已经牢牢地记在心间，用那一年四季昼夜不分优雅站立于湖边的倩影来纪念吧！

远方的点点微光在沁凉的深夜显得尤其温暖，驴友们手电筒的指引更是让相聚的路不再迷茫。只是陡然向下的急坡让人暗自惊奇：一般户外爱好者不都选择地势高，视线好的安全地带安营扎寨么？怎么今天全窝在了一个山窝中？一路惶恐，在微弱的灯光下踉跄前行，一个个顽皮的小石子在脚下不安分的扭动，惹得昏黄路灯下的人影左摇右摆，好一幅婀娜多姿的美人图！渐行渐近，小石头好像不那般调皮了，脚上却多了一些温柔的牵绊。低头一看，好浓密的草！一根根娇弱无力地互相依偎，抬脚过去，如丝绸般从脚边往旁边伏倒，再回首时，却发现那原本匍匐两侧的草儿已然慢慢挺立，湮没了来时路。草尖已有微微水气凝结，在灯光下发出珍珠般晶莹的光芒，清润可人。

清晨，伴着那一声声鹤鸣醒来。拉开帐篷，恍然一惊：天啦，来到草原了吗？那么多的草，那么厚的草，那么长的草！随处可见的野草竟然能长得如此惊心动魄！没过了脚踝，没过了小腿，竟然还没过了我的膝盖！红的绿的蓝的各色鲜艳的帐篷像一朵朵美丽的蘑菇绽放在这一片绿色的汪洋之中。或许只有鄱阳湖这汪碧波才能孕育如此神奇的景观吧？

惊喜还未过去，工作人员又引导我们前往本次活动的大本营——白沙洲营地，介绍词简单至极：那里的草比这里的更多更长更好看！

走在完全不同于都市水泥柏油的路上，儿子如一只轻巧的燕子飞翔在这支一眼望不到头的迁徙队伍中。

浮桥前后，是一段柔软充满弹性的土路。刚迈上去的时候，心里一惊，莫非要陷下去？但它却欢快地承载着百余斤的我翩翩起舞。像踩在弹簧上一下，脚一离开他便慢慢恢复了原状。妈妈！这是一条橡皮泥路！和棉花糖上一样！小家伙把这么一条让人觉得危险的路一下子形容得欢乐无比。难怪他在短短不足二十米的路上来回跑了四五个来回。

走完了橡皮泥路，接着便迈进了草原一般的鄱阳湖。干涸的鄱阳湖底本没有路，被驴友们成串成串地走着，便走出了一条路。路上虽已凸显出了灰白的河床，像一面摔碎了镜子露出一条条裂痕。风起尘飞，但那一颗颗倔强的小草依旧固执地匍匐在地面，就像一朵朵压平了的蘑菇伞，在小道上开出绿色的花。小道两旁则是两三公分高绿秧般娇弱的草场，稀稀落落紧紧贴伏在地面，好像是铺上了一层绿灰相间的地毯。宿营地是在湖中央。搭着小贩的三轮车，他无不痛心地指着前方绿油油的草原告诉我们：若在丰水季，现在我们行走的和即将露营的地方就是一汪湛蓝的湖水。只是今年的老天特别小气，到现在也不肯施舍半分。

告别热心的鄱阳湖小贩，到达露营地。一片茫茫的草场便呈现在我们面前了，在微风的吹拂下悠然荡漾。站在中间，111公分的儿子竟然只露出了一个小小的脑袋。这可真是一个捉迷藏的好地方，往下一蹲，哪里还看得到小家伙的影子？和别处的草不同，鄱阳湖的草粗壮倔强，俏然挺立。草是统一品种的雷公草，丰润翠绿，润而不湿。底部白，中部黄，顶端油亮发光。像刚抹了护发素的秀发，一根根顺畅无比，根本就无须担心在行走的过程中被牵拌摔跤的危险。连成一片是海洋，独立一根也长成了树的模样。粗大的根茎各自为政地站在属于自己的地盘上，用顶端谦逊的叶尖互相触碰依偎，而私底下却笔直地生长着，和周围的邻居保持着相对的独立与礼貌。能团结在一起编织成一幅美丽的长绒地毯，也能一直昂首向上，勇敢地追寻太阳。

或许就是因为这些爱鸟的人，因为这片美丽的草场，才能让那么多大自然的精灵念念不忘，心系鄱阳吧？

莒洲赏桃花

和吉水桃花岛的桃花盛名不同，新干莒洲岛的桃花似乎更有一些养在深闺无人识的内秀。

桃花岛的桃花犹如热情的西班牙女郎，毫不吝惜地展示自己的绝美容颜，招揽痴迷的游人渐行渐近，欣赏她的妖冶风情。哪怕就是在105国道上匆匆一瞥，便引来世人的侧目流连，引得如织游人纷至沓来，把个平日里幽静的小岛扰得喧闹沸腾。

而莒洲的桃花则开得端庄优雅。春暖春晴的日子里她渐渐拜别寒冬的凄冷，在冷清的地头悄然梳妆。或粉或红，装扮着回春的大地。赏春的游人也好，劳作的农妇也罢，全然打扰不了她的装扮，影响不了她雀跃的心情。

穿过笔直的莒洲大桥，沿着两旁载满橘子树的村道一直往里走，再经过古朴而富有乡土气息的莒洲村落，绕过那郁郁葱葱的千年古樟，便到达村后那一片桃林了。

真真是个养在深闺的大家小姐，周遭都是浓密厚实的橘子树里三层外三层地包围着，保卫着，生怕哪个登徒浪子突然间放肆地闯人，唐突了这些平素不爱喧闹的佳丽，引起尘世的喧闹。若非近亲之人，怎能知晓这一圈绿意中藏着这么一位位百媚千娇的佳人？穿过层层护卫来到近前，满目金黄的油菜花芳香扑鼻。微风吹过，那金黄的波浪连绵荡漾，直涌跟前。仿若好客的主人热情地招呼着我们这群远道而来的客人。礼数周全，气氛热烈。

而那成片的桃树呢，则长在这一片金黄的花海中。一棵棵桃树仿佛一位位亭亭玉立的少女，穿着一件或红或粉的小洋装，配了一袭金黄色的大摆裙优雅地站在你的面前。放眼望去，这一片花海如同一群年龄相仿的深闺小姐正在参加这场期盼已久的约会，轻言细语地交谈，偶尔还稍抬眉眼，含羞带怯地瞄一眼我们这群远方的客人。

花芽像个未出生的胎儿，从斑驳的枝条里拱出一个一个疙瘩，触手一摸，柔软却带着几分倔强，仿佛那颗蠢蠢欲动的心，迫不及待想要参加这场春天的盛会。含苞待放的花苞则像个刚出生的孩子，在微风中轻轻摇曳，用手一拨，颤颤巍巍，害怕一不小心就从枝头跌落，引起心中阵阵爱怜。而花朵们则早已收到了春天的请柬，一个一个盛装出席，兴高采烈。层层叠叠的粉色花瓣紧紧相拥，纤细的白色花茎顶着一簇鹅黄的花粉，引来多情的蜜蜂翩翩起舞，嘤嘤嗡嗡地讲着情人间的蜜语甜言。

“满树和娇烂漫红，万枝丹彩灼春融。”桃红了，柳绿了，油菜花遍地金黄了。春，就在这般期待中悄然来到了。

（文发表于2013年3月25日《吉安广播电视报》）

多情玉笥山

玉笥山位于江西吉安峡江县县城西北十公里处，是道教三十六洞天之“第十七大秀法乐洞天”，七十二福地之“第八郁木福地”，为中国道教发祥地之一，素有小华山之称。

与华山、泰山等诸多名山大川相比，玉笥山更像是一个刚出阁的小媳妇，虽然羞答答地立在众人面前，有一些人为刻意粉饰的痕迹，但更多的却是天然未雕琢的清颜。虽没有世人津津乐道的传说景观，却也有值得爱好探险的人去一睹芳容的俏丽。

拜了山神，进了山门，穿过三座青石板桥、一座太极石拱桥、三座青皮圆木桥，再迈上一百六十八阶的青石台阶，便到达了观景台。一入林，小石、碎砖、落叶铺满的小道便让习惯了平坦水泥马路的脚感到新奇兴奋。松软的泥土，高低不平的路面让脚步也轻快起来。刚走几分钟，鞋子、裤子、衣服便感觉湿漉漉的。两边不知名的野花野草肆意生长，把版图毫无顾忌地扩充到了小路中央。一路走去，身子便如小船划过水面，划开两道青润的波浪，两旁荡漾。斜坡上的茶园满目皆青，如墨绿色的画卷从坡上倾泻而来，夹杂着白瓣黄蕊的茶花点缀其中，偶尔两只勤劳的蜜蜂在画卷中嗡嗡飞舞，采摘着2012年后的最后一茬蜜。山间偶尔传来的鸟鸣，寺庙中善男信女的香火祷告，让我们在俗世与田园的边缘游走。

一般游客走到观景台便止步，上山已再无路可走了。可对于真正大自然的探险者，一切才刚刚开始。世上本没有路，走的人多了，也便成了路。观景台之上，一条探险者与巡山人踩踏出的野径便是通往山顶九仙台的唯一路径。

秋日的玉笥山是顽皮的，像是一个还未长大的孩子，总喜欢对着陌生人来点意外。看似敦厚的溪涧巨石却隐藏了一颗恶作剧的心，表面上枯褐色的安安稳稳，一脚下去却发现薄薄一层青苔让人滑翔飞舞。青石下仅一人能过的小路，

巴掌大的落叶静静躺着，等到大家都毫无防备穿越而行的时候，又有同伴踩上了它故意布置的陷阱，掉进了旁边的灌木丛中，惊吓一对正在眉目传情的鸟儿扑啦啦飞起。

秋日的玉笥山是迷人的，勾人心魄。见惯了人为修剪的盆栽，刻意扭曲的树干，而林中未施粉黛的各种树木却都是自然生长的，它们在这里尽情地展现着自己的卓然风姿。红色铁锈般的树干看上去坚硬无比，拍上去竟然也有清脆的回音；白色水泥般的身躯傲然挺立，用力推去却也岿然不动；褐色斑驳的树皮敞开了沧桑的口子，一眼就瞧见雪白的肉体让人心疼不已；多情的藤缠绕林间，七彩的叶子也只是有心人才能发现。细心寻找：叶尖枯黄、叶脉红褐、叶身墨绿、叶柄青白的叶子或就在你随手划开的那些腐朽之中。

秋日的玉笥山是慷慨的。只要你够勇敢，它便无私地将自己的丰硕毫不吝惜地赏赐给你。眼睛是用来发现美的，却也是用来发现美食的。走走停停，蔷薇果、野柿子随处可见。不经意间低头，乒乓球大小的黄色野柿子便慵懒地躺在巴掌大的落叶当中，一脸惬意地看着蓬头垢面的我们。用随身装好的泉水稍微冲洗一下，用手擦擦，掰开，黑籽、红瓤的柿子便迫不及待溜进了我们的口中。润滑的口感，甜蜜的味道。

跌跌撞撞两个小时，终于爬上了传说中的九仙台。九仙台并没有台，传说曾有九位长者在此修炼，有八位得道成仙。那位不知是天资有限还是懒惰有余的莽汉，一看同伴化羽飞升，自己却不能位列仙班，一生气索性一咬牙一跺脚，把随身挑着的两担装满经书的箩筐往山下一扔，便又演化成零散在峡江境内的几座石头山了。

到达时分，神仙们都云游了，莽汉估摸着也找了个无人之处暗自神伤了，迎接我们的是那一簇寂寞黄花。孤芳自赏时突然来了这么一群喧闹的凡人，自是盛情挽留，不肯放归，一撒娇还求着老天下了一场留客雨。

多情似有玉笥山，小家碧玉惹人看。

（本文发表于2012年11月26日《井冈山旅游报》）

桃花赋

寻寻觅觅在桃花岛，前来求亲的靖哥哥，而今你又在哪里？

昨夜是谁约了你，今天笑得如此开心？粉的雅，红的艳，心无杂念地在那开着，不留一丝机会给绿叶，满腔的热情全都奉献给了这片花的世界。待到残花谢去，生命又在我的身上沿袭出了又一种新绿。曾经热闹的花季在那时也将悄然离去，留下一缕芬芳深埋在树底。我的世界，纯净的一如环绕小岛的江水。

羞羞涩涩的阳光，将岛上的游人一网打尽。忽隐忽现地在云层中探出头来，待字闺中的少女是否也含羞如你？河岸边随风摇曳的垂柳，你是在聆听对岸甜美的歌声，还是在等待黄蓉那一袭大红的新嫁衣？

喧闹的人们啊，无论你们是如何的欢笑，也无法将我端庄的美丽打扰。任你在我身旁，在音乐中翩翩舞蹈；任你在我绝美的容颜旁徜徉；任你穿梭在我的身旁，共留丰姿倩影也好，窍窍私语也罢，我只是微笑，在春风中继续幸福地绽放。含苞的我们，在那静悄悄地开放，少了你们注视的目光，我的世界依然有阳光。和煦的春风啊，走到哪里，也不忘记把我们滋养；娇艳欲滴的我们，和伙伴们一起盛情怒放，勤劳的蜜蜂也陪着纵情歌唱，漫道的繁华全留给了众人欣赏；微风过处，花瓣飞舞，缤纷的落英撒在了你的头上我的肩上。偷偷探出的新叶，又带来了一种新的希望。无论你看到的是怎样的一种景致，那都是造物主赋予我的别样神奇与生机。

吹着三月暖洋洋的春风，走在充满乡土气息的小路上，闻着野菜散发的淡淡清香，看着秋千上姑娘们的裙角飞扬，听着远处桃花丛中小伙子的歌声激荡，生活的美好就在此刻溢满胸膛。

漫步桃花林，再孤寂的人也会有一个美丽的心情。春天已悄悄探出了头，生舌的幸福就在你开满鲜花的心里……

（本文发表于2004年3月23日《吉安晚报》）

漫道繁花

去年，县城玉笥大道两旁移栽了五百逾株碗口粗的樱花树。

结束了三天的清明小长假，早晨送儿子上学的时候，突然觉得这条平日里宽敞单调的道路和以往相比有了些许不一样，好像多了点什么，却又似乎感觉多得理所当然。横穿马路时，前后望了望，满眼的红白粉扑面而来：原来昨夜一场春雨，唤醒了沉睡中的道路，接来了漫道繁花：樱花全开了！

红的热烈，白的高尚，粉的妖娆，由远及近，就像是素衣上的两条彩色衣襟，把这条沉闷的水泥路妆点得生动多娇。平日里急匆匆的路人也放慢了脚步，或侧目流连，或驻足观望，一条生硬的水泥路成了一条赏心悦目的花街，给一贯沉闷的心情增添了春的活力与气息

“妈妈妈妈，好多花哦！”站在电动车上，儿子扭头，指着那不断后退的花树兴奋极了。前几日的吉水桃花岛之行，恰巧碰到了岛上桃树的更新换代，留给儿子满肚遗憾。今日与樱花的这场近距离约会怎不会让他欣喜若狂？

索性把车靠在了路边，停了下来，和儿子进行一场与樱花的亲密接触。就单株来看，这满树的花似乎开得有些孤寂、落寞，几根零散的树丫，四下散开，或顶端或中断或底端偷偷钻出了几朵或者一簇花朵，像是羞答答的姑娘初次出门，又稀奇又紧张，或独自躲在树后观望，或三五结伴同游，把那一条条沧桑的树枝，打扮得竟也如此花枝招展，不觉难看了。而那稍显红棕色的小树叶也赶紧探出了头，和一母同胞的花姐姐争春呢！虽说个子小，模样也不出众，兄弟还不多，不过姐弟同游，却也别有一番风味。远远望去，花坛中的花树整齐地排列着，像是给路人行春的注目礼，微风吹过，花枝颤颤招摇，像盛情的主人在热情留客：慢些，请再慢些，莫负了大好春光；停留，请驻足停留，且看我灿烂韶华。

一直以来，总觉得这些树处于濒死状态：刚移栽过来时，用来固定的三交叉至今还紧紧靠在它的身边；夏天，几乎每棵数身上都挂个营养袋，打着营养针；萧瑟的秋风吹过，旁边的杜英哗哗落叶，他却早已孑然一身，徒留几根光秃秃的树丫；等冬天白雪皑皑的时候，他们还是在霜雪中静静等到，在旁人的冷嘲热讽中悄悄固本培元，以待春光。

一声春雷炸响，一阵春雨滋润，花儿们便约好了一般，你追我赶来赴这场春天的约会。望繁花漫道，我的心上，亦已繁花遍开。

（本文发表于2012年5月14日《井冈山报》）

武大太远，峡江正好

到武大看樱花去！

从成为一个爱花人开始，去武大看樱花就成了我心心念念的梦想。想象中花瓣的漫天飞舞，地面的落英缤纷，怎不是一个爱美女儿的梦中幻境？只是年少时的金钱匮乏，成年后的时间稀缺，让梦想只能成为一个遥不可及的奢望。

许多年后，梦想延伸到了脚下。不必刻意挑选一个风和日丽的周末，也不必花上六七个小时汽车的颠簸，甚至都不用费心叫上三两个爱花爱美的同伴，只要抬头望一望窗外，便看见了那一路春风中的娇花俏蕊。只需在上下班路上漫步踱行，便可享受那一路的清雅淡香。

2012 年春天，樱花在峡江首度开放。打造森林城市的政府规划让一条条冰冷的马路多了花边的装饰，多了绿树的背景。走在哪都是满目青翠，行到哪都是绿意盎然。而那条天天上下班必经的玉笥大道则在清明小长假之后变成了一条长长的花廊。仿佛在不经意间人们突然闯进了一个梦幻的仙境。马路两旁一个个长椭圆形的花坛里，几乎都均匀整齐地站立着五位亭亭玉立的少女，体态婀娜，风姿卓越，或粉嫩，或娇媚，或幽雅，或端庄，像一位位迎宾的佳丽，静静伫立在街道两旁，直到远方。春风吹过，那轻轻摆动的枝桠上花球微颤，仿佛一个个在颔首微笑。而风中纷纷扬扬的花瓣，调皮地站在你的头上，躲在你的肩上，又好似那一个个顽皮的孩子毫无顾忌地与你嬉戏。一时间，那条日日枯燥无味走过的路就好像一条引领甜蜜走向幸福的路，让人徜徉其间，陶醉无比。

2013 年，樱花淡淡的幽香轻轻吹拂，吹过峡江，吹到四面八方。这条平素只有行人的路上一时间多了很多游人。大家或从乡镇，或从周边县市纷至沓来，约好了一般，共赴这场樱花的盛会。孩子们在树底下顽皮地摇着，用柔弱的小手撼动着那粗壮的树干，摇曳中制造着一场浪漫的花雨；青春少艾们一个个人比花娇，或躲在树后俏皮地探出了头，或手扶花枝倚靠树身，甚至情侣们也无畏稍稍清凉的春风，在此留下一生中最动人的一页——拍婚纱照；老人们更修闲，没有时间的紧迫，一双双一对对相携漫步，欣赏着那些热闹的人儿，一路上热闹的花儿。以往常常羡慕那些生活在景区里的人们，天天免费欣赏可人的风景。而我们在不经意间就成了那群被羡慕的人。

静待花开。2014 年第一缕春风吹来，第一场春雨滋润，第一鸣惊雷炸响两侧的杨梅树已然郁郁葱葱，旁边的松柏也翠绿欲滴。只是那两排樱花树的身上，还依稀透露出冬天的萧瑟与冷清。光秃秃的树干，光秃秃的枝桠，一切都是光秃秃的。也是，看到了迫不及待钻出土的野花，看到了急不可耐冒出来的小草，他们怎么就不着急争春？突然，第一颗嫩芽探头，第一枚花苞吐蕊，我的心情就随着那一株株花树开放，盛情开放。

看樱花，武大太远，峡江正好。

寻找岳飞点将台

初识岳飞，从那本《武穆遗书》开始；再见时，却是那首气势磅礴却又满怀伤感的《满江红》；之后，《精忠报国》的武术操伴随了儿子幼儿园每天的晨练。岳飞，那个历史上的铮铮铁汉就这样在我的生活中越走越近，一直走到了眼前。

仲夏，友人相约，前往位于新干县河浦的岳飞点将台一行。说实话，对于那些所谓的景点我是略带感冒的，不是杜撰两个惊天地泣鬼神的爱情故事，不然就是嫁接一些历史或文学上经典桥段，总归是极造宣传之势，大斩游客之金。听说，这个点将台是开放式的免费景观，免了世俗的套路，倒也不妨一看。

清早集合，从县城出发。车窗外悠悠晨风吹在脸上清凉却又略带暖意，一车日日被水泥钢筋束缚的朋友挤在这个小小的空间里看着道路两旁的金稻、粉荷、碧波、青草欢欣不已，兴致高昂。大家议论纷纷，不知道那本《武穆遗书》是不是藏在这呢？有可能哦！对本土历史研究颇深的友人笑着：点将台附近三个村庄分别名叫武湖、穆湖和侯府，各取“武穆侯”一字，是当地居民为了纪念南宋抗金名将岳飞，特以他的封号命名。据宋赵与时所著《宾退录》记载；绍兴癸丑，岳武穆提兵平虔吉群盗。道出新干，题诗青泥市萧寺壁间云：“雄气堂堂贯斗牛，誓将直节报君仇。铲除顽恶还车驾，不问登坛万户侯。”想来，这段历史应该真的在新干这个千年古县存在过，否则，哪位操刀手又有如此远见，让历史沉寂千年？

一路欢声笑语，大概半个小时之后就看到马路上悬挂的指示牌：岳飞点将台。在哪呢？在哪呢？着急地向外观望，一览无余的田野，没有高大的建筑，没有如织的人群，没有喧闹的嘈杂，一切景色和素日所看的乡村景观并无差别。太阳渐渐升起，身上也逐渐燥热，莫非是个忽悠？就在纳闷间，前方引路的车子渐行渐慢，干脆就在马路右侧直接停了下来。到了么？

一行八人沿着乡村的水渠往农田深处走去。左侧是一条蜿蜒的人工水渠，水渠里的水已经浅至渠底，内壁及底部却长出了许多绿油油的野草，丰润油亮；右侧是一片稻田，早稻已经收割完毕了，田里还留着一撮撮寸把长金黄的稻墩，一看就是收割机的杰作，悠闲的老牛正在田间埋头苦吃；大家小心翼翼地瞧着脚底下，草丛里，路中央，老牛总是把几坨微微冒着热气的地雷留给我们。妈妈，牛便便！儿子一惊一乍，搞不好就是那只贪吃的老牛留下的杰作哦！

看到没，就那高高的土堆！目标就在前言，景区没有路？真是奇怪的事！下了渠堤，来到了一片花生地。正是收获的季节，父母子女齐上阵，苗朝苗，果贴果一层层一路路整齐码放，那还沾着泥土，散发清香的花生果湿润润的，剥开一粒，清香可口，岂不馋坏了这一群吃货？会卖么，我们买一些回去？友人开始盘算着回城路上的行囊了。

拿去，要吃拿去。乡下东西，不值钱，自己装啊。农妇爽朗的声音响起，小姑娘的脸就像清晨初放得粉荷，美得醉人，笑得恬馨。

吃着花生，来到了芝麻地。那一层一层的白色小花朵顺着青黄的杆子往一攀爬，小叶子也逐渐有了成熟的微黄。没有了路，只得在田间穿梭。水塘、蜜蜂、别棘、这哪里是来游览，简直就是探险？看来，《武穆遗书》真有可能在这！朋友信誓旦旦。

平整的农田里突然冒出了高高的一层长方形土堆，大概离地有近两米高。世上本没有路，走的人多了，也便成了路。那几乎垂直的陡坡因为农民常年的往来劳作形成了一条窄窄的小路，我拽着两旁的野草爬了上去。

景色并无不同，还是一畦花生地。脚下的还青绿地长着，前方的却已经拔好了晾晒，分界的是一块长方形的碑。我们深一脚浅一脚过去，站立前方。这是一块陈旧的水泥碑，大概 1.3 米左右的高度，碑顶左侧已经破损，露出了里面的红砖。下面同样镶嵌着一个内凹型的长方形，用青色大理石打磨，中间刻着“岳飞点将台”几个楷体大字，右下方则以小字注明了筑碑的单位和时间。难以想象，就是在这个土堆上，那个曾经叱咤风云，令金人闻风丧胆的岳飞就在这里指挥千军万马；难以想象，就是在这个土堆上，那个曾经精忠报国、一腔热血的铮铮铁汉就在这里排兵布阵；难以想象，就在这个历史的土堆上，现在农民正种植着花生，收获着财富。或许，他早已想到；或许，这就是他希望看到的。

不用凭吊，不用缅怀，没有狼烟，没有烽火。环看这绿水青山，守望这丰收平安。岳飞的影子浮现在我们的眼前，他就一直站在这个田野里高高的点将台上，如这座碑，静静地守护着这一方净土，守护这里的祥和安宁，从未离开，也从不离开！

井冈山，一场与缘分的奇妙之旅

缘，妙不可言。

总觉得这句话是浪漫主义的完美桥段。没有任何约定的两个人在冥冥中心思神往走向同一个彼此陌生的地方，带着突如其来的惊喜，那得需要多深的交情，多大的默契。可就在井冈山，我却经历了几段有关缘分的浪漫邂逅。不得不承认：缘，妙不可言。

带着母亲、儿子、侄女一行四人踏上井冈山圣地避暑的旅程。无聊中上网打发寂寞时间，突然跳出北京同学的旅行照片，备注“井冈山风光”。瞬间的惊喜超过对旖旎风光的向往，平素只在网络上知道彼此生活的概况，现在能进行一次亲密接触怎不叫人欣喜若狂？夜幕降临，革命博物馆门前歌声悠扬，漂亮的女子摆动如水的腰肢在广场翩翩起舞。光洁的台阶上老友正一脸幸福地坐着，看着刚满十八个月的小子在身边踉踉跄跄，清脆的笑声散落一地。讲着家乡方言，谈着熟悉的朋友还有即将要游览的景点。突然发现，原来时间和空间并未将友情疏远，我们依然有说不完的话题，谈不完的感情。朋友笑称，五百里井冈是无限量免费供应负离子的天然氧吧，将她这张整日在北方风沙中穿梭的脸养得水润丰莹，活脱脱水美人一个。看那一脸陶醉的模样，莫非要常驻于此？

这边的会面还意犹未尽，那边又接着传来欣喜。随意走进一家宾馆，耳边又传来熟悉的乡音，原来老板也是家乡人！缘分，有时候就是这么奇妙。干净舒适的条件，便利快捷的交通，实惠实在的价格，让人无法相信在旅游旺季的井网山我竟然能以五十元一晚的价格入住闹市天街口。看来，井冈山的旅游资源丰富得让人垂涎欲滴，让远在三百里之外的老乡也沿着火车一路上山，开启创业致富的大门。

五天有效的通票让我们一行四人能悠然自得地回味每一处惊心动魄的历史，欣赏每一个赏心悦目的景点，水口是此行的重点。母亲感叹时光的飞速，距离上次到金牛戏水景点已经过去整整二十年了。只不过二十年前是她带着不满十岁的弟弟来欣赏风景，而现在却是我带着她上山避暑。小侄女一听不乐意了：爸爸坏蛋，偷偷出门不带我。傻丫头，那个时候还没你呢！

旅行的最后一站是北山烈士陵园。瞻仰完革命烈士纪念碑，沿着青石板台阶一路向下，蹦蹦跳跳的两个孩子让清幽北山多了些灵动的韵味，清脆的笑声如林间歌唱的小鸟一般动听。或许，目睹后人的幸福生活，长眠在此的革命先烈们也会欣慰吧？并不宽敞的台阶上，一个小孩子的固执倔强吸引了我下山的脚步。看来是走不动，开始对母亲发号施令了。温柔的声音像丝绸一般流淌，慢条斯理地对孩子进行着精神鼓励。多么熟悉的声音！转头一看，浓眉大眼，秀丽短发，标志性的美人小痣，以及仿如少女一般曼妙的身材，这不是大学四年同吃同住的寝室室友么？连说话都带着颤抖，她一抬头——我和我的伙伴都惊呆了，果真是你！世界太大，缘分太巧。整整十年未谋面，天南地北各一方，怎么就在这不经意地低头抬头间相见？

一次简短的井冈山之旅，让我收获了太多无法言语的惊喜。缘，果真妙不可言！

（本文发表于2013年8月26日《井冈山旅游报》）

善意的谎言

我宁愿一直被这些善意的谎言欺骗，生活在这般美好的世界中。

武功山之行，让多年未曾登攀的我体会了登山的艰辛。上山容易下山难，不断弯曲的膝盖磨得酸痛，机械化地抬腿、伸脚，已无心周边的风景。真正印证了那句俗语；登山不观景，观景不登山。头天的金顶之路已让小腿隐隐发胀，今日三个小时才下行至中庵。并非闲情逸致，实乃困顿难为。原因无他：体力已完全透支。下半段本想坐缆车，但指示牌上显示四个小时的候车时间让原本疲惫的心更加烦躁。丈夫在旁打气：也就再走半个小时而已。路又好走，波波都已经在车上等我们了。波波是一个和我们同行上小学二年级的孩子，一路上总走在我们前面。丈夫的话刺激了我，三十多岁的大人总不能输给一个不到十岁的孩子吧？儿子也在旁煽风：爸爸说缆车是懒人坐的车，我们还是走吧！两父子一唱一和，说得头头是道。我索性一咬牙一跺脚一言不发跟在下山队伍后面：总不至于在儿子面前丢了做娘的脸面！

刚走没十分钟，就后悔了：全部都是台阶，比起没有开发的山道更显艰难。无奈的我只得低着头心无旁骛看着台阶，头晕眼花往下奔。一路上超车借道的驴友动不动就把我挤到路边，吆喝着号子的挑大扁担吱吱呀呀地响着，小跑前进。如此欢快的行走场面却丝毫激发不了我的斗志。天气越来越热，一家人脱下来的衣服一件一件塞到背包里，背上是越来越重了。背后已然湿透，闷热得不行。烦躁的脸色一览无遗；“还有多久才到啊？”一屁股坐到旁边的石凳上，再也不肯走了。

“快了，还有二十分钟就到了。这是我上山的第一个拐弯。”迎面小跑上来的白衬衫小伙接话过来，在我身边荡起一阵清风，“咚咚咚”往山上跑。小伙子的话激起了我的斗志，收拾心情整理行装，啃个鸡蛋灌口水，自我安慰再出发，心情极好。靠近终点的脚步也觉得轻快起来：跑一阵歇一阵，脚下熠熠生风，嘴里欢呼雀跃。飞落的白练瀑布，摇曳的竹林翠枝，突然觉得下山的风景竟也幽雅无比。一步、两步……默念到了一千步，终点还是遥遥无期。碰到了个骗子！鼓足的勇气像只泄了气的皮球，一下子全蔫了。轻快的脚步像灌了铅再也抬不动了。

"加油啊，马上就到了！"看到气喘吁吁的我，超车的中年夫妻连忙鼓劲。肩上扛着红色皮箱的男子更是一副轻松模样："昨天我刚上来，不会记错。坚持啊，就二十分钟而已！"儿子也拽着："妈妈，马上就可以回家了。"我又站了起来，杵着竹竿继续前行。只是二十分钟而已，怎么也得把它拿下。边走边和儿子聊天，抬头就见背着鼓鼓囊囊登山包的丈夫在拐角处张望着我们，幸福就在前方！小跑两步追上，一家三口说说笑笑又走了一段。一个多小时过去，步子越来越小，幸福感也逐渐消退，这个二十分钟怎么这么漫长？太阳晒得头皮都发麻了，又变成无赖坐在了路边。一路上全是中场休息的驴友，都是同道中人哪！

"还有多久？"

"胜利在望，再有二十分钟就到！"

又是二十分钟。一路上驴友们一个接一个的二十分钟把我忽悠下来，自己就像只漏气的皮球，不断有人加油鼓劲，斗志颓废再昂扬，颓废再昂扬，鼓励我一步一步走下去。尽管心里明镜似的，前一半路走了三个多小时，后一半路花费的时间也只会多不会少，怎么可能就是个区区二十分钟能够打发的？但我还是不断去问，不断得到同样答案，正是因为他们善意的谎言激发了我一次又一次的斗志，让我离终点越来越近。

十二点五十，历时六个小时，一十八个二十分钟，终于到达停车场。"这个二十分钟真长！"感叹换来了丈夫的侧目："你没看到那个小伙子在背后笑吗？骗你的！"

可我宁愿这样的欺骗，宁愿这么多善意的谎言陪伴我一路前行。丈夫的欺骗让我窝心，孩子的假话让我感动，驴友的谎言让我奋进，只为一路上有人相伴，有人鼓励，有人支持。

感谢这些可爱的骗子，让我一路从山顶走到山底，完成了一次自我挑战，自我征服的路程。

下一站休息

周末出游明月山。全家人兴高采烈，儿子更是乐得屁颠屁颠地冲在最前面。

只是这样高昂的情绪并没有维持多久，儿子便被那一眼望不到顶的青山吓破了胆，被那一级一级高低不平的台阶吓得缩起了脚。看到缆车停下来，看到滑锁停下来，怕是懒筋长出来了，想要走捷径了。许了他一个希望，只有徒步到达山顶之后看一路坚强表现才可以考虑用捷径下山。于是在接下来一路上行的过程中，我和丈夫一直配合着他的脚步前进，让他感到这段艰难的旅程并不只有一个人在战斗，全家人一直都在一起并肩前行，不断给他前行的勇气和动力：你是一个勇敢的男子汉！山顶可以看见美丽的高山湖，不知道可不可以游泳？前面树林里据说有杨梅树，不知道现在还有没有杨梅？但又在坚决不欺骗的情况下给他一个充满希望的梦。

儿子单纯，一个个似是而非的梦境便能当真，稍微一顶赞扬的高帽子戴在头上便铆足了劲蹦蹦跳跳往上跑，而八宝粥、鸡蛋、苹果、石榴等各种能量也源源不断地输入他的小肚子。

行至半中央，连续的向上台阶已经让他感到有些筋疲力尽了，他终于走不动了。优美的赞扬、美味的零食再也不能吸引他了。妈妈，我累了，我要休息。儿子固执地站在台阶中央，拉着我的衣角，带着哭腔。无论再怎么诱惑他都不为所动，依旧坚定地站在那里。

蹲下身子，拉着他的小手，指了指上前方大概五十米左右处的一个亭子："我们到下一站就休息，好不好？就那个漂亮的亭子。"顺着我手指的方向，儿子看见了凉亭，还有里面小憩的游人。好！

大手牵小手，我们一步一步往上走。小亭子多漂亮啊，红红的顶，像个帽子。有几个翘起的角呢？、有几根柱子呢？孩子的注意力开始分散，不再专注身子的疲惫与小脚的酸胀，开始观察周围美丽的风景。古朴的凉亭、如烟的瀑布、负重的驴友还有嘹亮的山歌，就在这边走边看的风景中，我们的脚步不再那么沉重，心情也逐渐放松，小小的苦瓜脸上也偶尔闪过惊喜的笑意。

到达凉亭，我兑现了对儿子的诺言，坐下来进行短暂休整。不远吧？我们努力努力，走一会就到了，是不是?

在接下来两个半小时的行程中，每次当他退缩想要休息的时候我总是指着前方和他定一个看得见的目标。就在这一个个触目可及的目的地连接下，历时五小时十八分，全家人终于顺利到达了明月山顶。

儿子真棒，都可以自己走上山！我们给了他一个大大的表扬。

如同人生，其实登山疲惫痛苦随处可见，原地休息也并无不可。特别是小孩子很容易被小小的挫折击倒，选择退缩或让步。若能一直坚持下一站休息，在看得见的目标指引下，跳起脚就能摘到头顶的桃子，那么他便能克服自身胆怯心理，增加无限向上的勇气，这对于培养孩子的毅力和坚忍不拔的精神应该是有益的吧?

小孩如此，大人如是。

田南三月胭脂红

仲夏，新干县诗词楹联协会一行十四人前往位于新干县桃溪乡井下村的田南水库采风。

与窑里水库、黄泥埠水库并列为新干县三大中型水库的田南水库，背靠青山、面朝沃野、湖光幽美、风光旖旎，环境十分清雅，是周边居民踏青休闲的主要场所。但与其他水库不同的是，田南水库养着一条与众不同的鱼——胭脂鱼。

一路走，一路看，驱车近一个小时，一行人到达田南水库管理局。刚刚坐定，一路随行的何局长便将那条鱼向我们娓娓道来。胭脂鱼是国家二级保护野生动物，属长江水系名贵淡水鱼种。其性格温顺，游速优雅缓慢，被誉为“亚洲美人鱼”；因背上长着一条类似于船帆的鱼鳍，人们又赋予了它一个更为吉祥如意的名字——一帆风顺。只是这条鱼由于它苗种成活率低等种种原因，资源量十分衰竭，濒临灭绝。目前已有一福建水产投资商斥巨资，由田南水库和中国水产科学研究院东海水产研究所在此共同驯化养殖，争取让这条色彩斑斓的鱼能早日游进寻常百姓家。

耳听为虚，眼见为实。从办公室出发，顺着弯弯曲曲的小道，穿过两旁油亮丰盈的花生地，越着那开着白色小花的芝麻杆，跟着蜜蜂嘤嘤嗡嗡的指路，在几个陈旧的屋子后面，我们来到了养殖区。

和想象中那一副鱼跃人欢的景象大为不同，这里显得特别萧条，格外沉寂。没有风，那大大小小七八个养殖池平静地如同覆盖了一层绿色薄膜的贫瘠土地，看得让人不禁有些沉重。想起刚才何局长介绍说，巨额的投资并没有取得理想的回报，莫非那位福建投资商一看这白花花的银子打了水漂，便打了退堂鼓，留下这惨烈的战场一走了之？

走在间隔池塘不足五十公分的水泥墩上，低头看见半池绿汪汪的水碧玉一般平和安详。水面还漂浮着些许浮萍，烈日下散发着点点白色光芒。每个池子的角落都搭建着水泥台阶直通池底，便利于喂食、清扫。许是许久没有人打理的缘故，台阶旁几株瘦弱的水草隐约可见。而在我们的斜对面，一位戴着草帽，穿着迷彩服的中年男人正站在水泥墩上，拿着一根长长的竹竿在水中缓缓移动。手扬竿起，竹竿尾端的网兜里便装了些细碎的水草垃圾等物—原来在进行池塘清理。

不能大声喧哗，惊扰了我的鱼，它就不吃食啦！十几号人一来，难免打破平静。走近，方知这位就是投资商，——福建老板老彭。原来是老板在亲力亲为。和想象中“老板空调里笑着看，临日工烈日下哭着干”的情形不同，或许这就是闽商能够在商界独树一帜，干得风生水起的原因吧。

老彭如数家珍，轻轻走悄悄说，带领我们介绍他的宝贝：这是孵化池，这是育苗池，那是养殖池。只是今年的养殖并未成功，各种鱼期的鱼已经死得七七八八了。岂不是看不到。

咦，那是什么？随着一声惊讶，大家跟着声音回头，靠近旁边豆子地的大池塘里，冒出了一个七八公分高的三角形鱼鳍，像一把小刀将平静地水面缓缓劈开，划出一条条水纹，从两边往后伸展。你们有福了，这是条成年的胭脂鱼！

能抓着么？抓来看看！经不住大家伙的好奇，老彭带着我们走了过去，把网兜往水下一伸，鱼便缓缓地靠近了我们。这是一条极其温顺的鱼，听见我们的咋咋呼呼，它竟然毫不在意，依然悠然自得地游玩。不时冒出点背，不时又抬一下头。若是寻常的鱼类，恐怕早就受了惊吓，潜到水底无影无踪了，还能这般心无旁骛？看来真是个鱼中的贵妇，那种端庄优雅长到了骨子里，完全不在意周遭的环境。而老彭的网兜一回，它也便安安静静地头朝里尾朝外躺在里面，动也不动。感觉不舒服了便稍微调整一下躺着的姿势，便又安静了。真是条老实本分的鱼。若我们起了贪食之心，这个大家伙不是要祭五脏庙了？怎么一点都不着急逃呀！若是四大家鱼，又是激水又是蹿动的，肯定把网兜带着到处游，然后乘着咱们不注意，逃之夭夭。

终于看到了庐山真面目。三角形的背鳍笔直向上，像极了一张帆，难怪人们给它取了个“一帆风顺”的名呢。背鳍的前端是一个两公分左右的圆环，从背部绕到鱼腹。再往前又是一个黑色的圆环。头部白色居多，嘴部圆钝，只眼睑部分稍微涂抹了一些墨色。背鳍往后则是黑色打底，背部有星星点点的白点。鱼尾是敞开的剪刀状。整条鱼黑白相间，有层次感。若非老彭对于它的好脾气一再肯定，我都以为那是个病怏怏的林妹妹呢！

不是说是胭脂鱼么？哪里看到了红粉菲菲？搞不好又是一宣传的噱头，骗来了我这个不知情的游客。

等桃花盛开的时候你再来吧，到时候胭脂鱼也要谈恋爱了，它的全身都会变得鲜艳通红，就像你们女孩子都喜欢的胭脂，把自己打扮得漂漂亮亮的。原来人家也是一条有情绪的鱼，有了爱情的滋润才能面带桃花呢！哪能随随便便就穿漂亮衣裳？到时候台湾香鳅也养殖成功了，也能带来可观的经济效益。老彭一脸憧憬，指着脚边的池塘对我说。

上阵不离父子兵。听说老彭的宝贝儿子马上也要过来，和父亲一起，在田南水库一起精心伺候这条宝贝鱼。看着他头上那顶边缘全部磨破了的草帽，黝黑发亮的脸庞，还有背后微微的汗渍，我从他充满微笑的眼睛里看到了希望。相信老彭两父子必然能够突破人工养殖胭脂鱼的瓶颈，一改现在养殖区萧条的景象，应了这条鱼的名——一帆风顺。

到时候，在三月，在桃花盛开的三月，必定一番丰收景象！

蜜柚寻踪

前不栽樟后不栽桑。老家对于房前屋后的那一株树也颇费心思。谁不喜欢听吉祥话？苹果树、橘子树、枣子树，不但让大家能一饱口福，还能让主客宾朋进进出出之间就能享受到平平安安、吉祥如意、早生贵子的好意头，岂不舒服？在这些果树中，不能不提的就是柚子了。

柚子，谐音“有子”。几乎每家每户都栽种着这种果树。这个好意头最得爷爷奶奶们的喜欢，添丁进口，瓜熟蒂落。刚得了个贤惠的儿媳妇，马上又添个胖乎乎的大孙子。承欢膝下，含饴弄孙，岂不是人生一大圆满？小媳妇们则羞答答的，看着枝头圆滚滚的果子，摸摸自己的便便大腹，再尝上一片那个木讷的男人塞到嘴巴里的柚子，从嘴里一直甜到心里。当然，孩子们也是喜欢的。他们每天眼巴巴地抬头望，由小望到大，由青望到黄，从端午望到中秋，望着那一个个黄澄澄的灯笼挂在头顶，望着那一个个清香的柚子灯亮在手中。

仲夏，文友采风。一行人到达桃溪板埠村，听说那里有株井冈蜜柚的母本。一出村委会，一棵柚子树便扑人眼帘。树冠呈伞状张开，树干粗大，树枝健壮，深绿色的叶子在白晃晃的日头下长得浑厚精神，就是那一个个碗口大的柚子也像吹饱了气的小皮球，鼓鼓囊囊挂在枝头。几个调皮的小家伙竟然突破伞冠，探长了脖子，挂在了人来车往的马路边上。有丰收的果实还有大树好乘凉，乡间的夏季生活真不错！

只是那么清凉愉悦的好心情一下子就被那一堵厚厚的围墙破坏掉了。真是户小气的人家。乡间民风淳朴，路不拾遗夜不闭户，前后左右哪家哪户不是大门敞开二门不闭的，怎么偏就他家紧张兮兮，一棵柚子树宝贝得什么样，还专门建了个近两米高的砖头围墙，害怕我们偷柚子不成？

谈笑间，我们将那棵宝贝柚子树的感慨讲给了村支书听，希望他满足一下我那颗八卦的心。不听不知道，一听吓一跳。那哪是棵普通的柚子树呀，简直就是一棵摇钱树！

原来它就是咱吉安市井冈蜜柚的母本。聪明能干的村支书老洪日日走东家进西家，无意间发现每年农历七月底、八月初，当别人门口的柚子还在努力生长，为中秋月圆做准备的时候，这家主人早已急急忙忙、慌慌张张把屋后这棵果树采摘完毕。没办法，再晚几天，连自己都吃不到了，顶上那为数不多的几个都会被村里的淘气小子做个钩子钩下来。

老洪随手拿起一个，手感沉重，果香扑鼻；细品一口，口感清甜，回味尤甘。果真与其他柚子不同，不但甜份饱，水分足，并且产量高，上市早。

孩子们贪吃，可老洪这一吃却吃出了富民商机。相对于其他果品而言，柚子的采摘期比较长，可以从中秋一直摘到过年；只要不伤害到果皮，柚子下树之后一直可以自然保鲜大半年不腐烂；更重要的是，它的大面积推广，不仅仅能满足农户自身对于柑橘类水果的基本需求，更能为周边群众带来不菲的经济效益。而作为一个本土果业品种，它的适应性非常强，群众接受度非常高。只要将这一优良品种的信息传播出去，就能立马得到广泛推广，几乎不需要额外的思想动员。

心动冯上行动。老洪马上从县城请来了专门的农业科技人员，并与他们一道不断钻研摸索，一门心思栽进了这棵树上，力争将大家门前屋后这株不起眼的柚子树变成富民富家的摇钱树。土壤检测、环境测试；剪枝嫁接、品种改良，一个个项目逐渐过关，一个个瑕疵逐渐改良。几经寒暑，几番努力，终于取得了成功。改良后的柚子比乡下的土柚子更有市场竞争优势：卖相更好，个头匀称，表皮青黄；品质更佳，果肉细嫩，甘甜清香。由于出生在井冈山脚下，又超出一般柚子的甜味儿，于是有了一个特别本土的名字——井冈蜜柚。

酒香不怕巷子深。改良后的井冈蜜柚一推出，便得到了市场的广泛认可。大家纷纷打听这么好吃的果子是怎么种出来的。洪书记应接不暇，可那株柚子树也开始被有心人惦记上了。大家纷纷跑来借种，东家一枝西家一条的，把个好端端的树剪得七零八落，奄奄一息。老洪一看这个生金蛋的母鸡快不行了，害怕母本遭到破坏性损害，于是专程跑到县城，申请专项资金对它进行了特别保护。不但筑起了近两米高的围墙，还贴上了专门的宣传介绍牌，同时进行了有计划地修剪嫁接，确保在最大限度挖掘资源的同时保护母本安全。总不能抽干了水抓鱼，老洪说不出涸泽而渔的成语，但可持续发展观在这个中国最小的官的嘴里还是能听出几分味道来。

在老洪的努力下，这株柚子树在吉安这片土地上茁壮繁衍，繁衍出了一个个“千亩井冈蜜柚栽植示范基地”。国道两旁、村口路口，几乎都可以看见这样的大型介绍牌。那一个个挂在枝头的柚子已经变成了一个个沉甸甸的金元宝，村委会门口那一株不起眼的柚子树也变成了当地群众大天的财富。

中秋的时候你再来，到时候我们的柚子灯也挂起来了。送到路口，洪书记一脸幸福甜蜜。我仍佛看到孩子们提着灯，走在宽阔的水泥道上，追赶着天上的那一轮明月。

红花草

乡下人不知紫云英，城里人不识红花草。其实，两者同为一物。

小时候爱美的我，于花最真切的印象就是冬去春来时稻田里的红花草了。乍暖还寒，清凉的风刮在脸上还有些美丽冻人的味道时，刚解冻的田野中却早已春意盎然。尽管田埂上的野菜才羞羞怯怯刚探出头，稻田中已然姹紫嫣红开遍。

清润的田野中还隐隐散发着淡淡的泥腥味。触目所及，却是一片烂漫的花海。青白的茎干、碧绿的叶子，紫红的花朵彼此在稻田中依偎着，描绘出一幅多彩的画卷。微风吹过，画卷如同流动的丝绸由远及近涌到眼前。此起彼伏，微微低头即又缓缓挺立，像一群仪态万方而又彬彬有礼的小家碧玉向我们颔首示意。

叶子是水润光泽的碧色，给稻田披上了一件希望的披风；茎干青白，那是田野中最常见的一种颜色。用手轻轻一捏，指头上全是清新的草汁；光秃秃的茎干努力地向上生长、生长，大概突出叶子十厘米左右，在顶端开出一球红花。这是由许多独立的小花朵组成的花球，花蒂几乎靠在一起，花朵则肆意向上、向下、向周围绽放，围成了一小簇层次分明却又饱满的花球。单个花朵的颜色也极其绚烂。外端紫红色的居多，像极了小姨手上的指甲油。向里则慢慢地渐变成黄白、纯白色。仿佛要拽住美丽的尾巴，在那白色花瓣中间还倔强地拽着那一抹嫣红不肯放手，直至越来越少，越来越浅，消失殆尽，

仿佛一夜间，就在早春的第一声惊雷中，它们便急匆匆，争先恐后地从地下冒了出来。先是薄薄的一层鹅黄绿，然后浅绿，深绿，那披风就在这三两天的时间内魔术般变了好几次；然后那紫色的云霞便随着春风不期而至，落在披风上，田野瞬间变成花海。勤劳的小蜜蜂嘤嘤嗡嗡，飞到西来飞到东，一会停留在花蕊贪婪地吸食，一会徜徉在花海优雅地舞蹈。田埂上灰黑的蜂箱，也不碍脚了，那一不小心就把人蜇成猪八戒的小蜜蜂，也不恼人了。因为一勺勺淡黄透亮的蜂蜜，慢慢地从蜂箱中流出，那清甜一直润到心里，把那红花一直从田间开到心间，从眼里美到心里。

记忆中，我背着书包上学，为了逃避泥泞不堪的烂路，同时也为了验证两点之间直线最短的几何原理，我专往种满红花草的田里趟。一双套鞋被带露的红

花草洗得乌黑发亮。爱臭美的我特别喜欢在这样的稻田里穿梭，蹦蹦跳跳边走边摘，等走上田埂时，手中已是一捧娇艳的红花。电视中新娘的捧花也未必有这般漂亮吧。耳畔农夫的怒骂由远而近传来："作死呀，扯我积肥的红花！"吓得我如惊鹿般狂奔，留下一路倒伏的红花酣然蔓延……

懵里懵懂，清明播种。也记不得是哪一天，就看见邻居小叔叔开着拖拉机，隔壁老头牵着老黄牛，于田间来来回回，将那一片正肆意绚烂的花海，一下掀进那冰冷的泥土，埋葬其间。看到这样的场景，总觉得残忍，哪里能这么糟蹋这些娇弱美丽的花儿？

落红不是无情物，化做春泥更护花。就是在这一翻一埋间，秧苗铆足了劲往上蹿，稻子压弯了腰。那落红护的可不是简单的稻穗扬花，而是千万百姓辛勤劳作的家。红花草，这个最名不见经传的绿植，灿烂时蕴育着清甜的紫云英蜂蜜，长眠时化作那物阜民丰的养分，就这样年复一年，滋养着无边的田野、勤劳的人们。

丰收在望

周末，和好友数人一行乡村采风，儿子说妈妈是去采蜜，像小蜜蜂一样，闻着香就奔过去了。谁说不是？那一片青山黛色前黄绿相间的稻田，散发着悠远的淡淡清香，从几十里外的田间一直飘散到我的心田，我岂不是那只贪婪的小蜜蜂？

或许是由于从小生活在乡村的原因，或许是由于工作十几年来一直与粮仓稻菽打交道的缘故，对于稻子，我有着几乎偏执而倔强的热爱。

汽车沿着国道渐渐驶出城区，两边的高楼大厦越来越稀疏，周边的厂房却断渐多了起来，低矮宽阔；左转进入县道，灰白的建筑渐渐少了，逐渐长出许多绿意。青色的山，绿色的树，还有那粉白的莲，无一不告诉我们，此时已经走在了，城乡结合部的路上。

渐行渐远，房子渐渐小了，那一眼望不到头的稻田开始进入我们的眼帘。

色彩均匀，高矮一致。这一块块归属于不同农家的稻田，这个时候看起来都是一模一样的。不事农事的我一直奇怪，为什么那些憨厚耿直，看起来并不十分精明的农夫、农妇能在三五天插秧的匆忙时间内将一畦田栽得是整整齐齐？莫非他们有与生俱来的本领，早已领会了十字绣的真谛，将一幅幅充满希望的山水田园画了然于胸，这样才能在不划线、不抬头间将一簇簇秧苗准确无误地钉在点上，才有了清明前后水田里的横平竖直，才有了现在稻田里丰收色彩的均匀泼洒。

没有风，自然也看不到摇曳的风姿。那些孕育着丰收的稻子此刻就这般安静地守候马路两边，心无旁骛地汲取着田间的养分，努力地丰盈着自己的娇躯。

蹲下来，与眼齐平的是那一幕黄白相间的田园山水；如丝绸般从远处缓缓流淌，直至眼前，看不到丝毫褶皱；些许低眸，却看见那青绿色的稻秆笔直向上，支撑起一茬茬希望。现在的稻田里已经看不见流动的水了。低下头去，许多像蚯蚓般长短蜿蜒的裂缝东一条西一条地躲在了叶子下，撒娇般躺在田间。但田里还是湿漉漉的，隐约可以看见泥土上的那层水润光泽。指腹轻轻一按，清凉柔软富有弹性。再经过十天半月烈日炙烤，泥土慢慢变干，渐渐变硬，稻秆也逐渐从上而下穿上了金黄的衣裳，当沉甸甸的稻穗压弯了腰的时候，安静的稻田就该热闹起来了。

远处的水库闪耀着星星点点的白色光芒，日夜无私地进行着丰收的给养。而那一眼望不到边的稻田，就在这阳光下，依然故我，茁壮成长。

碧水微摇，激一湖丰收在望；艳阳高照，耀万顷稻浪飘香。

（本文发表于 2014 年 7 月 31 日《粮油市场报》）

晚春的稻田

喜欢在这个时节踏青。

那是真正意义上的踏青。走在乡间的田埂上，那豆腐块一般整齐方正的稻田已经悄无声息换好了衣裳，淡淡的鹅黄在晚春初夏的微风细雨滋润下渐变，渐变，不知什么时候就变成了现在这一身绿油油、水汪汪的新装。

在打秧时节已经过去，而扬花抽穗的丰收景象还未来临时，稻田里有着些许安静。劳作的农妇不必每天亲临田间，或身穿雨衣弯腰移栽，或头罩毛巾割稻晒场。只消三不五时荷把锄头到各块稻田转悠，放放水，施施肥，碰着熟人笑谈长势，预测收成，然后就在家中静等一年中最辛苦也最幸福的收获了。

这时候的稻田，是属于微风的。想想看，就那么一块流淌着生命气息的丝绸，静静地平铺在水田上，谁都不忍大声喧哗，害怕打扰她甜美的睡眠。也只有清风这个调皮的精灵，拽着自然的问候，唤醒了她惺忪的双眼。一阵阵微风吹过，细碎的“刷刷”声好像姐弟俩在田野一唱一和；一波波清风徐来，那绿色的波涛从远处缓缓推进，好像伙伴间追追打打的小嬉戏，爬起又摔倒，摔倒又爬起。

这时候的稻田，是属于细雨的。春雨贵如油。淅淅沥沥润物无声，缠缠绵绵情丝难解。渴望细雨，如同少女渴望爱情；渴望甘霖，如同少年期待红颜。或电闪雷鸣的预兆，或毫无预警的降临，就在这日滋夜养间，秧苗们渐渐丰腴，丰腴，如长开了身体的小姑娘，一个个亭亭玉立。

这时候的稻田，是属于白鹭的。想想看，一只只纤长苗条的白鹭悠然地站在一块绿油油的稻田中间，多像一位位甜美俏丽的公主身着一身绿色的大摆裙站在天地间。白的纯洁无瑕，绿得生气盎然，一副多么温馨的景象。长长的脖子或机灵地左右张望细心查看，或漫不经心地伸进田间寻找食物，再或者伸开双翅缓缓飞起，又在不远处的田间徐徐落下，那种大气端庄，就好像俯视群雄的君主巡视着自己广袤无垠的疆土。

这时候的稻田，是属于孩子的。不知疲倦的姑娘小子，最喜欢在正午的田间嬉戏。站起看到一块密密实实的布，蹲下看到一根根排列得平平整整的杆。在蹲下与站起间，寻找着缝隙中那双结实得像小棍子一样的腿和那头乌黑油亮的发。就一个简简单单的捉迷藏，孩子们乐此不疲，快乐了整个童年的夏天。

一田肥沃的土，一畦清澈的水，一块充满希望的稻田。在绿色中憧憬金色，在安宁中孕育丰收。

稻　香

只有在骄阳的暖风下才能真切感受到稻浪随风起伏、远远传来的温暖馨香。

从包种到催芽，从移栽到扬花，稻田里总是弥漫着一股似有若无的清香。只是那时候还夹杂着田埂上各种野草野菜混和的香味，反倒把禾苗的清香掩盖了。只有等到流火七月，田里的水渐渐干了，青色的禾杆渐渐金黄，扬花的穗子渐渐沉重，稻香便渐渐清晰浓烈。

稻香并不同于其他花草的香味。它悠远而绵长，让人感到长久的心安。曾见一老农，皮肤黝黑发亮，扯下一朵穗子在掌心细细碾磨，拨开谷壳后将雪白透亮的新米放入口中："真香！"那种幸福感是旁人所无法体会的。

待收割完毕，打谷晒场，稻香便更浓烈了。整个乡村都在稻香的包围下喧闹。晒场上，房屋的平顶上、房前的青砖地上，屋后的水泥路上，触目所及，全是明晃晃的黄。午后的烈日那么一炙烤，一脚踩下去，脚下的稻子便发出吱吱呀呀的声音，脚下立刻升腾起一股热浪，伴随着浓郁的香味，让人安心，让人满足。傍晚的村道上，那一匹长绸般的晒场从脚下一直延绵到天边，与落日的橙黄交相辉映，仿佛沿着这条路一直走下去，便可触摸太阳。

喜欢这样可以抓得住的香味。握在手中痒痒的，嚼在口中脆脆的，看在眼里甜甜的，嗅在心中暖暖的。伴着这样的香味人眠，梦中也要笑醒吧？

（本文发表于2013年8月29日《粮油市场报》）

掰竹笋

清明过后，全家总动员，上山掰竹笋。

准备工作要做好。鞋子一定要高筒雨靴。惊蛰刚过，正是蛇虫鼠蚁醒来的时候，它们特别喜欢出来溜达。光滑的雨靴鞋面能让它们迅速地从你脚上溜走。就算是不小心真碰上了，高高的靴筒还能成为一道保护屏。衣服最好是打眼的红色，在满目青翠的山林里，青色、绿色等大自然颜色的服装很容易和周边环境融为一体，不容易辨别，黄色白色等浅色的不太打眼，不如红色在绿色丛林中给人的视觉冲击力。衣料最好是牛仔之类的，千万不能穿针织衫，山林里灌木多，荆棘多，针织衫最容易被那多情的枝枝桠桠勾引，出来的时候不是胸前长了根手臂就是屁股后多了条尾巴，全身挂彩，勾得乱七八糟。舍得的最好把长发也剪了，清清爽爽的短发最适合在林间行进。

掰竹笋的时候最好是两个一对，三个一伙，成堆活动。一来可以说说话，排解独自掰笋的寂寞；二者一旦出现意外时也好互相照顾。拿个棍子在前面敲敲打开路，向山里的小精灵们借道：我们上山掰笋来了。

外面阳光普照，山林间却依然草露清新。路要走新路，简单说是自己要开路。有人走过的痕迹尽管走得不艰难，可道路两旁的竹笋也被掰得差不多了。听见叽喳喳的鸟叫在耳边环绕，抬头却不见踪影。拨开团结的荆棘，一看过去，那尖尖的笋尖就像未开封的毛笔，笔直地耸立在那一片青杆翠叶的林子中。高兴极了。我踮起脚尖伸长双手抢了过去，哪知中间一断，只抽出了胳膊长短的头。经验丰富的公公在那呵呵笑着，你那哪叫掰竹笋？都抽成马鞭了。这些快成竹子了，没有什么吃头。

怎么没有？我一捏断了的地方，那么清脆，一捏就裂，不知道多嫩呢！公公接过，往关节处一拧，动都动不了："服了吧？竹子先从关节处开始变老，再慢慢向下成熟。"我哑口无言了。

只见公公半蹲在地上，用棍子拨开前面的小竹子，两眼四下张望。看见平行于眼睛的前方地上冒出的青黄颜色小棍子，他身子前倾，用手中的棍子向前敲打一番后，再伸出手靠着地面往身前一拽，一根拇指大小、三四十公分长短的小竹笋就轻快地握在了公公手中。为什么要蹲着呢？蹲下来看的好处是能将所有的竹笋一览无遗一网打尽。如果与眼睛平行的地方新长的笋身已经显了深绿色，那证明这个竹笋已经逐渐在像竹子转变，没有多少食用价值了。除非笋身特别粗壮，那么他顶端的马鞭还稍微有点可食之处了。如果站着看的话，看到的基本都是已经，老了的竹笋，而正是可食用的嫩笋却被上面茂密的竹叶遮盖，成了漏网之鱼。

说起来容易做起来难。蹲下去可不容易。看见不掰舍不得，可一伸手就是密密麻麻的枝桠，招呼在手上星星点点，通红一片。不小心还划道口子，露出一道血痕，刺痛无比。无怪公公说我也就是吃新鲜饭，跑到山上玩玩而已，真正还是吃不得苦掰不了笋的。可就是这样，才越发得不服气，半是赌气半是争气。跟着公公一路走，一路掰。一个下午，全家掰了满满一车竹笋，足有两百多斤。

大自然真是一位神奇的造物主！

（本文发表于 2014 年 04 月 23 日《吉安晚报》）

JI YI DING DING KE | 记忆“叮叮磕”

我喜欢拿巴掌一拍，把叮叮磕碎成大小不等的小块。轻轻地放在嘴里，在唾液的滋润下，它们慢慢变得绵软悠香。舌头和上颚轻轻约会，叮叮磕就在嘴巴里慢慢消融，直至越来越小，味道越来越浓。

我的“扶贫专列”

大概是在二十一世纪初，开始有了这趟火车。

逢站必停，逢车必让。早上“哐当哐当”半天从吉安开往南昌，下午再“哐当哐当”半天从南昌返回吉安。因为可以直联穷僻的小县城与繁华的大省城，并且车票着实便宜得让人有些不敢相信，所以几乎没有意外，大家都把这趟车叫做“扶贫专列”——权当是给老区人民的福利了。

这趟车，穿梭在家与校园中间，我一坐就是四年。尽管最开始车厢只有六节，座位才几百个，可这车上上下下从来也没少过千来号人。若碰上开学或放假的那几天，车厢便成了一个个拥挤的罐头，满满当当。而中途上车的我，总能找到自己的立足之处，安臀之所。位子嘛，就像是海绵里的水，挤一挤，终归还是有的。撒个娇卖个萌，稍微往里靠一靠，旁边三连号的座位就可以腾出半边屁股的大小。再一点一点慢慢蚕食，我这个第四者到底能把自己的双臀塞进三个人的座位中去。如果碰上了更为心慈良善的男生，看着大包小包上车的我，二话没说直接站起，手疾眼快替我把东西塞进行李架后就站在身旁过道上守卫站岗。那感觉，真叫一个棒！

如何打发这旅途中半天的无聊呢？在手机还不普及、手提还是奢侈品、没有微博可刷、微信可聊的年代，“拖拉机”无疑是最好的消遣了。熟的自不必说，就算是陌生人也很快混了个脸熟，大多愿意加入这般友好的游戏中来。四个人两个两个面对面坐着，就开起了“拖拉机”。常常四人战斗，观战者却有一圈。后面的站起来，旁边的侧过身来，一些不能忍受旅途孤独，耐不住寂寞的则更是从别的车厢，远处的座位上走过来，踮起脚尖往里瞅。这边还在犹豫是垫牌还是杀主，举棋不定的时候，身后就已经有了无数的师傅：毙掉毙掉！各自的战略战术在面对同一战局的时候常常争得是面红耳赤，一个个好像指挥千军万马的将帅一般。

这边势如破竹、乘胜追击、痛打落水狗、绝地反击、置之死地而后生的一个个好战况正如火如荼，那边走得磕磕碰碰的小推车就已经艰难地过来了。

尽管它很少因为我们某个旅客的需要而停留下来，但不得不佩服的是，那个小个子的男人总是一脸眯眯笑，锲而不舍地从我们身边执着地推过来又推过去，推过去继而又推过来。他的手里永远都攥着一叠整整齐齐的钱，从小额毛币到百元大钞，由小到大依次排列，看起来好像收成不错的样子。看到我们的热闹阻挡了通道，他总要不好意思地笑一笑，然后连说几句“让一让，让一让”。每每这个时候，爱打趣的我们立马就将心思转到了他的身上——坐等吆喝。“啤酒饮料矿泉水！”他不大的嗓子才叫开，我们这边就立马脆生生接了句：“花生瓜子八宝粥！”而那个唯恐天下不乱的小胖子则扯开嗓子鬼叫鬼叫：“开水泡碗面——”故意把尾音拖得长长的。整节车厢“哄”得一下笑开了花。看到我们一个个笑得东倒西歪，他反倒不好意思起来：“看看你们，还一个个读书人呢，像什么样子？”边说边笑边推着车子继续往前走去。

就在这一次次的笑声中，在这一趟趟的往返中，“扶贫专列”的车厢节次越来越多了，硬邦邦的座位也越来越舒适了，而行使的速度也越来越快了。它带着我从校园走向社会，从年少的欢笑走向中年的打拼，在记忆中越来越清晰……

（本文发表于 2014 年 10 月 19 日《井冈山报》）

偷 瓜

一看到孩子们放暑假，就想起了儿时与弟弟一起偷瓜的趣事，

乡村的暑假，玩的东西可多了。下河摸鱼虾，河边捕鸣蝉，上树掏鸟蛮，菜地偷黄瓜。而村口那唯一一块西瓜地从开始结出一个个鸡蛋那么大的果实起就无时无刻不牵引着我和弟弟的目光。放暑假了，老爹的茅草棚搭起来了，西瓜像篮球那么大了，应该熟了吧？

一天中午，趁妈妈睡觉的时候，我和弟弟蹑手蹑脚溜出了门，跑到村后的小河边摘了许多根长长的柳条，每人编了一个草帽打掩护。

弟弟早就踩了点，旁边那个最大，准备摘到就跑。我俩一路小跑到了树林边沿，隔着四块花生地，中间那窝下去的一块就是西瓜地了。三角茅棚就搭在瓜地中央，里面摆着一张竹床，老爹躺在上面午休。大黄狗懒洋洋地躺在竹床下，一动不动。

开始行动！我和弟弟学着电视中的解放军的样子扑在了地上，像两只贪婪的大青虫一样扭动着屁股朝着那个脆皮白纹圆滚滚的西瓜进发。爬两步，停一步，抬头看看老爹，还在睡。继续，又赶紧爬两步。花生秧随着我们的匍匐前进无奈地倒向了两边，而我们的胳膊上、腿上也因为它们的倔强划出了一道道红红的划痕，痒得钻心。

“汪！汪汪！”趴在地上的大黄狗突然警觉起来，从竹床下爬了出来，朝着我们的方向直叫。“咯吱咯吱”，竹床也随后响了起来，老爹起来了。隐蔽！我和弟弟立马把胳膊平放在地上，额头贴着手背，闭着眼睛，把脸埋在了花生地里。讨厌的大蚂蚁在我们的身上爬来爬去，可我们不敢动啊。

作死啊，大热天也不让人安生，还不回去？也不知是骂人还是骂狗。难不成被发现了？一秒钟，两秒钟，没动静；一分钟，两分钟，没反应；害怕的脚步声没有越来越近，耳边没有响起他恶狠狠的声音，衣领没有被拧起，自然也没有看见那张气愤的老脸。虚惊一场，老爹呵着黄狗又回去睡觉了。我和弟弟害怕老爹是故意躺下去诓我们的，于是保持着刚才的动作一动不动。炙热的太阳烤在身上，背心短裤全都湿漉漉的，汗水沿着腿肚子就这么一根线似得流了下来，流过

划痕时痒得像大蚂蚁叮一样。也不知过了多久，胳膊被轻轻拽了拽，弟弟发号施令了：睡着了，走！两个人继续前进，爬两步就低下头埋几分钟，然后继续爬。三步、两步、一步，到了。拿出早已准备好握在手心的小刀，一割，一划，一拨，热乎乎的西瓜就乖乖地滚到了弟弟手里。

得手了，弟弟抱着西瓜就往树林里跑。家是不能回的，老妈看到还了得。大黄狗叫得那叫一个急，我们跑得那叫一个欢，头上的柳枝防护帽掉了也无所谓了，别被抓住才好！一溜烟跑了几里地，完全看不到村庄了，我和弟弟像热急的大黄狗一样，张着嘴巴喘着粗气，就着热乎乎的西瓜吃得那叫一个开心。

“这两兔崽子鬼精鬼精的。”傍晚，老爹特意绕道我家，当着妈妈笑眯眯地骂了我们一番。原来，他早发现我们了。也是，整齐的花生秧里好端端倒下去那么两路，还平白无故长出了两圈狗尾巴草，连河边的柳树叶子都冒了出来，能不发现么？

（本文发表于2013年8月23日《粮油市场报》）

中　秋

当赶集归来的母亲背着我们把一块圆圆的月饼塞进米缸的时候，我就开始期待中秋了。

盼望中秋的日子很执着。没有电话、手机、网络的童年，天空的明月就成了守候父亲归来的精准时钟。每天晚上，我和弟弟都要搬个凳子守在门口，双手托着下巴，抬头盯着天上的明月。当看见大肚子的月亮慵懒地挂在夜空时，爸爸保准明天就回来了。

下课铃一响，跟着老师的后脚跟跑出教室，一溜烟朝着家的方向奔去。这时也不想做个好学生乖乖坐在教室把家庭作业写完再回家了；也不想和村里的小芳小丽一起边摘着路边的野花哼着歌一路优哉游哉回家了。只想着爸爸回来了！一路飞奔，两条细细的麻花辫在胸前左右晃动，辫梢扫在脸上痒痒的，像调皮的弟弟拿着狗尾巴草在脸上晃来晃去。铅笔、橡皮、圆规在起伏的铁皮文具盒里哐当哐当，发出清脆的声音，催促着回家的脚步。

家渐渐近了，看见屋顶升起的袅袅炊烟了，看见大门敞开，摆在门口那辆熟悉的大“永久”了：“爸爸，爸爸！爸爸回来了！”隔着三里地都能听见我气喘吁吁的喊声，透着欢乐，透着惊喜。一个多月没见，能不想念么！

燕子一般冲进家门，父亲早已从厢房箭步出来，微蹲身子，把我抱了个满怀。

“快下来，没个正行！”妈妈微微笑，佯装生气地拍着我的屁股。弟弟则老鼠一般偷偷溜进了房间，从爸爸的背包里掏出一个红红的大苹果，拿手往胸前一蹭，往口里一塞，把腮帮子撑得满满的，动也动不。

父亲归来的中秋是幸福的。小小的四方桌坐得满满的。菜还是天天吃的白菜、丝瓜、豆角，可加了父亲爽朗的笑声，和他身上淡淡的烟味，便感觉比平时香甜万分。吃完晚饭，我和弟弟便自动自觉地帮妈妈收拾碗筷，把小方桌抹得干干净净，搬到大门口酬月。

爸爸乐呵呵的，跟在我们后头。而妈妈总是姗姗来迟，她要收拾完厨房后再洗洗澡收拾收拾自己，洒点花露水，香喷喷出场。

方桌上众星拱月般地摆着六样月亮“爱吃的”。月饼的牛皮纸已经解开，露出了散发着油光的嫦娥仙子。浓郁的香味热烈地勾引着我们的嗅觉。深深吸一口气，仿佛已然品尝到了月宫的香甜。墙角刚摘的柚子、爸爸带回的苹果、山里亲戚送来的板栗、妈妈地里摘来的花生，还有一年难得吃到两回的饴糖全都围在月饼的旁边，全都在清丽的月光下散发着清香。

一身香喷喷的妈妈拜完了月，便招呼早已站在旁边盯着桌上美食目不转睛的我们坐了下来。月饼是不能用刀切的，父亲尽量掰得大小均匀的两大块分给我们，而妈妈则用手指蘸着掉落的芝麻塞到边啃着月饼边盯着月宫桂树的我的嘴里。一向大嗓门的她今晚特别温柔：慢点吃，别噎着，都是你们的！哪里还有半分平时凶巴巴的模样？和爸爸说话也是轻言细语，今年花生能打多少油，树上橘子能摘几千斤等等。而爸爸则悠然地抽着香烟，一边听妈妈温柔的唠叨，一边帮我们剥板栗，剥柚子，尽力伺候着我们那迫不及待的小肚子，

锲而不舍的吴刚啊，今晚到底能不能砍倒那棵倔强的桂花树？美丽的嫦娥仙子，今天能不能偷偷从月宫飞入凡间，与后羿一解相思之苦？捣药的小玉兔，你就一直这样忙忙碌碌，不累吗？一直看着看着，想着想着，窝在爸爸温暖的怀里，我做着甜甜的梦。

（本文发表于2014年8月28日《粮油市场报》）

嗨，送你一根带香味的项链

世上没有几个女子不爱打扮，就算是乡下爬树捕蝉下河摸鱼的野丫头，也喜欢把地里的红薯梗左掰一下，右折一下，做成一串长长的耳环吊在耳朵上晃悠。“环仔停停跳，哥哥背上轿”，哪个女子还没点爱臭美的心思

小姑姑出嫁了，脖子上的金项链可真亮，在灯光下晃出一个个耀眼的星星，晃得我眼睛都睁不开了。火红的嫁衣，雪白的牙齿，乌黑的头发，金灿灿的项链，那简直就是天上的仙女了。不行，我也得要根金项链！

家里没什么玩具，输液管倒是不少。爷爷是镇中心医院的医生，这样的东西自然不稀奇。

下午一放学两三个丫头就跟着我猛跑回家。一路上花也不摘了，草也不拔了，路旁的两个酸橘子也没兴趣偷了，两个麻花辫在脑后蹦蹦跳跳。着急呀，要是妈妈锄地回来之前看到我弄这个，肯定又是揪着辫子一顿臭骂，外加胖揍。

打开抽屉，抽出一根宝贝输液管就急急忙忙关上，我害怕这些珍贵的皮管子被那几个臭丫头惦记上。输液管得清洗一番，放在摇井下多冲几分钟就干净了。然后一头栓着绳子挂到树阴下阴干，实在等不及就直接用手抓着一头，使劲甩，把里面的水都甩干净，看不到水渍为好。可千万不能拿到太阳底下去晒，会把表面透明的管子晒得发黄发硬，不好看。

甩干净就该钻毛线了。一般来说红色的毛线最打眼，戴在脖子上最好看。但我喜欢用红色的开司米，这样做出来的感觉更精细，粗毛线容易把管子塞满，留不了空隙就到不进油。毛线是软的，皮管子也是软的，怎么能顺利穿过去呢？细长柔韧的柳条这时候就派上了大用场。先把头上夹刘海的小黑夹子取下，穿在开司米的中间，毛线就跟着夹子钻进管子里面去了，然后用捋光了叶子的柳条轻轻地往前一捅，毛线就会往前走几厘米，再一动再走几厘米。那可是个细致活，不能用劲，不然就容易把夹子顶到管子的边缘，动不了了。只能轻轻用着阴柔的劲道慢慢往里捅，不时再沿着桌子边敲敲甩甩，管子有多长，柳条就必须有多长只有这样，才能顺利地将毛线穿过。

皮管子穿好后，就该浸油了。这个工程需要合伙人。一人两手各提一个管

口，呈 u 字型，另一人则需小心翼翼把油渡进皮管子里。渡油也得小心。勺子必须用奶娃娃喝水的不锈钢小勺，千万不能用瓷勺，底部太厚，漏油太多。母亲最烦我干这个了。因为浪费极大，家中的香油就常常因为我的项链吃掉大半瓶，这也是我被妈妈揪辫子臭骂的主要原因。猴精一样的弟弟聪明极了，直接把皮管子的一头扔进油罐子里，一头嘬着嘴巴用力吸，快吸到嘴边的时候就憋着那口气，迅速把另一头从油罐子提起，举到我面前。不过三次倒有两次便宜了那个臭小子，一不小心又喝了一口。香油一般渡到皮管子的三分之二就可以了。多了会溢出来，还不容易形成流动的油泡滚来滚去。少了就会断层，戴在脖子后面的位置也是空的，毛线也干涩，不滋润不好看。

一把小剪刀，把其中一端剪成斜面，插入另外一端，要一直往里捅，捅到不能再往里走为止。把接口向下，让香油不会渗出来为佳。然后再把它放入有洗衣粉的温水里晃动，知道晃到项链的外面摸上去没有油光。

太阳底下，一根油光发亮的项链，散发着浓郁的芝麻香，脖子轻轻一动，里面的小油珠便悠悠地滚来滚去。红色的开司米在阳光下耀眼夺目。

嗨，送你一根带香味的金项链呗！

（本文发表于 2014 年 8 月 10 日《井冈山报》）

记忆“叮叮磕’

儿时的记忆里，最清晰的就是那个走村串户，一肩挑着箩筐，另一只手拿着小铁钎子和薄切刀在手中敲打的“叮叮磕”老头了。

他们总是隔三差五地在村子里出现。不吆喝，也不多话。肩膀上荷着一根油光发亮的扁担，一前一后悠悠晃着两个小箩筐。箩筐的上头各摆着一个小米盘身前的米盘里放着一块比米盘略小的麦芽糖饼。另一个箩筐上头就摆着几根头发辫子，几根牙膏管子，几块塑料铁皮或插着几根长长的鸭毛鹅毛。这就是老头的全副家当了。现在想来，这副扁担无疑就是当时一家朴素的以物换物的流动商店了。钎子和刀子在老头手中夹着，不紧不慢地碰一下停一下，停一下再碰一下，清亮悠长的“叮叮磕”的声音就在村子里缓缓地流淌。扁担挑到哪，流动商店就开到哪。

村中的妇人都是无师自通的天才理财师，她们总是物尽其用地发挥着每件物品的最大功效，例如母亲。她就能把母鸡屁股生生办成家里的流动银行。隔三差五地赶集，掏出积攒的鸡蛋换上两块豆腐，炖上一点肉来给我打牙祭。就是炖了鸡也不放过那压水井边撸下的一地鸡毛。捞起，筛干，挂好。一个小小的袋子就在屋檐下随风晃荡，等着老头的到来，等着叮叮磕的到来。于是，我就每天盯着那些咯咯哒的母鸡，恨不得它们就像“动物世界”中的绵羊，羊毛剪完又长，剪完又长；就恨不得它们身上的羽毛就像动画片《葫芦娃》中蛇精的那碗美酒，喝完又有，喝完又有。

一听到村口远远传来叮叮磕的声音，我的屁股就像长了钉子一样，再也坐不住了。搬着凳子踮起脚尖扯了袋子跳下来就往外跑。箩筐周围已经围了一群人，有的拿着刚绞下的辫子，有的拿着平日里收集的破旧鞋子，更多的是像我一样拿着母亲早就准备好的鸡毛鸭毛。老头蹲在箩筐后，一手拿着钎子在米糖上指指点点，一手拿着梯形的薄刀子比比划划。小伙伴们的手也从四面八方伸了出来：“放这！放这！”钎子放在哪，刀便停在哪个位置。再把钎子提起平放，对着刀背磕磕两下，一块香香的米糖就从母体上分离了出去。再过去一点，再过去一点。孩子们叽叽喳喳，老头的钎子也随着往前移着。许多年后我才了解，事实上，老头敲的时候刀口是往外倾斜的，表面上是多了一些，可底下却缺了一个口子，原本和他最初的笔直一刀下去毫无分别。可在我们眼里，我们的讨价还价就是想让米糖磕下来更多些。就是这么一个没有实际意义的动作，骗了我们一个童年，也甜了我们一个童年。

鸡毛、头发算是废物利用了。可贪吃的弟弟总是把母亲放在窗台上的牙膏一股脑挤了出来，卷着铁皮牙膏管子去换拇指大小一条的叮叮磕，或者直接把刚赶集买回来的新塑料凉鞋脱下来，现场换成了巴掌一样巨大的叮叮磕。每每等发现之后，总会换来母亲的一顿胖揍。现在想来，真是痛并快乐着的一种童年滋味。我喜欢两巴掌用力一合，把叮叮磕碎成大小不等的小块。拈起一块轻轻放在嘴里，在唾液的滋润下，让它们慢慢绵软悠香。舌头和上颚轻轻约会，叮叮磕就在嘴巴里慢慢消融，直至越来越小，味道越来越浓。嘴巴闭得紧紧的，生怕香味跑掉，还用两只小手紧紧捂着，我急急爬到母亲身上，对着她的鼻子一顿猛喷："香不香？香不香？"

"又是哪只耗子偷了我的鸡毛换叮叮磕了？"针尖从母亲的头顶轻轻滑过，她一边缝着鞋垫一边笑嘻嘻地看着我。午后的阳光照在我和母亲身上，暖暖的，香香的。

小巷清风

"凉凉快快，吹得我崽两只奶子陀（音）"

一到仲夏，我就想起了老家的小巷，想起了巷口边的石墩上坐着的那些老太太，还有她们嘴里每天都忘不了的童谣。

巷子又窄又长。窄得仅容两个人并排走过。有多长呢？按照两边房子的长度而定，长短不一。一般房子有多长小巷就有多长。就是这又窄又长的巷子，成了我们的消暑胜地了。

房子间隔比较密，巷子几乎又都是阳光无法照射的地方，素里阴冷，到了夏天就是凉飕飕的。巷风是大自然的空调，不花电费，没有噪音。一放暑假，家里是找不到人的。换句当下时髦的话说，我不是在小巷就是在去小巷的路上，大人们忙着双抢，老人和孩子们就在这享受夏天了。

上午，小巷就是我们的露天课堂。一把椅子，一个大方凳，前后左右的孩子们都会踩着点跑到小巷里齐溜地前后顺序摆开，边写作业边聊天。辅导班是不用上了，老师也是不用请的，隔壁小花就比我们高上二年级，有什么不懂的问她一准都会。"小花姐"一声召唤，就见她背贴着墙根，慢慢从巷头挪到巷尾，当好老师来了。清风一阵阵吹来，书本哗啦啦作响，作业本一下吹到了地上。大家就地取材，纷纷弯腰从巷脚边拿起鹅卵石吹吹，压住书本。天然镇纸石，自然环保。

下午，小巷更热闹了。大家吃完中饭，一人一张小草席从巷头到巷尾一溜烟排开，晚了可没位置。谁的脚踩到了糖鸡屎？一股臭味顺风飘来。找来找去，小胖子中奖。只是中奖的不止小胖子，小狗子的头发也不能幸免。谁叫大家都是头尾相连躺着的呢？索性一起爬起来，跑到家里对着井水洗个头冲了澡去。一时间小巷里热闹不止。有叽叽喳喳躺在席子上偷偷议论晚上去哪偷黄瓜，也有想着醒来之后去河边柳树上粘知了的；还有就在这悠悠的巷风中睡得香喷喷的，口水打湿了一草席。

那些没有抢到位置的，也不难过。女孩子们简单，拿个鹅卵石，捡起巷脚下的瓦片，敲一敲锤一锤再在墙上磨一磨，不一会儿，一副十个大拇指粗细的圆柱形的“捞子”就做好了。撒在地上，扔起手中的一颗，在收回之前再根据规则依次捡起分布在地上的其他各子。就在微微的巷风吹拂下，这不花分毫的玩具能让我们打发一个下午的光阴。男孩子则更为闲不住了，拿着两根家里的粗稻草绳往巷子前面橘子树上一搭，再搁上家里的洗衣板，一张简易的秋千架就做好了。划拳排队，一个坐来一个推，树林中斑驳的阳光在地面闪闪发光，映在脸上银光闪闪。个别调皮的家伙则是把知了的翅膀一摘，往肚子下一按，让它消音。瞧着哪个睡的香就往谁的脸上招呼，不一会儿就听见“啪啪”自己巴掌往脸上招呼的声音，引得大伙哈哈大笑

那些牙齿都掉光了的老太太自然是不和我们玩这些幼稚的游戏的。她们总是带着一张小凳子当做自己的屁股，推着小车子带着小孩子，坐在巷口，动不动就和那些只会吃喝拉撒睡的小屁孩念叨着：“凉凉快快，吹得我崽两只奶子陀（音）大”。仿佛这歌谣真有魔力，随风一吹，孩子们便长大了。

小巷悠悠的清风，就这样一直悠悠地吹，吹在我的记忆里。

酒干瓶卖无

三伏天，正午。

爸爸总是用毛巾卷住膝盖，用手帕遮住手腕，让“飞碟”牌吊扇在头上飞速旋转。他总喜欢在吊扇下的竹床上歇伏。

看着那吊扇一晃一晃地“吱吱呀呀”，我和弟弟总感觉它就快要掉下来了，要是砸在身上，那该……还是偷偷逃走吧。

轻手轻脚打开纱门，缩在窗户底下的那两小脑袋早就直直地探了过来，一个劲地闷笑：“出去玩。”

和乡下老家比起来，城里可真不咋地，前面一栋房子是爸爸的办公楼，中间一个芝麻绿豆大的院子，后面又是一栋房子。食堂和澡堂在一楼，爸爸的单身宿舍在二楼。放假了，我们成天就只能在这个放个屁都能臭全楼人的地方待着，可真没意思！没有池塘，没有小河，哪都是干巴巴的，游不了泳，全身上下黏乎乎；不能打闹，不能摔跤，搞不好就在水泥马路上磕破皮，一准流血。城里人可精明呢，啥都是好东西，收得好好的。我们老家那没人要的废品盒子，牙膏皮子，废铜烂铁他们全跟宝贝似的，一个个捆好，扎好，绑好，还拿去卖，能换钱。

四个小家伙踩在被太阳曝晒的马路上，就像踩在刚掀开锅盖的锅底上，脚底冒着热气。大伙抬着头对着路边的法国梧桐直晃悠，树上一片片宽厚的叶子纹丝不动。这天热的，连知了都叫得有气无力，扯一声嗓子歇半晌。卖西瓜的小贩打着赤膊，闭着眼睛，耷拉着脑袋，手里的蒲扇有一下没一下摇着。这该死的太阳，弄得哪里都热乎乎的，听什么都觉得烦躁，干什么都觉得累。

要是能吃上一根冰棍，该有多舒服！

小脑袋一凑，大伙“咚咚咚”跑到了隔壁冰室，轰隆隆的制冰机开得那叫一个响，唱得那叫一个欢。一筐一筐的冰棍就那么散发着薄薄的白气从里面变了出来。想想那刚从冰柜里拿出来的冰棍，靠近脸，那油腻的脸立马舒爽了起来；靠近胳膊，胳膊立马凉快了起来；要是放进嘴巴里，身上十万八千个毛孔都透着一股清凉，舒服得人肯定打哆嗦；要是能吃上一根奶油味的“娃娃头”，那感觉，肯定要飞上天去了！

“小朋友，买冰棒么？五分钱一根。”

看着站了半天没动静的我们，坐在里面的阿姨停下了包冰棒的动作，对着我们微笑。

可我们没钱啊，傻眼了！不好意思再站在那里，我们恋恋不舍蜗牛般打道回府。弟弟还一步三回头，对着冰室直吞口水。

“姐姐，我想吃冰棒！”终于忍不住了，弟弟拉着我的裙子就开始了干嚎。

可不是没钱么？

抱着小家伙哄着，两座小火山粘在一起，更热得难受。到食堂里吹电风扇去，食堂可真大；六七个大圆桌，下面再套六七个大圆凳，像套箍一样套下来；六七个电风扇在头顶摇晃着——还有两个大房间。

房间里都有什么呢？看着那没有锁但合上的门，我笑了笑，带着他们仁走了进去。

荷！推开门，那堆得跟小山似的啤酒瓶儿都快贴着天花板了。十个一捆，十个一扎，捆得紧紧的，扎得牢牢的，动都动不了。都堆了大半个房间了。靠墙根，则一溜烟好几排散瓶子，一个个碧绿碧绿的，我识字：“吉安啤酒。”肯定是食堂师傅偷懒，都没有收拾！

废品站收废品，收不收啤酒瓶儿？拿起一个靠近脚边的瓶子，我拔腿就跑，全然不顾后面三个小尾巴。

当刘海贴着脑门，汗珠子沿着后耳跟留到脖子上的时候，我的瓶子已经躺在了收购站老板的手中，留下我站在那里呼呼地喘气。

不行，缺口了，收不了！老花镜在瓶子上看了看，对我摇摇头。

那好的收不收？

五分钱一个。我把瓶子紧紧地抱在怀里，转身就跑，生怕别人抢了一样。那哪是瓶子呀？那就是一根冒着白气的冰棒。

跑回食堂，招呼着他们挑瓶子。要不缺口的，要没裂底的，总之要好的。一听可以换冰棒，大家伙可比考试认真多了，一个个挑得仔仔细细。挑好了瓶子，女孩子用裙子兜着，弟弟脱下小背心提着，就怕大人起来不小心给看到了。以防万一，还拿张旧报纸盖在上面，现在想来多少有欲盖弥彰的味道。

一个暑假，就在正午，在大家都歇伏的正午，食堂里的啤酒瓶儿就像长了脚一样，一个个排着队，偷偷地溜到了废品收购站。然后又变魔术一样，变成了一根根冰冰凉、透心凉的冰棒，藏进了我们贪吃的小肚子。

一天，洗菜的师傅在那直挠头：“奇怪，怎么最近的啤酒瓶儿好像越来越少了？”

全被我们吃了呗！四个小脑袋藏进四只大碗里，抿着嘴巴笑！

（本文发表于2015年07月12日《井冈山报》）

雨中，那朵盛开的白莲

十月的瓢泼大雨就那样毫无预警地从天而降，幼儿园的台阶上站满了浑身湿漉漉的爷爷奶奶爸爸妈妈叔叔阿姨，一个个心肝宝贝地叫着，雨衣裹上，大伞撑开，把小朋友们一个个抱在怀里接回家去。

人渐渐少了，可雨却越下越大。爸爸是不会来了，怎么办呢？我站在湿漉漉的台阶上郁闷，独自带女的父亲一向都没有溺爱孩子的习惯，除了第一个学期报名的时候带着我认了一下上学的路，两年来都是我独自行走在往来幼儿园的路上。尽管每次遇上护送其他小朋友的家长们都会带着教训的语气教育自己的孩子：“看看人家小姑娘，多独立，都一个人回家。”其实他哪里知道我心里也有大大的羡慕，多希望爸爸也偶尔宠爱一下自己，陪伴走一走每天孤寂的求学路。可每每看到父亲严肃的国字脸，小嘴便不敢张开。

我把书包紧紧护在胸前，微闭着眼睛往雨里冲去。每天往返两次的水泥马路，就是闭着眼睛也可以找到家了。有屋檐的地方沿着屋檐跑，有树的地方沿着树底下跑，尽管这样，裙子还是紧紧地贴在了大腿上，全身上下湿漉漉的。

风呼呼地刮着，冷得人直打哆嗦，豆大的雨点锲而不舍地追打在我的脸上、背上、脚上，隐隐作痛。要是妈妈在身边多好啊！雨水、泪水就这样混和着一直流下来。路上来来往往的人不少，大大小小的伞花盛开在雨中格外温暖。低着头，往伞下冲过，期望着伞下片刻的宁静能让我少受一点风雨的侵袭。

“你停下！”背后急急的女声顿住了我飞跑的脚步。

糟了，肯定是跑得太快，把地上的污水溅在人家身上了，这回得挨批了！想跑可又不敢跑，我的心里打鼓一般惶恐，害怕挨骂，更害怕挨打。却又不敢不停下来，我回过头，立在雨中一动不动，闭着眼睛等着惩罚的到来。

怎么没下雨了呢？脸上温温的，女子纤细的手指在我的脸上轻轻擦过。我怯怯地睁开眼睛，一把碎花洋伞正轻灵地盛开在头顶，一袭白色连衣裙的阿姨一脸皱眉，一手撑伞，一手拿着手绢给我擦脸呢。裙边上方的麻麻点点仿佛诉说着刚才我的鲁莽，洁白如雪的丝质裙装因为飞溅而起的水花仿若刚学画的孩子在白色宣纸上的初次涂鸦，是如此的醒目而又刺眼。脸色那么难看，肯定是因为弄脏了她干净的裙子吧？

“你去哪？我送你过去。”收拾了我的小脸，阿姨牵着小手就朝着我蚊子般声音说出的地方走去。

还要见家长吗？更惶恐了，步子却愈发小了起来。脾气火爆的父亲看到我闯的祸，肯定免不了一顿竹笋炒肉来招待。低着头，带着她来到父亲的办公室，静静地站在门口，等着又一场狂风暴雨。

父亲就那样一如既往地坐在门对面的办公桌后面低头看着报纸，搪瓷杯里升起袅袅热气，窗外的狂风暴雨丝毫打扰不了他关心时事的雅兴。“爸爸！”我颤颤地叫了一声，又抬头看了看眉头紧锁的她。

“老师来了，请坐请坐！”父亲忙不跌地起身让座。连老师都不认识的家长，放眼现在，肯定让人笑掉大牙了吧！

“你这人怎么做家长的，这么大的雨就让她一个人淋回来，生病了怎么办？路上那么多车子，撞到了又怎么办？”看到父亲的悠闲，她紧皱的眉头更纠结了，急步走到父亲跟前一阵电闪雷鸣。原来她不是来告状的，是来为我抱屈的。突然发现原来一切都不是想象的样子。

父亲的笑容僵在脸上，一脸不发地看着她。“少有你这样不负责任的家长！”说完这一句，她转过身出门走了。走过身边的裙子带起淡淡馨风，飘进了我的心里。回过神来的我忙跟着出去：“阿姨再见！”

她停了下来，转过头朝我微笑，突然发现这就是心中妈妈的样子，脸上有着淡淡的妆，身上有着淡淡的香，性格泼辣爽朗又大方，容貌温暖而又漂亮，“以后记得自己带伞，知道吗？”撑开伞，步入雨中。风中的连衣裙在伞下飘扬，白色的裙裾随风舞动，恍若降落人间的仙

三十多年过去了。多少次那一袭白裙在我的梦中飘荡，醒来满满馨香。尽管现在我已全然记不清那位阿姨的模样，但那一袭白色连衣裙却如同一朵优雅的白莲，盛开在我的心房。多年之后，我常手提一个大大的包，藏着两把漂亮的白底碎花伞，行走在每一个滂沱大雨的路上，希望心中的那朵白莲一直开放，从我的身边开到每一个有需要的人的身边。

那一年，我所经历过的高考

1999 年 7 月 7 日，我迈进了高考考场。

不像现在网上对于 6 月 7 日、8 日的调侃“录取吧”，那时的高考似乎更有对于“七七事变”的缅怀和激励：勿忘国耻，奋发图强。

老师们仍然用“千军万马过独木桥”来形容高考的惨烈，也依旧用“未来的天之骄子”表示对我们的期许。爷爷对于我的高考，总是一件事，要在村里摆多少桌来大肆庆祝，似乎我这个村里唯一一个所谓的女秀才（高中生）正昂首阔步在进士（大学生）的路上顺利前行。而母亲则给我两个选择，考不上你就出去打工，不然就嫁人去。

7 月 1、2、3 日是节假日，老师宣布可以放假，好好放松一下。而我们一直绷着的紧张之弦却反而瞬间到达了极限，呆在家里坐立不安，吃个饭也有本事将碗打破，动不动就往厕所跑，还常常莫名发脾气，房间的玩具、电视的响声全成为动气理由。而弟弟则成了我的发泄对象，教训责骂全来了，连小狗路路也未能幸免，看见我就绕道。我成了家中那颗最不安的定时炸弹，没人敢接近，更没人敢碰。

父亲瞧出了不对劲，这丫头快疯了！那时候还没有高考解压一说，但他自有他的办法，打电话叫上了我的一帮同学，做上一桌美味佳肴，从不让我们喝酒的他还特意叫上了一箱冰镇的吉安啤酒，让我们一醉方休；然后拉着我们去了当下最流行的卡拉 OK 厅，让一伙酩酊大醉的少男少女在隔音包厢里声嘶力竭、群魔乱舞，他则鞍前马后泡茶点歌，我恍惚一下子脱离了学生的身份，没有高考，也无所谓紧张。

7 月 4 日，重新回到课堂。平日里对我们严格要求的老师也温柔起来，不再给我们倒计时了，也不问复习情况了，教室里松散得很，可以随便进出。可平日里嫌课堂时间太长的我们却连下课也紧张得不敢出教室，怎么一节课这么快就过去了？拿出书本，极其陌生，十几年来寒窗苦读的结果好像一下子全部还给了老师，脑袋里空空如也，就像一张白纸。拼命想要记住，却发现文字就像顺滑的泥鳅，从脑袋里一晃而过，没有一丝痕迹。慌！慌！慌！

怕什么？全国录取率是30%，咱们学校是省重点中学，咱们班是尖子班，今年的扩招比例还有大幅度增加，自己算一算有多少能上？还有高职，还可以补习，还可以去做你们想做的事情，条条大路通罗马，这个时候还有什么紧张的？你们平时那么用功，现在都这么紧张，想想那些比你们差的，他们的日子更难过！突然发现，我们原来都是老师的得意门生啊。

就这样，在爷爷的大宴期许下，在妈妈的两个选择威胁中，在父亲的假装无所谓中，在老师的刻意释怀下，我拿着那条“沉着应考”的压卷木怀着紧张的心情和对未来的期待走进了二十世纪最后一场高考。

（本文发表于2013年6月10日《吉安广播电视报》

BA CHUN TIAN CHI JIN DU ZI | 把春天吃进肚子

一蔸蔸春菜整齐地站在田地里，长得和枝繁叶茂的大树一样，体魄挺拔强健，站姿端庄秀丽。一蔸连着一蔸，一行挨着一行，一片接着一片。远远望去，把一畦畦湿润的菜地遮掩得严严实实。芭蕉扇一般的碧绿叶子，壮壮的青绿梗子，粗粗的黄白蔸子，惹得那个贪吃的我呀，口水连连。

把春天吃进肚子

立春咬春，春分吃春。

春饼、春卷、萝卜、春菜，清明果、明前茶……春天，就这么被我一口一口吃进了肚子。嘻，满肚子里都充满了春天的味道。

拨开厚重的泥土，随风轻摆的萝卜缨子随着手掌芭蕾般干脆地提拉，一个腹大肚圆的水萝卜就那么“蹦”地一下跳进了你的眼里。近乎透明的白色外衣上沾满了大地的清香。用池塘的一汪春水涤荡，立马干干净净。不用蒸煮，不用烹调，更别说什么调料，简简单单一口下去，清凉清爽，甘甜干脆。那滋味呀，在腹间打转，全身细胞一抖，把冬日里囤积的肥脂厚腻一下子给拱了出来，呼吸中都带着一丝萝卜的爽脆，那叫一个通体舒畅。嘴里啃着萝卜，自己仿然已然也变成了一个萝卜，在天地间透露着水汪汪的清灵。

一蔸蔸春菜整齐地站在田地里，长得和枝繁叶茂的大树一样，体魄挺拔强健，站姿端庄秀丽。一蔸连着一蔸，一行挨着一行，一片接着一片。远远望去，把一畦畦湿润的菜地遮掩得严严实实。芭蕉扇一般的碧绿叶子，壮壮的青绿梗子，粗粗的黄白蔸子，惹得那个贪吃的我呀，口水连连。凉拌的菜蔸丝，干辣椒炝菜蔸皮，素炒的春菜梗，腊肉炖的菜头，腌的、渍的都来了。新鲜的微苦回甘，腌渍的酸脆爽口。百般滋味，就因为那一蔸生机勃勃的春菜，在肚里百转千回。

一杯明前茶，几块小点心，三五好友，满地落英，将一个午后妆点得如诗如画。只是那茶园的碎花小袄，精巧的肩上竹筐，还有飘荡在上空的笑声，早已把春天惊醒。采茶姑娘茶山走，茶歌飞过白云头。这边采摘、那旁炒制，还没等回过神来，那鲜嫩的明前茶就悄悄溜进了嘴里。滚烫的开水慢慢注人透明的玻璃杯，蜷缩酣眠的小茶叶们慢慢舒展了腰身，绽放了花蕊般的娇魅。上上下下，起起伏伏，旁若无人地舞蹈。细啜慢饮，一杯下去，再粗俗的人也优雅起来了。

或者再搬个小凳，带个小孩，坐在茶籽树下，采摘着大自然无私的恩赐—清明草。一层细细的绒毛似有非无，头顶一株金黄色的花球，身子纤细曼妙。那一片片泛着银白色光芒的清明草就这样在春风的抚摸下，悠然匐倒又袅袅站起亭亭站起又翩然倒下。孩子在林间的欢笑，跳跃在草间的手指，穿透过树叶的春光，一切都是暖暖的。到家后把清明草用开水一煮，糯米粉、面粉、生粉、白糖争先约会，就怕错过了这场盛宴。女人们总是停不住的，嘴里说着话，手上干着活，揉一揉，搓一搓，团一团，捏一捏，这便你中有我，我中有你，不分彼此了。猛火快蒸，出来时便是一个个软糯香甜的清明果。热乎乎的，甜丝丝的，咬在嘴里香香的，吃在肚里美美的。

对于一个吃货而言，春天就是享受老天恩赐的季节盛宴。没有金秋果实丰硕的壮美，却依然保留了小家碧玉的清新、精致与小巧。再来上一锅荠菜饺子，配盘地木耳、夹点蒲公英、水芹菜，春天就这么摆上了桌。拿双筷子，来，你也尝尝春天的味道吧！

（本文发表于2015年3月31日《粮油市场报》）

辣椒炒肉的夏天

没有辣椒炒肉的夏天是不完整的夏天。试想：面对着一桌肥脂厚腻的蹄花肘子或是缺油少盐的清汤寡水，这个夏天怎么活得下去？辣椒炒肉，这才是夏天餐桌上一道完美的佳肴。

辣椒一定得是本地土椒。什么菜椒、甜椒、彩椒、灯笼椒、小米椒、朝天椒通通都算不得数。长得要粗粗壮壮的，拇指粗壮为宜，水笔长度为佳。尾部最好稍稍翘起尖尖小角，翠绿中泛着些许黄白。看上去油润水亮，好似保鲜膜下涂了一层透明的山茶油，从根蒂处一路摸过去，指头就像是冲浪一般往下滑。只有这样的辣椒才能凝聚盛夏骄阳的火热，释放出自身奔腾不息的热情，激起被烈日炙烤殆尽的食欲。

肉得是五花肉。肥肉太腻，瘦肉太柴。爆炒出来不是油太多就是肉太老，味道都不足以和五花三层的方肉相比。只有切成薄薄一片肥瘦相间的五花肉，在猛火的爆炒中才能你中有我，我中有你。瘦肉中浸透了肥肉的深情，肥肉中布满了瘦肉的厚意，油而不腻，香而不柴。

些许油底，把五花肉中的肥肉炒成了半透明，瘦肉变成了白色，便可盛盘装起。辣椒炝锅，翠嫩的辣味便一下从厨房窜到了家里的各个角落，烟囱里升腾的都是辣辣的炊烟。不断翻炒，等到他们由硬变软，星星点点的白色辣椒皮和肉逐渐开始分离，表面像穿了一件打了皱没有熨平的衣裳时，五花肉便可以和辣椒亲密接触了。那种仅属于夏天的香味一下就弥漫开来。继续翻炒、加盐调味、酱油调色、再淋上两滴水，逼出少许浓浓的酱汤，盛盘，上菜。一道技术含量不高，但口味很好的夏日佳肴就出炉了。

浓浓的肉香就着清香的白米饭在嘴巴里千回百转，辣味从最开始的似有若无，到后面的热情似火，完全让人停不下来。盘子越来越浅，嘴巴越动越快，汗越出越多，这边眼泪鼻涕一起来了，那边筷子却还不住地往嘴巴里塞，这种辣并痛快着的滋味也只有这盘辣椒炒肉能够给予了吧？

多年前在北京学习。一个礼拜滑、嫩、鲜的京帮菜让大家嘴里都淡出鸟了对于一个吃货而言，一日三餐变成煎熬，讲究的精致也无奈变成了果腹的将就一日休息，逮着同事就往旮旯里的小饭馆转：会不会做辣椒炒肉？能不能做辣椒炒肉？厨师带着北京人特有的无所不能的口气：你能说我就能做！

多放点辣椒，要辣的！一脸惊喜，坐等上菜。漂亮的小妹一端上来，哭的心都有，辣椒是北方常用的菜椒，厚厚的肉底，无半点辛辣，嚼在嘴里一股白菜帮子的青味。肉倒是上好的瘦肉，水淀粉一抓，滑嫩雪白，无半丝肉味。吃下去绵软滑嫩清甜。完全颠覆了辣椒炒肉在我心中的完美形象。

还是家里的辣椒炒肉够味。夏天这一顿下来，全身冒汗，身上三万六千个毛孔全部舒展开来，透着一股舒畅轻松，意犹未尽。咦？盘子里还有一点辣椒汤。摸摸滚圆的肚子，干脆再添一勺饭搅拌搅拌，来个光盘行动，可别浪费了！

享受啤酒鸭

明天又要过个好日子罗！爷爷，明天你不做饭，妈妈做，

每个周五晚上，儿子总是异常兴奋，却又十分郑重地给我和爷爷下达一道关于周末家庭厨师任免的口头文件，早早安排下了我周末一整天的工作。好嘛，平素里办公室空调间优雅的白领一下被儿子的胃打回了围裙抹布的家庭主妇原形。

不知什么时候起，家里的伙食不知不觉已从配餐制向点餐制转变。米粉肉、啤酒鸭、辣椒炒肉、土豆烧牛肉、凉拌黑木耳、玻璃冬瓜等等，儿子总能一下子数出来好几个，坐等我休息的那一天，

清早，大自然的铃声响得比手机闹铃还要清脆持久。刚蒙蒙亮，小鸟就开始对着窗户锲而不舍地叫我起床。同样叽叽喳喳的还有那着急的儿子扑到身上，拽着胳膊，靠在耳边，轻声细语却有心急火燎："妈妈起来，买菜去！"那着急，生怕市场上的新鲜一下子被刚探出头的太阳晒蔫了

周末的集市繁忙而热闹。儿子抓着我的衣角，左避右让，穿过熙熙攘攘的人流，拖着我来到摊位前："今天吃啤酒鸭。"

得是刚宰杀的新鲜鸭子，最好是乡下已换毛的成年土鸭。皮要微微打皱，看上去就像粘了一层透明的薄油纸，摸上去有油感却无油光，皮色黄中带亮，毛孔密实有致，这才是做啤酒鸭的上品。

买回来的鸭子还得好好清洗整理一番。最不能扔掉的就是皮了。腹部以下的皮油脂丰富，单独冽油才好。鸭油烧鸭，不仅物尽其用，更能保持原汁原味。清理好皮，再就是剁鸭子了。最好是剁成小指甲盖一般大小，一来节省能源容易熟，二来能保持表里如一的味道。

洗好，切好，十一点。开火。冷锅上灶，铺上些许底油滋润锅底，再将切好的鸭皮放人锅中文火熬制。轻轻推，慢慢划，待到脂肪在锅内翻滚，块状的鸭皮慢慢卷曲变成二分之一或者三分之一在油面旋转的时候，加上一勺盐，扔上几小块拍扁的生姜，转大火，便可以将切好的肉全盘倒人锅中了。滋滋作响的锅底，与铁铲交锋撞出咔咔声，锅面瞬间升腾起一股白色油烟。一手定把，一手操勺，划拉划拉，翻炒翻炒，那锅鲜红的鸭肉就在我的手下逐渐变白。啤酒鸭，啤酒

鸭！儿子早已准备好一瓶啤酒，站在锅边闻香了。待到锅里的水分慢慢炒干，肉色变白时，他就提起一瓶啤酒倒进锅里，没过鸭子。

火苗舔着锅底，主动的儿子在一旁积极剥蒜，我则另开炉灶开始准备午餐的另外几道菜。黑木耳昨晚已冷水发泡，早晨开水焯过后又流水冲洗滤干入盆，放人精盐、生抽、醋、生姜、大蒜调味，好淋上香油装盘。油淋空心菜是儿子不停口的菜，急火爆炒三下两下就上桌。紫菜虾米蛋汤也是至爱。坐一锅开水，扔一片紫菜，磕一个鸡蛋，放一撮虾米烧开。

锅内的啤酒已经半干，抓一把辣子，扔一把蒜子，再倒上适量老抽，继续小火焖制。太早放入作料容易黏糊，不清爽，沾在鸭肉上不好看；起锅时放不容易熟，还不能充分吸收汤汁的香味，这些都成为啤酒鸭的败笔。

十二点，开盖，起锅。汤汁已基本烧干，锅边还咕咕冒着一个个油黑发亮的小汤泡，停火后就看不见汤汁了。淋上些许生抽增添甜味，再放让几株香菜装盘。一盘色香味俱佳的啤酒鸭就大功告成。

开饭啰！三个男人坐在桌边，公公咪点小酒，惬意地品尝两口；老公嚼着脆烂的鸭骨头，起身又添了一碗饭；小家伙说空心菜是他长高的不二法门，一口气吃掉了大半盘。

妈妈，我的肚子快爆炸了！看着他圆鼓鼓的小肚子，桌上空空的盘子，我的心里满满的，那么好吃吗？

当然，有妈妈的味道在里面，那神情仿佛自已成就了那一桌丰盛的午餐。

单位的小姑娘说周末阳光灿烂，多好的时间该打扮打扮，秀出灿烂，而你却把大好时光浪费在柴米油盐上，不值得。只是她们岂会知道，一顿家常饭，我不仅仅满足了家人的胃，也享受了一颗做母亲的心，享受了一个家庭女主人的快乐与安宁。

幸福新米糕

早稻一收上来，我们期待的新米糕就来了。

做新米糕是老奶奶的工作、年轻人这时还在田里继续忙活后续的工作，比如犁地放水，晚稻移栽等。而干不动重活的老奶奶们就在家比试功力，看着自家的稻今年种的好不好，隔了一年手艺再拿出来，长进了没有。

米一定要是刚碾出来的新米，不然怎么叫新米糕呢？碾好的新米用米筛仔细筛过几遍，用井水简单冲洗两遍，放在盆里浸泡一晚上，第二天清早起来浸好的米便一粒粒丰润诱人，散发出淡淡清香。

浸好的新米搁筛子沥水阴干。直到米的表面看不到水，筛子下面滴不出水，捏在手上没有水印，但能感觉米粒中仍有温润的时候就可以磨米了。磨子一定要用家里磨豆腐的石磨才行。两块大石盘上下交叠放着，大木棒呈平躺的“7”字型横在厅堂中央。短的一头连着石磨，长的一头伸过屋顶悬挂的绳圈一直递到老奶奶的手中，小孩子们则忙着打下手，将沥干的新米一勺一勺喂进石磨的嘴里。就在这一上午的吱吱呀呀间，在奶奶逆时针不断循环往复的推磨中，新米渐渐失去了原来的模样，变成了一盆湿润的米浆，晒干就成米粉了。

接着就是发酵了。这是新米糕能否成功的关键。发酵剂也不用市面上买的发酵粉，把米粉堆成一火山口，勺上一杯新鲜米酒，再用温水化开一大坨冰糖，依次放进低凹的口子里，手掌就在火山口边缘顺时针轻轻划动，旁边的米粉便渐次跌落水里。一点一点，米粉变成了一块块米片，经验丰富的奶奶便靠着自己的手感适时添水或加粉，用力揉搓，直到手光、面光、盆光。再盖上一匹毛巾，静侯发酵。

依候米酒多少和米粉量大小，或两三小时，或半晌时，米团微微隆起，手指轻轻一拨，米团中间便呈现出一个个米粒大小的蜂窝。米团便发酵好了。

坐上一锅开水，放上蒸笼，铺上纱布，抹上细细一层香油，将发酵好的米团细细揉捏，擀成一厘米左右高度的圆饼铺进蒸笼，巧手的老奶奶还会放上三两个红色的枸杞、绿色的葡萄干点缀其间。猛火烧开，上汽，冒烟，开盖，翻转，一块蓬松的新米糕便热气腾腾地躺在了案板上。

拿着刀，一刀一刀切成菱形，捡在篮子里。一块块清新香甜、美味可口雪白新米糕便呈现在我们面前。老奶奶笑呵呵地，任由着我们的小爪子扒拉，送住东户西家。不一会，村子里家家户户的小子丫头们手中都捏着一块米糕幸福地啃着。

（本文发表于2013年8月30日《粮油市场报》）

走，上七琴吃擂茶去！

男人喝酒，女人吃茶。

在新干七琴、潭丘、麦斜、城上等几个山多林密的乡镇流行着吃擂茶的特有民俗，尤以七琴最盛。而一江两岸的居民吃擂茶的习惯则是近年来从县城夏季的冷饮摊上流行开来，想来是巧妇难为无米之炊吧？没有新鲜茶叶，怎能吃到味道独特的擂茶？

擂茶是山里人一年四季的天然饮品。更是娶亲嫁女、请客吃饭必上的一道饮料。坊间传闻，看一家主妇的人缘如何、能干与否，只消看一眼擂茶棍子的长短与光亮就行了。邻里和睦、勤劳淳朴的妇人总是在闲暇时分捣着她的擂茶棍，招待街坊邻里，乡间姐妹。

擂擂茶是个体力活。工具是特制的陶土钵和山上砍下的茶树棍。下小上大的圆口钵子，内壁上全部刻出了一条条间隔相等的竖形条纹，从而提高擂茶时茶料与内壁的摩擦，使擂茶磨碾出来细嫩均匀。茶树棍子的硬木品质能保证擂茶时不断裂，更重要的是保留了茶的原味，不与其他的木质相冲。擂凳也是必备家什。和普通长板凳不同，前面必须打一个方形口子，刚好卡在擂钵腰身处。后面伸出一条尾巴，让擂茶人能两腿撇开坐在上面，擂茶时便可身子前倾，力量集中。

如火锅底料般，擂茶也有最基本的原料。树上摘下来的新鲜茶叶、小茴香，熟芝麻、细盐巴。巧手的主妇或依据时令或个人喜好再适时添加甘草、鱼腥草等各类对身心有益的中药材。把原料洗净放入钵中，将钵卡在凳上，人坐凳尾，便开始工作了。做惯了农活的妇人对于擂茶这样一类的小事情感觉轻松得很，说说笑笑间个把钟头不间断地同方向擂动便将松松散散的一钵原料潇潇洒洒擂成了一团碧绿的茶饼团子。说着虽云淡风轻，但若是没个十几年甚至几十年的时间是难以将功夫练得如此炉火纯青的。新媳妇初次做茶，胳膊是定要酸上个三五七天方可恢复。想来如此，固定的身子前倾，磨盘式的往复运动，力量均衡的手劲把握，直至将一片片碧绿的茶叶变成了一团颜色匀称、色泽油亮、黑白点缀的软滑清香的擂茶，那可真是考验功夫的活。

摆擂茶宴也是看媳妇的重要门道。平常的擂茶碟子也就盐辣椒、茄子干、南瓜干、酱饼子等几样家常腌制小菜，加上时令的盐水花生、香辣毛豆便是一桌像样的擂茶宴了。再精细一点主妇的则会用花生油、茶油泡上几碟米皮，煎上几盘糍粑，把个擂茶宴弄得丰富多彩。夏天用水井的清甜、冬天用开水的滚烫来泡茶。舀上一勺擂茶，用水那么一激，再用勺子一搅，一碗荡漾着芝麻和茴香复合香味的碧绿色擂茶便做好了。就着巧媳妇的茶点碟子，饮着咸香可口的擂茶，说着街坊邻里的趣闻，悠闲地打发着一段闲暇光阴。可别贪嘴哦，好客的主妇是看不得客人的碗里空荡荡的，生怕怠慢了，只要看到谁的碗里喝少了一点，无需招呼，便立刻提着冲壶来加满。所以，一般喝擂茶在中间只浅尝辄止，细细品味即可，临走时一饮而尽露出干净的碗底便是对主人最好的褒奖走，邀上三五好友，上七琴吃擂茶去！

（本文发表于2013年11月5日《井冈山报》）

赶圩茶

赶圩是件大事。

逢农历的三、六、九，是下七乡乡民赶圩的日子。每到这些时候，圩场上总是人来人往。特别是国庆到春节期间，这些圩期就更热闹了。娶媳妇的，嫁姑娘的，起新房过新屋的，做大寿摆席面的，全都一起凑到圩场采买来了。这里扛一筐鱼，那里装半边猪，山里的炒货，地里的时蔬，一下子把个不大圩场搅得是人声鼎沸、热闹非凡。大伙凑的就是这个热闹，图得就是那个红火。

喝赶圩茶是圩场上必不可少的一件事。

几张小方桌，几壶白开水，几个老浸坛，几罐炒山货，再摆上几盒绿山茶，就算齐备了。在钢结构的大棚里，一边是一个紧挨着一个的小货摊，一边是阿婆阿嫂的茶摊。走累了腿，逛花了眼的乡民，奔着那与家中无二的桌凳就去了：阿嫂，来杯茶啰！还未卸下肩上的扁担，放下手中的家什，就连忙转过头朝着圩场上还忙乎不停的老张、老李打招呼："老伙计，来来来，一起恰杯茶！"一杯清茶，两三小吃，四五老友，七八句闲话，朴素地连接了乡民们朴素的情谊。

热情的阿嫂早就站起了身，一手端着早已放好了茶叶的茶杯，一手提着滚烫的开水走了过来："老爹，又买了啥子宝贝？"茶杯轻轻放下，打开热水瓶盖，滚烫的开水慢慢倾倒，缓缓注人苯杯，将杯底的茶叶四下冲散，上下翻滚。而此时，那些干瘦的茶叶像刚睡醒的青春少女慢慢在杯子里窈窕舒展，一股带着淡淡清香的热浪瞬间在方桌周围升腾。尝尝，今年自家山里的茶叶，咋样？阿嫂一边招呼，一边端上三五碟小吃。茶是普通的山间茶叶，制茶工艺也是家传手工炒制，绿色天然，没有农药污染，后也没有香料加工，自然清香扑鼻；茶杯多是八十年代末九十年代初常见的搪瓷把缸，经久耐用；小吃就各有不同了。完全凭阿嫂的一双巧手。有炒得香香脆脆的花生，有煎得香香甜甜的薯片，有浸得酸酸爽爽的山辣椒，还有独具特色的客家苦瓜丝、南瓜花等等。更精明一些的阿嫂阿婆则从圩场上买点葵花子之类的休闲小吃，丰富茶点的品种。

这是我见过最经济实惠的品茶了。一元一杯，无限量免费续杯。小吃也仅两三块钱一碟。据说以前更实惠，所有品种均一块钱一碟，只是现在精明的阿嫂也懂得了随行就市，根据成本及品种的不同进行了差异化定价。但总的说来还是够实惠的。看坐得满满当当的茶摊就知道了。不像城里所谓的高端营销，弄个真空包装，打个商品广告，再配上几位穿旗袍的漂亮姑娘，一杯简简单单的茶就轻轻松松地赚了你 68、88、98 元。那是咱们居家过日子的人们无法日日消受的。

我们去的时候恰逢盛夏。吃完午饭从空调间出来，没有一丝风，地上蒸腾着一股热浪翻涌而上，每个人的身上都黏黏糊糊的，心里燥热不堪。一杯滚烫的赶圩茶下肚，满脸通红，额头上全是汗珠，身上的毛孔也感觉渐渐舒展开来，透着一股凉意。风一次，一个激灵，真是舒服极了。

一边和客人唠着嗑，一边留意着客人的茶杯。看到谁的杯子空了，不等招呼，阿嫂立马笑盈盈地走了过去，又把杯子给续满了。李家姑娘今年多大了，张家小子在哪上班，就在这谈谈笑笑间，不经意就促成了几对美满姻缘。王家母鸡抱窝了，刘家小猪该下崽了吧，一个圩场赶下来，想不成为千里眼顺风耳都不行。

什么微信微博的，那消息哪里有闻着茶香酒醇的圩场来得丰厚自然？隔着千里万里，哪里有平日见面的乡里乡亲看得舒服自在？赶圩，把四里八乡的乡民从各个角落聚集在一起；而赶圩茶，则成了他们短暂停歇，联系情感的纽带。

杨梅情结

对杨梅的认识源于小学课文《我爱故乡的杨梅》，从未吃过杨梅的我一直但好奇，到底是一种什么样的味道才让作者如此念念不忘。

“杨梅，杨梅！”夹杂着浓重乡音的老爹敞开喉咙在集市叫卖。凑过去一看，红渲绿染中指个头大小的小圆球在路人的拨弄下滚来滚去，一颗颗沾满了清晨的露水，看起来丰盈透亮，甚至能微微看见果肉中透出的隐隐白色。触手一摸，冰冰凉，稍用劲一捏便感觉到了中间的果核正倔强的守卫着自己的疆土。虽然不是书本上形容的红得发黑的样子，但这样滴溜溜圆的一筐看起来也让人垂涎欲滴。

完全不顾爷爷的劝告，央求着买了一大袋回家。细细洗好挑了一颗最大最红的往嘴巴里一扔，闭上眼睛准备享受期待已久的美味。一口下去，咬下的牙齿立马弹了回来，满口酸味直达牙根，根本就没有书中那种甜津津的味道。作者可真是个骗子！心里不知道把那家伙骂了多少遍，怎么能把这么难吃的东西写得这么好呢？可斜眼一瞧，爷爷正笑眯眯地看着我，只好眯着眼，闭着嘴巴，佯装享受般把它们含在嘴巴里，轻轻地在舌头上转来转去，仿佛舍不得一下子消灭如此美味。于是乎，我花了整整一上午的时间来消灭这袋杨梅。这一场无硝烟的战斗下来，我连说话的兴趣都没有了，一张嘴就是满口酸味，上下牙齿一碰，就感觉像是扔进了沸水的小竹笋立马软了下去，仿佛再碰一下便会化作一滩水。

尽管后来爷爷告诉我这是山中的野杨梅，是专门用来浸酒而非当水果食用的。但自此之后我再没有勇气去再次品尝它。一晃十二年过去了，尝过了各种好吃的难吃的水果，但杨梅依旧在我的心中依然保留了无可撼动的厌恶首位。

又是一年端阳到。同事提了一袋圆溜溜的东西放到桌上，黑乎乎的，个头似乎乒乓球大小，难道又是家里做了什么好吃的？打开袋子，一股酸酸甜甜的味道扑面而来，红得发黑的杨梅！尽管看起来颇为讨人喜欢，但儿时的痛苦记忆让我始终不肯下手。在同事的再三保证下，我挑了一个有小鸡蛋大小，看起来黑得发亮的杨梅，面带紧张，把它慢慢放到嘴里。轻轻一咬，牙齿便几乎全部没入了丰厚的果肉中，满口清甜。忙加快动作，三下两下把个杨梅咬了个干干净净，就连果核也舍不得吐掉，非得把上面的清甜滋味吮吸干净方才罢休。原来这才是书中描述的甜美滋味。怪不得课文的题目叫《我爱故乡的杨梅》，这样的味道怎不让人喜欢，怎不让人留恋？

至此，每每端阳临近，我心里便像长了馋虫一般，馋着杨梅的清甜鲜香。

（本文发表于2013年5月30日《粮油市场报》）

公公的酒

公公爱喝酒。

白酒太贵，红酒没味。公公只偏爱自家产的冬酒。一餐一刀子碗，不多也不少。

秋收的糯谷上来后，公公便心心念念他的冬酒了。从晒场到碾谷，他都亲力亲为，从不假手他人。把糯米放在大盆里用井水浮上三两小时，不但容易蒸熟而且还保留了糯米饭的韧劲。蒸糯米是个费心活，要乡下的柴火灶，还要大锅大甑，只有这样才能一次性蒸好酿酒的全部糯米。坐上一锅水，把甑安放其上，甑底铺层通风透气的稻草，猛火快攻，水蒸气便源源不断地溜进甑里，把一粒粒糯米蒸成了一颗颗洁白晶莹的糯米饭。阳光下的糯米饭像水晶一般透亮。小孩子贪食，舀上一大勺，掺点白糖，用木质的锅铲把使劲捣，一颗颗松散的糯米饭便成了一块香甜可口的糯米团子。公公小气得很，拿小碗一盛，用勺子一抹，把堆顶的饭又重新拨回甑里，还一边啧啧："可惜了我三碗酒哦！"

糯米蒸好了之后，就是酒饼（酒曲）的事情了。公公把满满一甑糯米饭抬到井水边，利用井水冷却，滤干水后放进早已经准备好的大肚缸里。大缸之前要用、开水泡过，在太阳下曝晒，杀菌消毒。按照米量公公将所需的酒饼用水化开，均匀地浇到上头，作为发酵的引子，再把缸口密封。可不能塞满，不然发酵膨胀，那就该溢出酒来了。如此，这些混合了酒曲的米饭便躺在大缸里舒舒服服，没有干扰地发酵了。公公细心，担心日渐寒冷的深秋让酒饼的活力不足，便在缸口撒了一个用稻草扎成的圆锥型保温罩，四周也是厚厚一圈稻草被子围着。

闻着香没有？过个三五七天，公公的鼻子一激灵，赶着我们问。说话的时间眼睛里都透着兴奋。那神情就仿佛看见了出嫁多年的女儿咋一眼站在家门口的模样。细细打开，那原本只有半缸的米饭像聚宝盆一样，偷偷长出了许多，都快到缸口了。上面是厚厚一层的酒糟，白白的。散发着浓郁的香味。用勺子拨开厚实的酒槽被，下面便是清澈的酒浆。微微带着点黄。我的最爱就是半勺浆加半勺酿，再勺上一小勺白糖，开水一冲，一口气干上三大碗。

这酒可对不了公公的味，酒精度太低，喝水一般。公公还得给他加料！兑上对等的水让它继续发酵，变成更为浓烈一些的冬酒。小时候一直纠结，掺水不是将酒掺薄了吗，怎么还会提高酒精度？上学了，化学课告诉我们，麦芽糖转化成酒精的必要条件是要有充足的水。水也是有讲究的，一定要井水。自来水的味道太重，酿出的酒都有一股漂白水的味道；河水是早就不能用了；井水也不能随便，一定得是没有污染的。至少之前十天半月没有下雨的最好。加好水，再密封发酵。十多天过去，那股酒香更为浓烈，隐隐有着冲鼻的味道。

滤干酒渣，清澈的冬酒再撒上几颗枸杞，温热上桌，整个家中立刻就弥漫着一股浓郁的酒香。一口下去，咂吧咂吧嘴巴，公公一脸满足：好酒哇！

炖个冬天吃一吃

冷，太冷了！冻，冻僵了

穿上再多的衣服都感觉少了一件。都说温暖一个人的心得先温暖他的胃。那么，就让我们一起炖个冬天来吃一吃，暖一暖吧。

儿时的记忆里，冬天是天地间白茫茫的一片，深夜万籁俱寂的萧肃；各天具故乡小路边一棵棵故着白裘，似白蘑菇一般的橘树；冬天是窗外屋檐下一条条晶莹透亮，和倒垂的利剑一般的冰凌冻；冬天是风雪交加中，推开轻掩的厅门后，在火盆边戴着眼镜抬起头看着我的母亲。

煨红薯、煨鸡蛋、煨土豆、煨芋头、煨糍粑，整个冬天，母亲几乎就这样靠着火盆一直坐在厅堂里，掩着门，亮着灯，一边戴着眼镜给全家缝缝补补，一边替我们做着这些暖暖的小食，暖胃暖心。那盆炭火从黎明红到黑夜，又从黑夜引亮白天。四方的木制炉架，圆圆的铁肚炉盘，乌黑油亮的火钳再配上这几乎昼夜不息的炭火，就炖出了一个暖融融的冬天。

无论放学早晚，不管什么时候回家，推开轻掩的厅门，满满的暖意总能扑面而来。三脚架在这个冬天几乎一直纠缠着炭火，稳稳地架在红红的火苗上。钢精锅的底已然熏得黑乎乎的，完全看不到本色。可它却和腹中浓浓的香味一起点燃了整个冬天的暖意，弥漫在这个家中。掀开锅盖，汤水咕咚咕咚的响着，涌起一个接着一个的泡泡，锅面升腾着一股绵软悠长的香气，贴在脸上，闻在鼻中，暖在心里。或是腊肉的浓烈，或是火腿的酱香，再不然就是猪大骨的香甜。再丢进一盘滚刀块的脆白萝卜，扔上几片菜园里霜冻后清甜的大白菜，撒上一把小米香葱。如若再碰上哪家端来新发的蘑菇豆芽或者现做的豆腐，这伙食，可没得说。

往下蹲，哈口气就把双手往炭火边凑，把鼻子往锅子里伸。“去，也不怕生冻疮，等把指头冻成红萝卜有你哭的时候！”母亲作势生气，一边拿着手中的鞋垫往手背上轻轻一掸后立马放下，一边却从身侧的凳子上拿起一只早已准备好的芦花碗，把勺子伸进钢精锅里缓缓搅动，盛了满满一碗滚烫的汤食放在火盆边的凳子上，再拖把椅子过来：“饿死鬼投胎的，快来恰！”于是就见我被母亲如此舒舒服服地伺候着：坐在靠背椅上，双脚住前一伸，架在火盆边缘，双手贴着碗边，端起来吹两口气喝一口汤，吹两口气喝一口汤。眼睛还直勾勾地盯着母亲的手——原来她正忙着从燃过的灰烬中给我扒拉着早已烤好的红薯和鸡蛋。添上半碗饭，就是这有菜有肉有汤的钢精锅，靠着还埋着饭后小食的炭火，再听着母亲日复一日的唠叨和啰嗦，这个冬天就这么简单却又幸福地过着。

谁说冬天太冷？烧上炭火，燃尽萧瑟；埋葬寒冷，煨出幸福；再架个锅子，放入温馨，洒进母爱，升腾温暖，怎么也能炖出个热腾腾暖融融的冬天来吃一吃，不是么？

CHONG SHI LI XIANG | 重拾理想

字越写越多，手越来越顺，人也越来越矫情了：陪春天的小鸟歌唱，伴夏日的柳絮飘荡，赏秋天的丹桂飘香，和冬日的白雪徜徉。素日里平淡无奇的小草也忽然和我要好，每每过时总摇曳生姿，点头问好；平日间一板一眼的灌木也随岁月荣枯，春天欢畅，秋日感伤。而我的日子也开始有着更多色彩，单调的生活如打翻了的调色板，充满想象。

重拾理想

年过三十的人，再谈理想似乎有些晚了。当现实的琐碎与理想的遥远那么一比较，就觉得是在攀爬一座遥不可及的珠穆朗玛，但事实上现在的我就在这条道上艰难并愉快地前行。

小时候喜欢文字，也颇得各年级语文老师的欢喜。但我对文字的喜爱却把数学等一切理工学科远远抛在了脑后。严重瘸腿的我让班主任头疼，对于偏科如此严重的学生却也无可奈何。只是年少的我并不为以后的生活担忧，那么多的文学家和学者，在获得超然社会地位的同时不是也活得潇洒自在吗，博大精深的中国文字如何就养活不了一个小小的我？

只是生活就像个让人啼笑皆非的恶作剧。兜兜转转绕了一圈，现在的我却不得不靠那十个阿拉伯数字来生存，做了个一板一眼的银行柜员。于是，天马行空的冥思乱想没了，信马由缰的文字激扬没了，做不完的报表，平衡不了的公式，没完没了的账务处理让充满理想的心在柜台前渐渐冷漠。工作与理想无关，生活自然也与其绝缘。接送孩子，操劳家务，邻里相处，亲戚走动，和周围人无二样的生活，整天也忙忙碌碌。可就是这样的忙碌，一旦停了下来，便和没了信号的电视一样，雪花点一片，除了纷繁的俗世噪音，再无可回味之处。

一时兴起，看到窗外花开，终究忍不住想把美景留下来，借着那一时的兴奋，洋洋洒洒千言不住，不料得到了报社编辑老师的青睐，独具匠心的润色后竟然也变成了铅字见报了。若一颗石头搅动了一池春水，将深埋在心底多年的理想翻上了水面，展现在眼前。原来生活对我并不苛责，或许只是在等待我的沉淀。灵巧的键盘换成了生疏的笔，多年未动的手如巧遇故友知音，终于又可以言语无忌，畅所欲言了。

自此一发不可收拾。眼中除了那生硬的十个数字外多了些色彩，孩子的变化，天气的冷暖，旁人的言语，自身的感悟，通通在八小时之外变成了文字；同事的鼓励，老友的支持，老师的肯定在这一时间统统相遇，让我的文字再次赋予了魅力。一篇一篇的文章见报，一次一次的随笔共赏，让自己觉得越来越充实越来越自信，情感也越来越细腻了。或许，数字与文字一直都是并行不悖的两架马车，只是我从未意识到，非得在两个之间艰难徘徊，痛苦抉择而已。

字越写越多，手越来越顺，人也越来越矫情了：陪春天的小鸟歌唱，伴夏日的柳絮飘荡，赏秋天的丹桂飘香，和冬日的白雪徜徉。素日里平淡无奇的小草也忽然和我要好，每每过时总摇曳生姿，点头问好；平日间一板一眼的灌木也随岁月荣枯，春天欢畅，秋日感伤。而我的日子也开始有了更多色彩，单调的生活如打翻了的调色板，充满想象。

或许，这就是理想的魅力所在。无论生活多么平淡，它总有办法让你过得激情四射，色彩斑斓。只要理想的种子还在心中，一旦春暖花开，它必将破土而出，长成陪伴一生的参天大树。

文字与数字

高考填报志愿时，我与一向亲近的父亲发生了记事以来最长时间的冷战。原因是他偷偷跑到学校，将我的高考志愿全部由汉语言文学改为清一色的会计!

我以为父亲是了解我对文字的痴迷的，借书、买书、看小说、写日记，他无条件纵容我对文学的需求。而且他甚至知道我的绰号——“飞天拐子”的来历。同样一百五十分的试卷，当我的语文可以轻轻松松拿到一百三四十的高分，作文被当作范文在全年级甚至是全校朗读时，而数学竭尽全力也只能勉为其难站在它二分之一的高度。用爱好和特长去选择志愿，不是最理想的职业规划么?

可一旦为安身立命的“饭碗”计，他便表现出了一个家长的强势与绝对领导：文人清贫。安贫未必乐道。像我这般执拗好胜心强却又情感细腻感情丰富的女子，很容易沉静在自己的文字世界中一发不可收拾。而矛盾的双重性格在现实与理想的游走过程中会让我偏激狂躁或者忧郁孤寂。一句话，那可是会走火入魔的!

于是，在父亲的安排下，我无可奈何地选择了我最短的那条腿——数字，开始学着行走。

对于数字的不敏感让我对专业感到恐惧，凡是涉及到微积分等一类的数学课程一律挂科。尽管这样，却还得一次次硬着头皮重修、补考、过关。一路跌跌撞撞，工作单位从民营企业到垄断巨头，无一不是与专业完全对口。每天敲击着键盘，核对着这十个简单却又客观公正不带任何情感的阿拉伯数字。最让我头疼的是年末的各项报表，常常为了寻找那多出或少掉的一分钱搞得全部门通宵达旦，人仰马翻。恼极了我甚至对领导发出这样的感叹：“给他一百块，别让我再找这一分钱了。”一分钱难倒英雄汉，这可能是所有职场菜鸟、初职会计永远都无法摆脱的恶梦!

焦躁的时候，逛街、美食、K歌都没有办法让自己平静。随手的涂涂画画，键盘的敲敲打打，用喜爱的文字宣泄着对数字的不满，平和着自己那颗狂躁不安的心。

找到了如此一帖灵丹妙药，数字和文字并不再是我脑海中那两个非要拼得你死我活的矛盾小人了。他们愉快地玩耍着，就像蝴蝶的两只翅膀。数字的职业生涯带着我汲取现实生活中的更多养分，让我端着稳定的饭碗，把日子过得简单却又不怎么艰辛。而文字则引领我飞翔的舞步，让我在想象的天空，更轻盈地舞蹈。看烦了那些数字报表，我就打开电脑，想想快乐的事，记录下今天最让自己感动的幸福瞬间。或许只是一棵小草的破土，一朵山花的绽放，一阵清风的吹拂，一声孩子的嬉笑，这些都足以让我的内心充斥着满满的幸福。把这种幸福传递到每一个瞬间，回过头来，突然发现那十个数字也并非我当初想象得那么面目可憎。当一张张报表的勾稽关系出现一次次的平衡，当那躲在不知名地方的一两个数据被我从脑背后抓出来时，我就像海滩拾到漂亮贝壳的孩子，充满了得意与骄傲。

无论是被迫选择的数字，还是我自己心心念念的文字，在这十多年中，我坚持着让他们成为我生命中不可缺少的伴侣，每天用数字的客观公正去面对工作中的一个个困难、一次次挑战，随时用文字的细腻去感受生活中的人情冷暖。当工作一次次被认可，肩上的责任越来越重时；当文字一次次被变成铅字，心情越来越好时，我发现其实自己真的是一个挺幸福的女人

（本文发表于2015年5月10日《井冈山报》）

隐形地生活着

1999—2003 年，南昌就读大学，倍感孤单。作文以示纪念。而今重读，颇有无病呻吟的味道。

——题记

原本她不是这个样子的。还未到这个城市以前，她整天无忧无虑，在她生长的土地上快乐地生活着。那时的她，就如同一片绿色的叶子，清爽、明丽，永远都给人以希望，永远都给人以力量，大家都喜欢和她在一起。在她看来，自己就是一个天使，一个快乐的天使，不知道什么是烦恼，也无所谓忧伤。每天一睁眼，总会看到一个灿烂的日出，一轮火红的朝阳，“那会是我的未来吗”，她想。

可自从来到这个城市，踏入这陌生的舞台后，她开始改变，变成了一片孤独的叶子，变成了一片没人疼没人爱的叶子。谁都不知道她从何而来又将飞往何处。如同一个隐形人，她孤独地存在于这个城市的某个角落，没人关注到她的存在。

快两年了，周围曾经和她一样的人都卷人了这个城市的洪流。每一天，他们都像一条条小小的沙丁鱼一样在这个拥挤的城市中挤来挤去。他们和叶子不 - 样，他们想从过客变成驻者，想从房客变成房东，想继续在这片土地上长久地生活下去。可是叶子知道，她只是片叶子，仅仅是片叶子，只是这个城市的过客，微风轻舞的时候，她又将带着她蓝色的梦飞往心中的天堂，离开这个城市——这个不属于她的城市。

所以，她永远都站在城市的门槛外，无法进去也不能进去。就像当初离开家一样，不愿离开却不能不离开。现在的她独自生活在这里，没有适合生长的土壤，没有能够洗浴的阳光，没有她内心所期盼的希望。整天充斥在她面前的不是灰暗的天空，就是阴冷的面孔，永远匆匆而过的人群。没有人关心她，没有人了解过她，甚至都没有一片相同的叶子停下脚步过问一下她。她的脸上，总是带着一股淡淡的忧伤——丁香般的忧伤。

每一天，叶子都贪恋被衾的温暖，不愿起床。因为起床后的世界是她不愿接受的现实，就像这个城市极度地排斥她一样，她同样也极度地排斥这座城市。所以，她宁肯抱着那只人人都讨厌的沙皮狗赖在床角："别人不喜欢你，没有关系，还有我疼你呀！"看着那只傻里吧唧的小狗睁着两只无辜的大眼睛瞧着她的时候，叶子觉得她其实就是那只小狗，灰不溜秋的，全身上下没有一点鲜艳的色彩，简直就是个丑八怪。可无论怎样，叶子都很喜欢它，只有它才明白叶子的心事，只有它才肯安安静静听叶子讲话。

有的时候，叶子坐在她蓝色的被子里面，拉上蓝色的窗帘，看着糊在墙上蓝色的墙纸，支着头，做着属于她蓝色的梦。只有那个时候，她才会开心起来，才会觉得这个世界仍然有她快乐的影子，而她仍然是片快乐的叶子。

当旁人嘻嘻哈哈去逛街的时候，叶子总是静静地坐在书桌旁，微笑地送走她们欢快的背影，然后拿出日记，记录叶子的心事。她相信在地球的某一个角落，总有一堆和她一样的叶子，不愿那么紧张地生活，不愿那么拥挤地生活，不愿在那残酷的、弱肉强食的社会中生活。她相信总有一个地方没有忧伤，总有一个地方，也有一片和她一样的叶－

（本文发表于 2002 年某期《江西工人报》）

回　家

4 月 24 日，文友紫蝶发来信息：周六市散文协会来新干采风，诚邀参加。

一喜一忧。喜的是终于可以参加自己梦寐以求的一场聚会，忧的是以我现在的资历和水平，够得上条件吗？紫蝶劝慰，你是咱们新干的女儿，又有写作的兴趣和爱好，我以主办方的名义特邀，如何不可？不管了，就算是空降部队吧，去！

之后和华丽姐联系，言语中颇有犹豫，后欣然同意。毕竟采风名单是由组织方确定的，我的冒昧加入多少有不便之处。但既然是主办方的邀约，总还是可行的。

26 日一大早，把全家人的衣服清洗干净，就在国道上等着。回家了！

这么多年来，自己的文学之路自由散漫，无规无矩，总是随心而发。感觉来了，便不吐不快，有时候一天一篇，有时候一天三四篇；没有感觉时，便是巧妇难为无米之炊，半个月也写不了半个字。但无论怎样，总是随着自己的心让笔往前走着。儿时的梦想是当一个作家，指点江山，激扬文字。但梦想总难照进现实，生活中的我却将数字的功效发挥得淋漓尽致，而文学就成了餐桌上那盘爽口的菜，就着生活这碗平淡的米饭。理想这个奢侈的追求，就在一步步加入井报文青客栈、市散文协会一个个 QQ 群中慢慢向前。只是，看着他们热闹的聊天及激烈的争论，我无所适从，更无从插嘴，大多以一个潜水员的身份看着，越沉越底。或许就是这样，就算是神交，见面与闻名之间还是有着不可逾越的鸿沟。言语之间的谨慎于我，无所顾忌的谈笑于他们，多少还是有别的。他们是一家人，而我只是站在门口的过客。

站在国道上，一分钟，两分钟，十分钟，半个小时，一个小时，等待是漫长而又急切的。翘首盼望，希望远远行驶而来的车子在我的眼前戛然而止，一抬眼全是灿烂的笑容；希望她们像迎接一个嫁出去的女儿一样热烈欢迎我这位不速之客。当然，还担心文人的清高对于我的唐突不屑一顾，担心我这个散兵游勇扰乱了正规部队的秩序。种种紧张激动就在等候的时间内愈发加速。

怎么还没有来？害怕彼此的错过，一路上，我打了五个电话给华丽姐。其实拨通的时候非常忐忑，害怕她对我的厌烦。可又能怎么办呢？归家的心情如此迫切，哪怕引来大家的种种不满。一辆中巴从我的身边驶过，在前方突然停下。一位富态的女子从车上冲下，双手抬起，掌心向我，冲着我直招呼，脸上堆满了笑意："快点快点，要开车了

我的家，我来啦！气喘吁吁，准备抬脚，没有人看我，也没有人说话，车子就像是躺了一群熟睡孩子的摇篮：安静，快点，快点！上下客被抓要罚款！我一愣！再看车头，吉安——南昌。原来她把我当成了拦车的客人！一扭头，转身回到斑马线，傲娇地丢下一句："我有专车！'

冷静，冷静！盯着手机慢慢看时间，二十分钟，一辆中巴停下：娟子！陌生的面孔，温暖的笑容，热闹的车厢，多么温馨！还有熟悉的小玉，爱热闹的胡编，还有特意为我留好的位置，多么贴心！

我知道，我等的车来了，我等的人到了！我，开始回家了。

我爱你像盐

去年这个时候，全家总动员。每人骑个电动车跑到十几里开外的山场去掰小竹笋，准备晒笋干备年货。无奈连日的阴雨天气，让一切皆为泡影。晒干货最重要的是天气，沾一点雨水就全部泡汤。可那大小上阵猫腰钻林、全身挂彩得来的几百斤竹笋，又如何忍心舍弃？

看着我愁眉不展的模样，爸爸开口了：焯水，平铺晾干，一层竹笋一层盐密封在敞口坛子里，几年都不会坏。炒肉炒蛋炒酸菜，怎么高兴怎么来。盐多不坏菜，当家这么多年还不知道？

茅塞顿开，如法炮制。果不其然，在接下来一整年的时间里，餐桌上随时都有这道风味独特的山间小笋，清爽中透点咸香。成了家中就粥佐餐下酒的不二佳品。不用真空包装，不用烈日晒干，就这样盐分周身包裹，别有一番新鲜滋味。

突然想起了一则童话故事。国王问珍爱的三位公主，你们都如何爱父王啊？大公主说："我爱你像天上的星星一般璀璨。"二公主说："我爱你像头上的珠宝弥足珍贵。"小公主说："我爱你像碗中的食盐，简单平凡。"国王以为小公主不爱他，一生气，把她扔进森林里自生自灭。后来国王老了，大公主笑他没了璀璨的皇冠，把他关在城堡外；二公主嫌他没了名贵的珠宝，把他关在了宫殿外。只有那个困苦的小公主，把他留在茅草屋里陪着他，日日有滋有味，粗盐拌饭。

我爱你像盐，永远平凡。不需要华丽的包装，也不需要大把的金钱，就那么简简单单，随处可见。只要需要，随时在你身边。没有饮料的香甜，没有酒浆的甘烈，如一杯清冽的水，冷天不冰，热天不烫。纯净的味道，直到永远。

我爱你像盐，忠诚不变。不用附加，没有期限。无论信心贮藏，还是平常保管，随时陪伴身边。没有花的绚烂，没有果的丰满，如同脚下那株小草。寂寞时出土陪伴你的孤寂，喧嚣时独自躲在泥土长眠。

我爱你像盐，无私奉献。既可锦上添花，又能雪中送炭。既是生命中不可或缺的精华，又是生活里点点滴滴的浪漫。或轻轻覆盖保存你的容颜，或润物无声滋润你的心田。可与你共享幸福，更能陪你共度艰难。

我爱你，就像那洁白如雪的盐。

（本文发表于 2014 年 5 月 29《粮油市场报》）

你在我身边

人越长大，圈子变得越来越大。可慢慢发现，曾经的青葱已变白发，曾经的咫尺却是天涯。都说距离产生美，可大多数情况是距离产生了，美却不见了。明明想着问候，却羞于开口。明明担心惦记，却不善表达。幸好，有了微信。

闺蜜娃娃远嫁他方，在肯尼亚相夫教子，难得回来。就算是匆忙返乡，也和打仗一般，拖儿带女婆家娘家连轴转，给予我的时间是少之又少。记得前些年她回乡探亲整整半个月，偏我又外派出差三旬，两人硬是没见着。若说亲近，便是不着边际地打了几次少油寡盐的国内长途。多年未见，花开花谢，彼此的世界都不一样了，除了例行的简单问候还有什么共同的话题呢?

不知什么时候起，彼此都有了微信，现实中的闺蜜成了微信上的好友。于是，我们的空间就成了彼此的大晒场。晒心情，晒工作，晒孩子，晒生活中的喜怒哀乐，悲欢离合，点点滴滴。今天菲菲妹妹去哪个部落看酋长又娶新娘子了，明天州州哥哥又和班级中的哪个黑妹相亲相爱拥抱了。昨日心情不错，给自己放个风，跟着友人去踏青挖笋；今日天气还好，做个好媳妇，把家里衣服被子全给洗了，万国旗一般在楼顶悬挂……

尽管远隔万水千山，可彼此生活的画面就在眼前。她的恋家情结，我的异国向往都在彼此的微信中得到了一一纾解。点个赞，评个论，拇指间无声的交谈代替了年少时同床共枕的叽叽喳喳，依旧热闹非凡。哪天早上朋友圈中没看到她发的图片，就不知道这一天该怎么开始；晚上没有看到她孩子的笑脸，都觉得这一天还没过完。

一切仿佛都回到过去，我目睹着你的生活，你感受着我的快乐。因为微信，我们又如儿时那样，我在你身旁，你在我的身边。

（本文发表于 2015 年 12 月 27 日《井冈山报》）

二十年后的相逢

初中毕业二十年了。

联系比较紧密的几个同学合计后对我说：班长，该搞个二十周年的聚会了。不然再拖下去，就真印证了网络上的那一句："来得了的一桌，来不了的一桌。"大家笑着。

说干就干，攒人去。我发挥了我居委会大妈的一贯作风，对着保存了十多年的电话本一个一个打过去，哪里想到联系到的不过十之一二。也是，现在一机（手机）在手，朋友全有。还有几个家庭保留了固定电话呢？没办法，执行B计划——一家一家上门找吧！辛苦了一个月，也就找到了三五家。二十年，城乡巨变，很多同学家都起了新楼，买了新房，搬离了原来的家。等我们再过去时，已经看不到二十年前的路了。唉，个人力量有限，还是找找警察叔叔吧。C计划是联系了公安局户籍管理科的同志，让他们帮我们找人。可前提是户口未被迁出，如果本地户籍中没有这个人，那么还是找不到的，

在一切我认为可能的办法都用尽了之后，全班六十一个人还有十多位没有找到。一天，有位同学对我说，我们捞人吧？原来他的姐姐有一个公众平台类网络公司，可以免费发布各类公益类信息，阅读量非常惊人。抱着试一试的态度，我提交了我们青涩的毕业照，附上了名单，当然还有一封热情洋溢的邀请函。几天过去了，音信全无。当我以为一切就这么结束的时候，我的朋友圈突然冒出了无数个有关于本班同学聚会的链接，我所留下的QQ一时间响个不停，确认信息的，询问详情的，还有更多就是提供线索的：XXX是我表姐，她现在在日本，QQ多少，电话多少；XXX是我同村的，现在嫁到了肯尼亚，生了两个孩子，她妈妈电话是xx，你可以联系一下。当然，还有更让人兴奋的，班长，你找我回家吃饭？什么时候？要带饭票和家属不？

就这样，一传十，十传百，一张小小的照片，通过网络这样无形的大网撒了出去，就钓起了隐藏在大千世界中芸芸众人。在网络的无数链接和转发之后，我终于将名单上的人全部都找到了！

二十年，一个都不能少，一个都不会少！

做梦的女人

女人天生爱做梦。

少女时代，总梦想着有一个高大帅气的男友，憧憬着玉树临风与小鸟依人的佳偶天成，想象着只有风花雪月，没有家长里短；只有浪漫温馨，没有柴米油盐的梦境。只是，童话依旧是童话，梦境常常会被现实无情地惊醒。现实中风流倜傥的才子寥寥可数，亭亭玉立的佳人也是少之又少，和无数对高矮参差、胖瘦混搭的乡间模式一样，大多数人都演绎了一道再平凡不过的俗世风景。只是，在这个唯美的童话打碎了之后，女人还是会用更持久的耐心去为自己编织另一个梦境。

新婚之后，总幻想着有个懂情调会生活的丈夫，能够一手捧着玫瑰花一手提着南瓜花等你一起甜蜜地回家。想象着隔三差五的烛光晚餐，相看两不厌的二人世界。等真正居家过日子的时候，才发现这些几乎都是所有女人遥不可及的矫情。能捧着玫瑰花的，可能是个连个南瓜花也不认识的纨绔；能提着南瓜花系着围裙的或许就是个不解风情的呆子。倘若身边真有这么一个如愿以偿，肯费劲心思如此讨巧于你的，心中却又不免嘀咕，是否背着自己用同样的方式勾引着围墙外那些更为娇媚的野花？一个既放得心，且又温柔浪漫的男人简直就是男人中的奇葩，女人的神话。

为人母后，总渴望有双可人的孩子。可以带着姑娘春日赏花，夏夜观月，可以一起漫步秋叶，徜徉冬雪；可以看着小子爬树掏鸟，下河捕鱼；看他文思泉涌，武艺超群。既想享受常伴膝下的亲情，又贪图他风云四海名震一方的声威。只是，期望只是期望，孩子还是那个孩子。幼儿时的头疼脑热，少年的叛逆疯狂，成年的情感挫折，成家的经济掣肘，让这个做梦的女人早已远离了梦境。每天换下的一大盆脏衣服，隔三差五的小型家长会，孩子的调皮捣蛋，甚至由此引发的教育分歧夫妻口角家庭矛盾，早已把梦想的泡沫无情地消灭。为此产生的母子冷对、夫妻无言甚至让女人怀疑当初怎么就把这个不省心的家伙生下来了呢？但女人是倔强的，不屈服的，在这个糟心之后仍旧梦想着有一天家庭的其乐融融。

无论现实多么糟糕，女人总有办法让自己过得优雅一些。因为有梦，所以有努力的方向；因为有梦，所以有不倒的天堂。做梦的女人，温柔的内心永远是芳香四溢的花房。

（本文发表于2013年4月29日《吉安广播电视报》）

亲爱的，你不在我身边

又是一年七夕。

喧闹的尘世中玫瑰花的香味还未曾散去，记忆中你的脸庞已渐渐朦胧不清。只是那脸上的淡淡笑意仿佛依旧在眼前荡漾，伸出双手：妹妹，醒来了！

曾几何时，我习惯在你的喃喃中微笑着结束每一个甜蜜幸福的夜晚，习惯在你温柔的问候中迎接每一个阳光明媚的清晨，习惯你三更半夜远方归来越墙见面的急切，习惯你黎明微笑守候在我门前的惊喜。只是，现在这些，都成了我梦中清晰的那一切。

曾几何时，我习惯趴在你宽厚的肩膀人眠，习惯依偎在你怀中的香甜，习惯冰冷的小手被你握在掌心的温馨，习惯肥大的衬衫穿在我身上的浪漫。只是，现在的这些，都成了我梦中奢望的那一切。

亲爱的，你已不在我身边！

现在的我，依旧在元宵时节仰望天空璀璨的烟火，旁边却少了一个帮我捂住耳朵把我塞进胸口的人；现在的我，依旧在情人节的时候笑看有情人的甜蜜，手上却少了那一朵娇艳带刺的玫瑰；现在的我，依旧在恼人的苦夏对着毫无兴致的食欲，桌子上却少了各种各样诱惑我吃饭的惊奇玩意。因为，亲爱的，你已不在我身边！

现在的我，依旧对着喋喋不休的言情看到三更半夜，耳边却再也响不起几次三番喋喋不休老人般啰嗦不止的电话声；现在的我，依旧踩着迟到的钟声慌张地走出家门，转角却再也看不到那个无论刮风下雨永远静静等候的身影；现在的我，依旧喜欢徜徉在夏夜繁星漫天的长堤，前方却再也看不到捂着双手等着我的点点萤火。因为，亲爱的，你已不在我身边！

像个未长大的孩子般，我陶醉于你给我点亮的童话王国。上班太累了！我撅着小嘴。再辛苦两年，等我发达了，你就辞职，做你喜欢做的事。刮着我的小鼻子，对我一脸宠溺。生孩子太可怕了！我转身跺脚。好好好，那就不生，我把你放在这里，当心肝宝贝养着。掰过我的肩膀，对我一脸承诺。躺在床上看书，不用抬头，就有喜欢的水果喂到嘴边；走在街上散步，不用侧目，就有一堵厚实的墙贴在我的右边；饭店宾馆吃饭，不用开口，就有我喜欢的菜端在我的面前。幸福，如丝绸般，缠绕在身边。

从未想过，就这么相亲相爱的一双人会天各一方，永世不能相见。从朋友那听说，亲爱的你，已永远不会出现在我身边。心口被无情地剜去了一块，疼得我无法入眠。从今往后，我得习惯没有你的世界，习惯漆黑冷夜，习惯用一个人的辛苦去坚守两个人的约定。

今夜，就让我最后一次枕着你的名字入眠，借着牛郎织女的鹊桥，天上人间，梦中再一次相见。

你在等花开，我在等你来

你在等花开，我在等你来。

跨越三千年的障碍，把春天从远古请来。抬一樽美酒，方爵斟满；煮一鼎佳肴，玉羽人布菜。宫灯从牛头城点亮，悠远流长，在霓虹中隐现那半曲霓裳。

沉睡千年的美人呀，莫非梦里没有桃红柳绿的色彩？历经岁月长河，穿越历史淹没旧石器、新石器时代，就为了看一眼滨江大道的漫道花开？

小桥流水，夕阳西下。公园的长凳上，翘首的你，在等谁来？捧一捧江水净脸，清丽乍现；折一根柳枝拂肩，散漫悠闲。一袭青绿的葛装，赣江边的千百次回眸，惹得桃花开，梨花开，樱花开……百花开。

风，从三千年前缓缓吹来。吹落古淦尘埃，吹来清新姿态。岳武穆的战马已然倒下，点将台的呼啸不再；没了啼笑因缘，恨水也开始北雁南飞。驻足江边，你，见证的仅仅是大桥上车流的往往来来，而非岁月的花谢花开？

或许，你只是在等这一次的花开，而我，却在江南青铜王国，为等你而来。

感受春天

感受春天，用一朵迎春花开的时间。

如同初来乍到的新娘，羞羞答答露出了脸。寒风中固执的摇曳，细雨中温柔的缠绵，用一抹鹅黄点亮清冷的世界。

我愿在村外的小河边遇见你，在流水的音乐中看你羞涩的翩跹；我愿在野外的小路约会你，在旷野的萧瑟中看你清丽的笑颜；我还愿在沉睡的梦中想起你，在空旷的心海感受你回眸的一眼。我愿看见你，在触目所及的每一天，在百转千回的每一夜。

就是那一抹鹅黄，大自然里最早的、粉嫩的鹅黄，无声地撩拨着春天冬眠的胴体。勾引得桃花红了脸，梨花上了妆；勾引得柳树甩水袖，杜鹃着新装；勾引得百花跳着舞，荒山作新娘。

就是那一抹鹅黄，大自然最早的、粉嫩的鹅黄，轻柔地撩拨着春天冬眠的胴体。勾引得蚯蚓儿出了土，燕子回了窝；勾引着风筝上了天，鸭子下了河；勾引得百兽发了情，百鸟唱着歌。

就是那一抹鹅黄，大自然最早的、粉嫩的鹅黄，肆意地撩拨着春天冬眠的胴体。勾引得河水哗啦啦地唱，茶山飞了笑；勾引得老农下了地，孩子满地跑；勾引得姑娘摘花戴，小伙睡不着。

感受春天，就用一朵迎春花开的时间。

我和春天有个约会

蛰伏了一个冬天，让我从睡梦中醒来，和春天来一场轰轰烈烈的约会。时间是三月，地点在旷野，光明正大，不畏惧任何流言。

我和草一样舒展，和花一样怒放，和柳一样婀娜，和万物一样醒来；

我和燕子一般轻盈，和黄鹂一般歌唱，和风筝一般飞舞，和万物一般悠然；

我和禾苗一起搬家，和花生一起入土，和春菜一样收获，和万物一样结果；

我陪着青蛙一起打鼓，陪着蚯蚓一起翻土，陪着鱼儿一同回游，陪万物回到世界的最初。

于是，你们就看到了我。看到了我和太阳一样温暖，和细雨一样轻柔，和惊雷一样雄壮，和闪电一样耀眼；

于是，你们就看到了我。看到了我和水一样缠绵，和山一样青葱，和树一样茁壮，和笋一样破土；

于是，你们就看到了我。看到了我和农妇一起劳作，和渔夫一起归航，和老人们一样晒太阳，和孩子一样田园放歌。

于是，你们就看到了我。看到了我在田野、在乡村、在山林、在河流、在你们触目所及的每个地方，和春天如此肆无忌惮地约会。于是，你们就看到了我。看到了我和植物、和动物、和农作物、和万物、和你们触目所及的每个景物，都进行着春天如此肆无忌惮的约会。于是，你们就看到了我，看到了我与春天轰轰烈烈的这场约会。

和往事说再见

举起酒杯，和往事说再见。这一次转身，就注定不再回来。我不再看窗外的白雪皑皑，不再想念有你的花谢花开，把回忆贴张邮票，送达心底触碰不到的遥远海岸。

我向往梅妻鹤子的恬淡，你却愿意奔向潮起潮落的大海；我享受田园质朴的简单，你却奢望乱世枭雄的豪迈。在你的世界，再华丽的觥箸交错也满足不了我的一日三餐；而在我的心里，再幸福的点滴也不能持久感动你向往轰轰烈烈的情怀。

故事已然落幕，结局也已经打开。曾经的海誓山盟早已不在海枯石烂，过往的雪月风花也变成了落地尘埃。彼此转身，朝着相反的方向，一步一步，走向没有彼此的未来。

某一日，我愿意在不经意的街头，愿意在阳光慵懒的午后，愿意在每一个恬淡安宁的日子与你遇见。点头，微笑，彼此擦肩，而后离开。相逢美好，再见淡然。没有心痛，也不必祝福，就像一阵清风，随往事慢慢飘散。我们，曾经是彼此的心头所爱，但却为了各自的固执和坚持离开。

或许，青春不过就是曾经最美的你和最美的我，在最美的季节演绎了人生中最美的一场意外。

（本文发表于 2016 年 11 月 16 日《吉安晚报》）

长在路中央的树

周末郊游，从农业产业园到寒梅岭，路遇一棵长在路中间的树，以为记。

这世上到底是先有树还是先有路，我不知道，你知不知道？但我知道是一定先有了我，才有了我脚下的这条路。也知道是因为有了这条路，才成就了我这棵长在路中央的树。

遇山开山，遇水劈水，遇树伐树，这几乎是所有路形成的必然因素，而在我这里却成了例外。我不知道是不是施工方的一时兴起保护了我数百年成长的根基，还是政府某个职能部门的鼎力相助留下了我苍老而又坚持的身影，抑或是民众的多方运作成就了我现在这道独特的风景，我宁愿相信都有。我宁愿相信我生活的蓝天有一方清明的主宰；我宁愿相信我脚下的土地给予我无私的支持；我宁愿相信我身边的微风对我倾注了太多热情的关注。是的，一切都有，一定是一切都有的。所以，才有了我，才有了我现在这棵长在路中央的树。

没有绝迹的名姓，也没有独特的芳华；不是参天大树高耸云端，也不是秀丽盆景独特造型。我只是一棵树，一棵普普通通平平常常苍老而又年轻的树。依旧会落叶，依旧会发芽，依旧会茁壮，也依旧会成长，只要我依旧站在属于自己的土地上，我的根依旧深埋在不曾挪动的地方。那么，我依旧与周边的树点头致意，依旧与过往的鸟寒暄细细；那么，我依旧会和风唱雨，依旧和这条路相伴相依；那么，我依旧会迎接你的到来，目送你的远去。

减速、慢行、停留、注目、合影，回首，因为有了这条路，我的身上凝聚了太多惊奇的目光，你的身边也流淌着一道动人的风景。

其实，为了我的存在而付出的这些努力，又何尝不是这个世间最美的风景？

听说，鱼的记忆只有七秒

听说，鱼的记忆只有七秒。

那么，就干脆让我变成一条鱼吧。这样，就没有那么多无休无止的烦躁。

我讨厌每天都生活在恐惧的怀抱。我纠结每天是否该祭“五脏庙”，总担心外表亮丽的瓜果是不是打了不知名的农药；我讨厌每天都看到灰蒙蒙的天空，总担心那嚣张的雾霾紧紧将我拥抱；我怀疑哪天一回家，遇见了我丈夫的怀里抱着另一个克隆的新娘。我讨厌这样一团糟的生活。

那么，就让我变成一条鱼吧，反正它的记忆也只有七秒。

虽然都是同一条浑浊的河流，可一转身却又投入了另一个谜一样的神奇怀抱；虽然每天都看见同一棵摇摆的水草，可心里却欣喜着感受不一样的风光；虽然还在回想前一口在哪儿吐的泡泡，时光的流水却在我身边悄悄溜掉。我的世界，每天都是新奇而又陌生的。

不记忆苦恼，当然也没有美好；不储藏烦恼，也无所谓微笑；过去的如烟飘散，未知的无从烦恼；只活在当下，活在这短暂却又是一生的七秒；活在这茫然却又精彩的七秒；活在这苍白却又丰富的七秒。

只是，我不是鱼，鱼不是我；鱼还是那条没有记忆的鱼，我还是那个生活在俗世的我。鱼的记忆只有七秒，只是听说。

驭风而行

饮朝露出发，披晚霞归来。

只是一个约定，一部单车，一架相机，一个背包，我们便一路相伴，驭风而行。骑行在自由的天地，见证一路风景的变换，记录一路瞬间的惊喜。

踏青、赏花、品泉、野炊、登攀，周末假日远离俗世喧嚣，沐浴大自然风霜雨雪，放松身心，追逐自由，为忙碌生活增添别样情调。

环湖（青海湖），环岛（海南岛），环赣（江西），进藏（西藏），微马，昼夜骑行四百里，挑战自我，奋勇争先，为平凡的生命里程增添一个个绝佳纪念。

交通日骑行、玉笥山拾荒、杨梅节助兴、成子洲露营，践行低碳，倡导环保，宣传公益，热爱乡土，培养良好的生活方式，提高个人品味修养。

仅仅一部单车，一群素昧平生的众人就像被链条连在了一起。或甲子老者，或青春少年，或名流商贾，或平民工薪，此刻就一个名字——骑行者。早晨，我们骑行玉笥山，追赶初升的太阳；夜晚，我们练车工业园，追逐漫步的月亮；周末，远行万宝水库、覆箱峰，感受清新的空气；假日，赏井冈杜鹃、观上寨瀑布，欣赏别样风光。

不问你昨日境况，不问你明日前程，只是今天，并行向前。感受骑行的快乐，感受户外的清新。享受暴雨骑行的疯狂，享受烈日骄阳的熏陶，锻炼逆风而行的胆量。赏春日烂漫山花，观夏日皓月繁星，品深秋远山红柿，踏寒冬皑皑白雪。

累了，歇歇吧！抹一把汗水，就着清泉来个酣畅淋漓。山上的竹笋已经鲜嫩，带露的菜心已然清甜，屋檐下鸡窝里的蛋还是热乎乎的，墙壁上的腊肉也油光发亮，再配上老爹刚开坛的老酒，围坐在农家宽敞的小院里，吹着山间的清风，一起编织一段幸福的纪念。

没有欲望，没有杂念，和着一颗颗年轻的心，就这样向着远方，驭风而行！

逐 梦

人一出生，便注定走在通往死亡的路上。问题是，起点与终点之间，你选择怎么走。

近日，见证了两位峡江籍年方二十的少女经由滇藏线单车骑行西藏平安归来的光荣时刻。接风宴上，未满一月便已清瘦十七斤的小白云淡风轻地说着路上的种种艰辛，诉说着旅途中遭遇过的悲喜和伤痛，诉说着她所见证的死亡。整桌人的心都随着她的讲述跌宕起伏。不难想象，当这俩单纯的姑娘在亲眼目睹死神降临并与他擦肩而过时候的胆颤心惊。而此时的小白却一脸淡然："等再过两年，我再骑一回川藏线。"

骑行西藏是每一个驴友的梦。为了实现这个梦，一架单车，一个背包，一部相机，小白便和伙伴一同进发，历时 23 天，骑行 1980 公里，翻山越岭到达布达拉。她并不是藏传佛教坚贞的朝圣者，但此刻却是自己梦想最虔诚的门徒。

为了实现这个梦想，她们坚持单车代步，每日骑行，用车轮丈量周边的每一寸土地，以适应长途跋涉的艰辛；为了实现这个梦想，她们不畏脏累，主动在俱乐部中帮队友调车修车，以应付骑行路上坐骑的种种故障；为了实现这个梦想，她们迎朝露出发，每日骑行百余里或百余公里，到达计划中下一个驿站。否则，便要露宿在荒无人烟的原野面临攻知野兽的危险，或者深夜突如其来的暴雪。

逐梦路上充满危险。陌生的人，看似友善的笑容，背后可能伸出一双罪恶的手，抢走你身上财物，让你经历一个身无长物的旅程；似乎是永远没有终点的下坡路，不用费劲蹬，便可轻松骑行。只是太过悠然的道路，能让骑行者骑着骑着便睡过去，有些人也就这么永远地睡过去了，长眠在逐梦路上；左边大山挡住了视线，右边是深不见底的悬崖，七十二拐的弯路，稍有松懈，不能及时躲避迎面而来的卡车，便会遭遇车毁人亡或落入人车两不见的悲惨境地，埋葬在逐梦路上。

梦想路上充满快乐。掉队了，脱离组织了，没有关系，举起"求捡"、"求包养"的字牌，打点好行装站在路边，自然有下一拨热心的陌生驴友把你带入他们前行的滚滚车流，再次享受朝梦想进发的幸福；荒漠的原野，桀骜不驯的野马，自由的放牧，遇上一两个胆大的勇士，便追逐它飞奔的脚步，侧身上马，驯服得像一只温顺的羔羊，享受蓝天白云下策马奔腾的畅快；一路上行的盘山公路，坚定而有力的徒步，竖起右手的大拇指给他来个无声的鼓励加油，一回头，年岁七旬的老者正背着他的行囊，露出高原上特有的黑红脸庞朝我们微笑，一同走在实现梦想的路上。

小白讲述这一切的时候，我们有惊讶、惊奇，然而更多的是对梦想执着的一种感动，对生命的敬畏。整天坐在办公室里，我们的想象永远跟不上她所经历的现实，我们的心也永远无法抵挡追逐梦想的一种向往。只是，现在也是经历主官的人生主角，而我们仅仅是一名听众。

追逐梦想，她们并不是第一个，自然也不会是最后一个。但在有生之年选择有色彩地活着，有亮点地活着，便是对人生最好的纪念。

生死之间，无数条路。有平坦无奇的水泥路，有高低起伏的山路，还有荆棘满布、未曾开拓的未名路。我们可以走在上班、上街、上床及等待别人上坟的平淡路上，日复一日、波澜不惊地走向死亡。只是当你年老的时候，可有轰轰烈烈的青春可以回味？可有波澜壮阔的人生经历可以念想？我们也可以为着山顶的那一轮火红的日出，历尽艰辛，日夜跋涉，走在坎坷不平、百转千回的山路上。用一路不平凡的经历到达人生的一个崭新终点。当然，我们也可以创造属于自己的路，拨开荆棘，见证风景，用胆量去征服这世上最庸俗的自己，脱胎换骨地造一个崭新的自我，贴一张只属于自己的标签。

关键是这一生，是否该有梦，是否该逐梦，无数条路，你怎么选

《金陵十三钗》尘世呜咽的琴弦

一直无法忘记那些场景：十二个如花似玉的姑娘胸前裹着洁白的布匹在我眼前缓缓旋转的样子；乔治戴着那个墨玉般的头套看着前方的样子；满地玻璃破碎，十三把尖刀贴向胸口，紧绑在腿上的样子。但我却不敢想象，当黑夜到来时，她们宁为玉碎，不为瓦全的样子；我不忍想象，当黎明到来，汽车闯过封锁线时，那一滴滴鲜血滴在我心口的样子……

喜欢平淡幸福的小日子，连电影电视从来也只看大团圆结局的美好故事。如果不是因为好友推荐，我估计这一辈子都不会去看《金陵十三钗》这部影片。

背景并不陌生，故事也不复杂。只是一群命运坎坷的风尘女子在南京大屠杀的乱世中苦苦求生的努力与挣扎。为了生存，她们弹琴卖笑；为了活下来，她们躲进了地窖；但为了那些花朵般的姑娘，她们却甘愿把自己当作子弹装进枪膛。不用想象，为了迎接黎明的到来，那些花一般的容颜正迎风带血绽放。

道德沦丧，金钱至上，世人对风尘女子的印象一直都不算太好。但影片中哪一个精致的脸庞后不隐藏着一颗无奈的心？秦淮女子并不个个都如世人想象的那般肮脏。若不是惨遭蹂躏，若不是无家可归，谁又愿意在花一般的年纪告别纯真，迎来沧桑？小豆蔻的想法多么简单，惟愿等着浦生好了之后，“我弹琵琶，你拿个棍，要饭给你妈吃”

苦难是一本深沉的教科书，它能改变一个人；战争是一场心灵惨烈的洗礼，它能看清一个人。当面临生死时，抉择就反映了内心最真实的表现。然而我们都不希望通过这样一种方式来听清他人内心的独白。生死之间，大概没有多少人愿意用自己的消逝去换取陌生人的新生。从冲动到犹豫，再从犹豫到坚定，最后眼含泪光毅然而然的离去，惟愿为新生换取更多的时间。十二个姑娘，卸下秦淮河的浓妆，脱下风尘女的衣裳，回归到纯真的学生时代。如果只是这样的一个结尾，我想那应该是皆大欢喜的美好结局。可悲剧的力量就是在你眼前把活生生的美好撕裂。谁又愿意去想象那被日寇带走的十三个姑娘如同一朵朵白莲，在日寇蹂躏下，鲜血中撕裂的惨烈。

一切终已过去。千百万人用死亡的代价换来了黎明的到来。学习、工作、生活，当我们还在为没有激情的日子抱怨时，是否会想起那个年代，想起墨玉，想起小豆蔻，想起那些奢望这样幸福安宁小日子的人们？告别黑暗，迎接曙光，让我们彼此珍惜我们生活中最平淡的每一天，但愿那带血的琴弦永不在尘世呜咽。

（本文发表于2015年8月30日《井冈山报》）

带血的《百鸟朝凤》—传统文化渐失的悲鸣

走进影院看《百鸟朝凤》，既不为了方励的惊天一跪，也不为了张艺谋的全力推荐。在此之前，我甚至没有听说过吴天明这个名字。只是，这个充满古韵的片名和传统文化的主题勾动了我的心思，让我有了一睹为快的冲动。

与时下流行相比，这是一部没有“颜值”的电影。没有俊男靓女，没有唯美画面，有的只是八百里秦川上一个背负父辈梦想的孩子的故事，只是唢呐这项传统文化在现代社会日渐消失的悲哀。记忆最深的场景，是焦师傅在肺癌晚期带领徒弟们给火庄村长吹奏《百鸟朝凤》的场面。泣血的唢呐曲凄婉悲凉，昏黄的夕阳逐渐消失在天际，这个场面不仅象征着生命的消逝，也暗示了一个传统文化符号的黯淡前程。

影片的结尾似乎带给我们渺茫的希望。濒临死亡的焦师傅要用卖牛钱给天鸣置办一套新唢呐，县文化局傅局长为了申请国家非物质文化遗产亲自上门邀请游家班演奏。但是二师兄手指折断，三师兄患病咳嗽，游家班再也聚不起来了。天鸣在焦师傅坟前一曲唢购的悲鸣，似乎在问询延续传统文化路在何方。

残周、楹联、杂要、剪纸，我们曾经拥有光数璀璨的传统文化，但时至今日，其中很多都已经面临《百鸟朝凤》式的窘境。国家一直在大力抢救非物质文化遗产，在非遗申请现场，很多民间艺人都会倾其所能，只为让自己的技艺被大众接纳，得以香火传承。然而，在旁观者中，其中究竟有几个人可以从那朴实无华的表演中感受到艺术的重量？对于很多人来说，他们的视线或许和看到街边的卖艺乞丐时没有什么两样。

民族的，也应该是大众的。没有普及的传统文化，到最后只能成为博物馆里的标本，湮没在历史的黄沙中。《百鸟朝凤》虽是一曲悲歌，但终于还是有人坚持将它奏响。现实中，我们或许无法为传统文化付诸毕生，但至少，我们可以给予一丝关注，付出一份支持。就像孩子们的课堂上，仍旧有国学的经典；居家的案几上，依旧有书墨的芬芳；辉煌的舞台上，依旧有丝竹的清扬。传统文化的消失非一日之过，传统文化的延续亦非一日之功。学习推广身边的传统文化，把逐渐消失的东西一点一滴地捡拾起来，就一定能汇成传统文化生命力的源泉。

有一天，当传统文化的音符不仅仅出现在银幕上，而且出现在街头巷尾、出现在每个人的身边时，我们才能听到真正的“百鸟朝凤”。

（本文发布于中国农业发展银行官方网站）

从《梦想合伙人》看征信

三个女人一台戏。电影《梦想合伙人》描述了主个不同性格及生活经历的女性走在一起的创业故事。为梦奔跑、永不服输、打不死的小强卢珍溪，事业有成却粉饰情感强颜欢笑的女强人文清，还有外表光鲜、一心想钓金龟婿的灰姑娘顾巧音，由于各自一份并不完美的女性创业计划书走在了一起。影片摈弃了世人眼中女人一贯多疑猜忌的小心眼，最终打造了充满信任的梦想合伙人模式。

但仁者见仁，智者见智。作为金融工作者，我却从中看到了有关诚信的一些问题。

为了纳斯达克上市，三个合伙人创立的美美网做了一系列策划。其中就包括限时打折抢购。前期工作准备不充分，导致了快递瘫痪和商品库存严重不足等一系列问题。为了弥补存货压力，顾巧音无意从彭大海处进购了仿品出售，却被媒体曝光。在出现问题时，文清选择了用金钱去摆平此事，而不是正视问题，公开道歉。用一个错误去掩盖另一个错误的发生，结局就是错误被无限放大，最终不可收拾。屋漏偏逢连夜雨，CEO 卢珍溪曾在美国做过街头小贩，卖过假货仿品，甚至还被送入警局，这段为了生计而迫不得已的灰色过往并没有因为她本人的回国而消失，一时间全部被媒体翻了出来。于是，“最美好的东西，只为呈现给最美好的你”这一公司承诺成了世人的笑柄，绅士的快递服务全部被世人的嘲讽和不信任淹没。美美网这颗闪烁的电商新星一夜坠落。作为个人，卢珍溪被贴上了不诚信的道德标签，导致了文青和巧音两个合伙人的转身离开；作为企业，美美网因为存在失信的行为，前期积累的人气和利益全部消失，辉煌的事业顶点一夕之间被打回原点。

如果不是后来地震中卢珍溪的奋不顾身，几乎以生命的代价绽放了废墟中的玫瑰，相信这场以道歉为主题的新闻发布会并不会太轻松结束。用生命换取生命，用生命弥补信用，让世人觉得她并不是一个唯利是图，为了金钱不择手段的商人。正视失信的行为，勇于承认并以公司全部的利润赔偿社会，挽回信誉，这样的代价无疑是惨重的。尽管后来美美网东山再起，重新出发，实现了最初的理想。但我们不难想象，在今后企业发展的每一个阶段，曾经经历过信用危机的她们，应该不会再存在任何侥幸的心理。

其实，与电影剧情并没有什么任何不同，现实生活中由于信用破产而导致个人及企业破产的例子也比比皆是。中华鳖精的消佚、“莆田帮”的曝光让我们一次又一次看到企业失信后受到市场无情的惩罚与淘汰的鲜活事例。他媒体、自媒体等现代网络媒体的发展，让各类守信失信行为的传播渠道变得越来越便捷，信用的搜索也变得越来越准确。各类搜索立马还原当时，给公众一个获得真相的权利。

为自己也为了他人，为生活也为了事业，那么就让我们珍爱信用，如同珍爱自己的生命。借用影后中女主人公的名字珍溪——珍惜。

《美人鱼》，不仅仅与爱情有关

王子与美人鱼，几乎是每个人小时候的童话。那个懵懂的王子辜负了为爱牺牲的美人鱼，一段无疾而终的爱情，一段幽怨凄美的爱情。

而电影《美人鱼》，与爱情有关，却不仅仅与爱情有关。他周星驰沿袭了一贯无厘头的搞笑作风，却比以往的作品立意更深。有爱情的存在，有利益的纠缠，还有人性的光芒。如同女主人公珊珊所言，如果没有一滴干净的水，要再多的钱又有什么用?

故事源于一纸填海批文和一个过于高科技的声纳破坏器。原本蜗居在青罗湾伤痕累累的人鱼族被赶到了断头崖下一艘破败的游船处。为了生存，美人鱼珊珊临危受命，暗杀刘轩。海胆、鱼骨、草汁这些生活中稀松平常的东西被赋予了杀人致命的庞大功能。而原本就是简单的工作——做鸡，则被世人扭曲，穿上了情色的外衣。妖娆妩媚所谓拥有高级基因的女企业家若兰为了利益不择手段，尽管到最后我还是不能理解她是否真的是出于女人求而不得的爱情，还是内心充斥着金钱的欲望而非要置美人鱼家族于死地，或许两者兼而有之吧。但最后的结果却并非所愿。

猎杀美人鱼那一场，血腥暴力。可也逃脱不了两败俱伤的结局。被猎杀者毋庸置疑，死伤无数；狩猎者最终也难逃法网，锒铛人狱。而那个暴发户刘轩在经历了商海沉浮之后，内心却依稀尚存璞玉般的良知。从出生情愫到相许一生从冒死相救到大爱无言，他最终放弃了终生所有的财富成立了基金来保护海洋生态系统，以作救赎。只是看到这里，不得不让人深思，他真的失去了所有的财富，还是获得了比金钱更为永久的幸福?

钱不是万能的，但没有钱却是万万不能的。现代社会，几乎每个人都以此为信条，赚钱，赚钱，拼命赚钱。然后呢，用这些污染大气所获得的金钱去购买可以呼吸的空气；用这些污染了水源所猎取的金钱去购买可以喝的饮用水；用这些糟蹋了土地所赢得的金钱去外太空培育我们所需的食物。然后，我们再花钱吃药，花钱治病，花钱来拯救原本无需拯救的身体。难道这就是我们所向往的幸福生活？人生无法穿越，我也不知道在金钱还无法衡量价值的年代，社会是一种怎样的状态。但可以想象，那个时候，猫还没有长成狗的样子，猪也不会抽搐着生长，我们的生命中也不会如此仓促地消失那么多的物种，不会变异出那么多匪夷所思的的怪物。

册珊，我宁愿认为她是删删。把一切不美好的过往删除：把一切以金钱为目的的不择手段不计后果的人类残忍地掠夺删除；把一切大自然忍无可忍的地动山摇的疯狂报复删除，一切归于平静。或相爱，或相守。

《美人鱼》，我更愿意把它看做是一场道德人性回归的心灵洗礼，不仅仅与爱情有关。

由 44 个公章引发的联想

2016 年 4 月，网络上一则有关于 44 个公章的红头文件引起了人们的广泛关注。这次，媒体和民众聚焦的重点并不是以往所谓“盖章多，办事难”一类的牢骚，而是内容本身。这是一个由 44 个国家部委，中央机关联署的正文不足五百字，而公章却有整整四页的文件——《关于印发对失信被执行人实施联合惩戒的合作备忘录的通知》。简而言之，政府、社会开始对“老赖”这一群体开始了全面的围追堵截，迫使他们毫无立足之地。

一旦失信，寸步难行。

或许有人觉得这似乎有些小题、大做危言耸听。但事实的确如此。当你自己把信用的大门紧紧关闭的时候，上帝是不会给予你怜悯，再给你打开另一扇窗；当你错过信用明媚阳光的时候，也没有机会欣赏自由璀璨的星河。先不用说没有办法乘飞机、坐高铁、睡软卧去进行旅游度假、逛夜总会、打高尔夫这样一些高消费的活动，就是想改善生活条件新建扩建房屋、购置家庭用车也成了奢望，而要支付高额保费购买理财产品及其他不动产给自己及家庭未来一个保障也是不可能实现的理想。

没有了信用，不但现实生活寸步难行，自己所规划的美好未来也成为了泡影，甚至还进会作茧自缚，给以后有可能东山再起的自己带设置了不可逾越的鸿沟。因为从这个文件开始，对失信被执行人设立金融类禁购、从事民商事行为、享受优惠政策、担任重要职务等全面进行了限制。更重要的是，城门失火，殃及池鱼。原来只是由一个部门在一个领域对失信当事人实行惩戒，现在变为由多个部门在多个领域对失信当事人共同体实施惩戒。惩戒的对象既包括失信自然人本身，也包括失信的单位及其法定代表人、主要负责人、影响债务履行的直接责任人和实际控制人。一个人没有了信用就没有了朋友，没有了合作伙伴，友谊的小船说翻就翻。信用就是一种人品。没有信用就失去人品，不被人信赖，不被社会接受，不被市场容纳。我们有理由相信，或许就在不久的将来，女孩找对象，男生找朋友，都得先去看看对方的信用如何，值不值得托付终生。

记得曾经网络上有这么一则关于电话号码使用年限和使用人信用的评论，虽不绝对专业，但也管中窥豹可见一斑。一个有信用的人，那么他一般更换自己的电话号码。因为值得信赖，所以不怕别人找到，也不需要因为时常常避生活中的某些事和某些人而人为地隐匿自己的行踪。而事实上，人过留名，雁过留声，所有的踪迹在你借钱不欠费不交等失信劣迹发生的当时就已经无法抹除，更不能更改。

惩罚只是手段，不是目的。我宁愿相信这个盖着44个公章的文件下发的目的是为了信用体系的完善，让老赖无所遁形，而不是单纯地为了让他寂寞到没家人没朋友，凄惨得没娱乐没消费。只有让信用的高压线让人一触即亡的时候大家会提高对它的关注，才会倍加珍惜，，倍加呵护。

如同珍爱生命一样去真爱这伴随一生的信用吧。不仅仅是在金融领域，按时归还借款，及时交付按揭等，还包括在生活的每一个领域。例如：坐火车地铁不逃票，水费电费按时交，电话费网络费不拖欠等等。不管是在别人可以监督的还是监督存在盲点的地方，都一如既往维护我们的信用，而这要靠我们内心的自觉，维我们真善美的内心。

心有远方，自有好景象

“世界那么大，我想去看看。”

近日，河南省实验中学的一名女心理教师顾某的十字辞职信红透了整个网络。网友纷纷跟帖评论，“史上最具情怀的辞职信”、“史上最任性的辞职信”。它就像一只突然冒出来的老鼠，撩拨着每一颗不甘寂寞的心。

没过两天，又有人跟了这么一句：“钱包那么小，谁都走不了。”横批：“好好上班。”同样是简单几个字，像一盘从天而降的冷水，浇息了大伙蠢蠢欲动的念想。

前者率性，洒脱。一咬牙一跺脚就下定决心——来一场说走就走的旅行。打好背包，背上行囊，走在去往远方的路上。离开年复一年平淡的日子，离开日复一日繁冗的工作，只是因为太大的世界没有走遍，想去看看而已。去看看不一样的山，不一样的水，不一样的风景，不一样的人情。

可后者呢，多少夹杂着无奈与悲哀。钱包那么小，谁都走不了。每个月不菲的房贷在身上，家里好几个花甲老人在肩上，一两个日益沉重的书包在背上，还有那些不可预料的风险在路上……数数每个月那些定时定量的口粮，面对着那充满诱惑的远方，可能也只有无奈的一句话：好好上班。

每个人的心中都有一个不曾到过的远方，每个人的梦中都有一番不曾遇见的景象。挣脱现实的藩篱，去天际流浪，远眺沧海边那一轮火红的朝阳，或许是大多数人的梦想。可睁开眼睛，房子、孩子……总有这样或者那样的琐事在眼前晃荡。于是，无奈地把想法藏在心中，继续开始日复一日的忙碌慌张。

无论怎么走，总有到不了的远方。无论怎么看，终有看不完的景象。即便是有一天潇洒地走在路上，尽情流浪，却终有一日要回到世俗的身旁，像一棵大树要稳稳牢牢地长在自己的土地上，接受风吹雨打，逐渐成长。在顽强的固守中选择芬芳，在寂静的夜空中散发萤火虫的微光，让每一个平常的日子变得不一样。让自己成为别人的远方，成为他们的梦想天堂。

生活的美好在于美好的生活。走不到天涯海角，我们就在周遭的乡野放纵时光；看不到浩瀚海洋，自能在小河流淌。走不出三点一线的生活，就让我们理想的骏马在心中驰骋飞扬。初春的暖阳，夏日的蝉鸣，金秋的稻香，寒冬的雪飘，哪一道身边的景色不能让我们的心情轻舞飞扬，何必一定要去远方流浪？老人的安详，孩子的欢唱，爱人的牵手，工作的稳当，哪一道身边的风景不是我们幸福开始的地方，何必一定要去看路上的车来车往？

只要有爱，哪里都是天堂。只要有心，哪里都是好风光。只要心有远方，何处不是好景象？何必一定要背上行囊流浪？

（本文发表于2015年5月3日《井冈山报》）

哩，你好，2016！

嘿，你好，2016！

说这句话的时候，我正紧紧踩在2015的尾巴上，以一种无比忠贞的姿态在办公室迎接我工作后第十三个新年的到来。

这并不是一种刻意的做作。如果可以选择的话，我宁愿在这个晚上和朋友们一起狂欢，或者K歌，或者喝酒；我宁愿和家人在一起看看跨年演唱会，嗑嗑瓜子，吃吃点心；我宁愿一个人奋笔疾书，好好总结过去，畅想未来。可事实上，自参加工作以来，整整十三年，每年的这个时候，我都在这个办公室度过，和我的小伙伴们一起。

看烟火璀璨是没有办法了，那就看着电脑屏幕吧；听演唱会也是不现实的，接听电话迎接紧急任务还算有机会；宵夜就别想了，泡杯浓茶提提神倒还可以。当大家还在为如何跨越零点而愁肠百结时，我却淡然一笑。因为不用选择，也不必选择。一切都是当初选择好了的。

行业是自己选的，岗位是自己挑的，于是所有好的坏的都必须自己一力承受。幸运的是，这条路走的并不艰难，还算习惯，而我也将一直乐此不疲地享受着。都说习惯成自然，如果今天没有往年的那么紧张，或许我的跨年还不那么习惯。生活不可能每一天都不轻松，但对于我而言今天一定不轻松。

没有接触过金融的人不会明白，我们的辞旧迎新里没有狂欢，没有热闹，没有喧嚣，有的只是紧张的节奏感和突如其来的账务核算。核算收入，核查费用，勾对流水，平衡账务。深更半夜里，这些对于常人都是些不可思议的事情，却是我们习以为常的必备工作。不然，你看看各家银行几乎彻夜不熄的灯火就知道了。我甚至还莫名喜欢上了这样一种方式。想一想，单是这样的善始善终就算是给了自己整年的一个交代，画上了一个圆满的句号。一个夜晚下来，系统稳定运行，账务平稳过渡，不但给单位算了笔账，也给自己算了笔总账。不是么？工作没出大差错，业务没出大问题，一切都是平安的。

当北京一声令下，我和小伙伴们立刻放下手头所有的工作回到座位，以紧张而又舒畅的心情开始敲击键盘，在几分钟内和2015说拜拜。当操作界面自动关闭时，这一年来最为紧张的时刻终于在那一刹那得到舒缓。回头望望，灯光下每个人脸上露出的浅意微笑，大家都是幸福的人啊！

走在空旷的马路上，素日里笨重的身体也轻快了起来。好好休息一天。2 号，当大家还在元旦欢乐的时候，我已经开始回到办公室总结 2015 年的工作，平衡各类报表了。

嘿，你好，2016！一起努力，向前奔跑吧！

跑，得快一此

2016年1月13日，一个值得纪念的日子。

没升官也没发财，无艳遇也无二胎。只是换了一个办公室，换了个岗，但对于我的职业生涯而言，却是一个里程碑式的纪念。因为从那天起，我这名从事十三年财会工作人员开始启动信贷模式，就职客户服务部了。

和领导打趣，我这算不算得上是帮领导分忧解难，授命于危难之际呢？客户服务部人员简单，一个年逾六十戴着老花镜做报表的老同志，一个离家百里之遥的未婚小青年，现在再加一个中年妇女的我。尽管数量不多，可老中青三代一个没少。大家开玩笑，连凑桌麻将都凑不齐，只能玩玩斗地主、跑得快了。没办法，那就女人当男人用，男人当超人用。而我这个女主管，干脆就当个小飞侠吧。

记得刚参加工作，一心想逃离财会战线，总觉得这么沉闷呆板的工作怎么可能会是我这个青春靓丽阳光四溢的小姑娘的成长摇篮？再加上日益规范的操作系统和360度无死角的监控体系，到点开机，准时扎账，不能聊天，不能吃零食，那简直和坐牢没什么两样嘛！可一年一年过去，反倒习惯并喜欢上了那样的日子。那时的我，闭着眼睛都能知道第二天该做什么事，拿起传票就知道应该怎么处理，根本无需担心刮风下雨下乡查库赶不上饭点，是否需要叫人帮儿子做饭，也不必考虑是否需要为了一个项目的成功落地而加班加点。可就在我一切都已欣然接受并准备乐此不疲进行下去的时候，组织找谈话了。

虽然明白越是艰苦的环境越能锻炼人，越是可以加速一个人的成长。可一想想，就我们三杆枪，我还是杆新枪，要对口上面客户一部、客户二部、计划信贷与风险管理部等多个不同的业务部门，不但要管理传统的粮油收购业务，还要大力营销各类中长期项目贷款基金项目，做好全行的资金计划，额外还有国际业务、保险业务等等，外加风险防控、信息电脑，当然还有不能放松的宣传报道，我就恨不得多长几个脑袋，或者如孙悟空般能变出好多个自己来，看看会不会能得心应手，应付自如？

一个礼拜过去，我的办公室晚上灯亮了五天。啃了一晚上的银企直联操作手册。刚接手，客户有抱怨，为什么他们的银企直联系统开通不了；看了一晚上县级储备粮动态管理文件，因为09年发放的县储粮贷款已经到期了，到底是应该继续等额续贷还是坚持等量续贷，怎么操作呢？还有2016年已放中长期贷款本息收回预测，这个要静下心来计算，心中得有数，还得记得明天催促承贷主体资金提前到位；国际业务总结和前景展望，也要找找数据，动笔写一写吧。“四个三’核查是怎么回事，客户经理尽职记录中应该尽哪些职呢？作为主管，我总不能一问三不知吧？儿子很烦躁：“你怎么天天都加班？是不是白天没好好工作？”

正是因为要好好工作，所以从现在起，妈妈才应该比别人更坚持更努力，跑得久一点，跑得快一些，是不是？

宝贝，不要离开我

对于一个刚刚稳定的小家庭来说，孩子的健康成长是多么幸福的事。可对于新干县一中体育老师胡春涛而言，孩子却是心口无法言语的痛。

小孩突发急症不幸降临

今年3月，当大家还沉浸在羊年新春的喜悦中时，胡春涛却和爱人一起带着孩子胡誉可匆匆奔走在求医问诊的路上。原以为孩子只是一次很平常的发烧，没想到却被医院残酷地诊断为急性白血病。从南昌到上海，一个个陌生的城市；从黑夜到白天，一个个不眠之夜。这对刚过而立之年的夫妻却在这半个月内，累得连哭的力气都没有了。看着原本活蹦乱跳的孩子，如今一直病怏怏地躺在病床上低烧不退，他们身心俱疲。

读书、就业、结婚、生子，一份稳定的工作，在亲戚朋友帮助下构筑的爱情小巢，一个聪明伶俐的孩子，原以为经过多年努力打拼，这对刚在县城扎下根的三口之家，可以安稳地过着幸福的生活。没想到幸福刚刚敲门，灾难却不期而至：3月9日，只有5岁零10个月的孩子被上海交通大学医学院附属上海儿童医学中心确诊为急性单核细胞白血病m5a型。那个陌生的医学病理名词就这样从天而降，犹如晴天霹雳。

胡春涛霎时懵了，对于这个家境平常，收入一般，夫妻都是普通教职工的家庭而言，这场突如其来的灾难把原本幸福美满的家庭一下子打入了地狱。如果一切顺利，化疗、染色体配型、骨髓移植等各种治疗手段，小孩子或许能逐渐康复起来。可近百万的医药费以及未知的后续治疗费用，却如同悬在胡春涛头上的紧箍咒，时时提醒着他，孩子就在生与死的边缘徘徊。

巨额医药费用 亟需援助

尽管这样，他们依然勇敢地与死神搏斗。卖掉家当、借钱、贷款、求助。目前，胡春涛已筹集资金近20万元。可这些和医院初步预计的百万医药费相比，还远远不够。3月14日，在大家的帮助下，小可进入上海医学中心接受第一阶段的化疗。接下来还必须配合医生进行染色体配型、骨髓移植等一系列治疗。

“就算是只有百分之一的希望，我们也要尽百分之百的努力。”胡春涛鼓励着自己的爱人，也鼓励着自己的孩子。可是这个平素话语不多，在工作中教育学生要勇敢坚强的中年汉子，在微博中却隐隐透露出无助与迷茫：儿子，这些年来爸爸没有照顾好你，没有如愿给你买想买的玩具，没有放纵你的撒娇和调皮，甚至还因为早上你不肯起床打了你一巴掌！爸爸真心地对你说声对不起！以后都不会了，希望你不要生爸爸的气，不要离开我……

用爱点燃生命，用生命点燃奇迹。希望在这场与命运的抗争中，能够有社会爱心人士的参与，一起帮助小可坚强地迈过这道坎。

（本文为素未谋面的师弟胡春涛的捐款倡议，发布于2015年3月21日《吉安晨报》）

拆迁款

城东大道改扩建，老李家所在的小区在拆迁之列，他获得拆迁房一套和拆迁款 130 万。

款子一下来，李大妞也回来了。开口就向老李头拿三十万，说是要买车。照理说，独生子女，这些家产早晚还不是她的，拿钱给她买辆车也没什么。可主动给和主动要毕竟不是一回事。

大伙纷纷议论开了，这个李大妞，两口子一个在金融，一个税务，都是好单位，经济条件在咱们这个小县城里不说数一数二，也绝对是走在前面，怎么就还惦记她老爹那些拆迁款呢？真是知人知面不知心。也有的说，女生外向，嫁了人就是别家的人了。虽然平日里看起来挺孝顺，三冷三热，头头脚脚，老两口的吃穿用度都是大妞一个人置办，可关键时候还是想着小家，哪里会考虑这七老八十的娘家爹娘呀！这边话没说完，李大妞两口子就开着新买的车喜滋滋地又回来了。这回女婿开了口："爸，最近我们买了个商铺，手头有点紧，您看能不能先从您这挪点？"这一挪，又从老李头手里挪走了七十万。

一百三十万一下就拿走了一百万。大伙看不下去了，再见着李大妞大包小包提着东西回娘家，就有人冷嘲热讽："大妞，你爸这可是豆腐吃出了肉价钱，你手里这点苹果，不便宜呀！"这会这个平日里在单位上管理着几十号人的大妞可没这么聪明了，笑呵呵的："是呀是呀，这是新品种，刚上市的，贵着呢！"一些和老李头两口子交好的老人家直接就往她背后吐唾沫："黄鼠狼给鸡拜年，没安好心！忘恩负义的家伙，这么多年老李头白疼了她！又是省吃俭用供她读大学又是想方设法让她进银行，还一把屎一把尿帮她把孩子一手带大，没良心呀！"

大伙这么一叨叨，老李头也觉得不对劲了："大妞，新房子装修就花了多万，还买了点家具，我手里都空了。你手里有钱没？拿一部分给我吧"

你要钱干什么？你和我妈每个月有近五千块的退休工资，日常生活足够用了。再说我的钱都在股市里绿着呢，还没解套，拿不出来。等过一段时间再说吧。这个平日里孝顺无比的乖女儿开始忽悠了，无论老李头怎么说就是不肯松口。

老李头气得不行，逢人就说养女养个贼，还不如不养。好不容易天上掉下块肉，刚闻着香，就被家里养了几十年的狗给叼走了。这下，李大妞的名声在县城里可是响当当的独一份——大着呢！

日子还得过不是。晚上老李头依旧和老头老太太们散步、跳舞，也跟着他们起早一起去开早会、学习，今天领五个鸡蛋，明天领一斤面条，日子过得优哉游哉的。只是孩子们受不了啦：家里一会送来一个号称具有安眠功能的床垫，一会收到几箱子所谓有延缓衰老功能的保健品，购货方清一色都是家里的老祖宗。轻而易举就让本月开支拉上了两三万的高度，引起社区一片恐慌。正规产品倒也罢了，偏偏都是无生产日期、无质量合格证、无生产厂家的三无产品，有的甚至连听都没听说过。闲聊时，大家发现，张大妈买了，李大爷买了，连小区里最精明的王婆婆也买了一大堆，偏老李头光领了一个月的食盐。

李大叔，你咋不买呢？

买？买个屁！没钱！

大伙恍然大悟。敢情不是不买，是买不起呀。赵叔走了过来，悄悄地说：“亏得他们家大妞把钱都给他存着呢！不然老李家这点家底早被那些挨千刀的给骗光了。这个老李呀，这几年的精神一会亢奋一会迷糊，脑袋一会清醒一会糊涂，还不承认自己有老年痴呆。在家还要独揽大权当一把手，别人说什么也听不1在进。这下可好，没了钱，看他怎么乱花！”

也是哦，李大妞两口子省吃俭用，哪里是买不起车的主？还要借什么钱？原来帮老爹理财呢！

大伙暗自佩服。再见着大妞，开始打趣了：“什么时候把你爸那点钱还了，老头子发脾气了。”

还什么还？我的就是我的，他的也是我的，总归都是我的，还要还什么还？大妞笑呵呵的牵着儿子，一人手里拎着一袋苹果，一人怀里抱着两罐蜂蜜。

分　家

树大分叉，人大分家。

七十五岁的刘老汉坐在八仙桌的下首，上席和左右两边分别坐着大小六个舅子。天上雷公，地上舅公。只有娘舅在场，这个家才可能算分得下来。

一片山，两头牛，三个崽，四块地，破烂家什若干，穷债一身外加他和躺在床上数十年的老伴，这就是这个家要分的所有财产了

媳妇们一个个乖巧听话，老娘舅说什么听什么，低着头不言不语。只是那一双双圆瞪的杏目总在不经意的时候剐在自家男人身上，激起这一群五大三粗的汉子憋红了脸蛋，和娘舅们磕磕巴巴说着话。

平素里意见不统一的三兄弟这个时候倒是达成了一致意见：山要向阳的，地要肥沃的，牛要力壮的，家具要能使的，就是没一人开口拿他们各自结婚造房时累积的几十万块钱债务和两个加起来近一百五十岁的刘老汉夫妇说事。

不说不代表没事。见堂下三个外甥争得面红耳赤，大娘舅把酒盅往桌上一顿：“说吧，那债怎么办？娘怎么养？”堂屋里立马静了下来，就像刘老汉把他那台满是雪花点的电视机关了一样，徒留一屋沉寂。

老舅，不是我不养。实在是有困难啦。半晌，大外甥说话了，我家崽和儿媳妇都在外打工，他婆婆要带两个孙子，我又要种二十多亩地，实在空不出人手来照顾爸妈。老大欲言又止。

照理说伺候爸妈是本分。只是这两年可能要辛苦其他兄弟了。老二眼珠子咕溜直转，丽丽在上大学，昨天刚寄钱过去给她买了一个苹果，今天又说要和同学一起去外国游什么学。如果妈妈在我们家，恐怕让她受委屈，照顾不好她。老一心里也是有打算的。

我没什么说的，我跟着老大老二走。老三的想法也算公平。

刘老太躺在房里，眼泪就这么抑制不住滚了出来。就像当年她看着这三个孩子一个个长大成人，继而结婚，一个个手牵着站在堂下管她叫妈一样。

“姐，你那一坛子宝贝还在这么？”小弟不知什么时候走了进来。半跪在床前，手探向床底，扒拉着什么。

竟然你们都有困难，我们做娘舅的也不好勉强。姐姐姐夫就我们六兄弟养了了。债嘛，我们也背了。其他的东西你们抓阄分了去就是。小娘舅站在门边，抱着坛子从房里出来。

这是三兄弟三媳妇包括六个孙子孙女从未见过的一只坛子。它紧紧地贴在小娘舅的怀里。土陶制的圆肚小口厚底坛，坛口被一块红布紧紧封住，再被一根红线死死扎住。我姐说了，人在哪它在哪。小娘舅轻轻地擦拭着这个坛子，像轻轻擦拭着老姐那已然苍老的身子。

家自然是分了下去，个人结婚造房欠的债个人领。可刘老汉两夫妇却终究哪家都没去。不是没人领，而是抢着领，领出了兄弟纠纷。接下来的日子里，孝子贤妇，端茶倒水，翻身擦背，三个孩子像供菩萨一样供着他们。那个不知道装了什么的坛子就这样摆在刘老汉的床头，再没有人提那个坛子的事，谁也不敢去动那个坛子，可进出之间谁也忘不了去瞅一眼那个坛子。

请八仙，抬龙杠。送走了刘老太，接着又送走了刘老汉。娘舅们又聚到刘家来了。身后事处理完了，坛子该开了，宝贝该现了。

小娘舅抱起坛子，走到门口晒谷场上。一举，一砸，一声开花：一股臭味扑面而来，三兄弟的血水包衣从此在这个世界上再也找不到家了。

家，终是分了。

随手为善

出门之前给老公打了个电话，街边的苹果很不错，买了几箱。

中午回家，厨房里又多了一捆十来斤的山药。这已经是这个月家中买的第三捆了。

吃过午饭又匆匆赶到朋友那，拿了前几天预订好的几只鸭子和两百多个鸭蛋。

看到这些，也许有人会猜，他们家应该是开饭店做餐饮的吧？或者就是个四五世同堂兄弟姐妹众多的大家庭，不然怎么一买起东西就和大批发一样？可实际上我们确是普通的四口之家，如若非说有什么特别的话，那就是特别喜欢买路边摊。

苹果是非买不可的，山药也是必须的，更不用说鸭子和鸭蛋了。没办法，那车苹果是人家千里迢迢从山东运过来的，还等着回去过年；那山药更是装在一辆挂有河南许昌的车牌号的大卡车上，日日停在回家的拐角处；鸭子和鸭蛋更是不消说，朋友在朋友圈中倡议，他的朋友的朋友是鸭司令，今年行情不好，无价无市，精心饲养的宝贝都囤在家中滞销呢。左右是要买的，那干脆就多买一点呗。于是，就常看到家中的东西这么一箱一箱、一捆一捆、一袋一袋买回来。

每次看到他们生了冻疮的手接过钱，咧开干裂的嘴唇朝着我感激的笑时，我总会想起母亲。

二十年前，一场突如其来的冰冻将母亲的三十二棵橘子树全部毁灭，为了供我和弟弟的两个书包，不让工资不到百元的父亲背负太多压力，胆小怯弱的母亲毅然决然进了城，把我们带到县城来读书。

此后的她开始了为生计奔波。从废品收购站买了一辆烂板车摆起了水果摊。每天六点，夏日更早些。房间里就响起了窸窸窣窣的声音，那是母亲和父亲两个人把头天搬到房间里的水果再一筐一筐地从爸爸二楼的宿舍搬到板车上；而后房门轻掩，爸爸前面拉着，妈妈一手拿着手电，一手推着板车走在后面，前往县中心的小广场。接着父亲往回走，给还在床上的我们姐弟俩洗衣做饭，母亲则把筐里的水果自筐里拿出，抹布轻拭，按照品相优劣从上至下，由前至后逐个摆在各个筐盖的上面，开始了一天的守候。

一天能赚多少钱呢？我从来没有仔细算过，只是那辆板车在广场一停就是五年。在那个时候，我的生活除了学习就是送饭收碗。每天早上、下午上学前、晚自习前先绕到广场把饭盒交给母亲，回家时再绕道拿回来。饭盒里满满一盒饭，角落上蹲着酸菜、萝卜干、霉豆腐老三样，再偶尔就是一些豆腐、青菜。鸡鸭鱼肉也是有的，或者是我考满分的时候，或者就是过年节的时候。春夏秋冬，寒来暑往，母亲就在板车后一待就是五年。冷了就站起来原地跺脚，热了就拿把大蒲扇呼啦啦扇两下，更多的时候是坐在凳子上，手里纳着鞋垫，眼睛却注意着往来的行人，生怕漏了一单生意。

周末我常陪着母亲出摊。小小的我心算不差，每每一踮起脚憋红了脸拎起挂好水果的秤杆看清斤两后立马就能报出价格，找起零钱来也飞快。不知道是不是因为有了个我还是其他原因，我总觉得那些天的生意似乎更好了一些，来摊子上买东西的人比往常更多了一些，母亲坐在旁边边纳着鞋垫，边看着我，笑眯眯的。

这个苹果看起来不错！

闻起来香香的，吃起来脆脆的，阿姨，您来点

好吧，这一筐我全要了

我有点呆，一筐？在那个吃水果并不像如今那么随意随性的年代，往日母亲守个三五天也未必能卖出一整筐苹果，她一下就要全买么？

怎么？不卖么？女人碎花的裙子，挺着一个大大的肚子，带着一副轻巧的眼镜，微微弯下腰来，温柔地笑着："小妹妹，你给我便宜点啊，我买回家慢慢吃！"

现在的我都记不起来当时那筐苹果是怎么称好的，只是母亲荷肩帮她把苹果送回家时，我隐约听到了她温柔的声音："当心点，别闪着！"

接下来的日子，隔一段时间一个戴眼镜的高个子男人总会陪在她的身边，走到摊子上买些水果，苹果、香蕉、鸭梨，一袋袋，一筐筐。刮风下雨更甚。而那一天，母亲总能提前收摊，和我坐在一张桌子上吃晚饭，享受着这平淡却又难得的温馨。

等我渐渐长大，突然发现正是她这样的一个举动，却是一种无声的善良，芬芳了我整个童年的记忆，让母亲有了一个陪伴我的晚餐时间。而现在的我和家人，也乐意去做一个像她一样随手为善、温暖馨香的人。多买点苹果，让他们可以早些回家赶上除夕夜的大葱蘸酱和热情腾腾的饺子；多买两捆山药，让他们可以不要错过河南梆子的美妙，给老人添上一件喜庆的新衣；多买些禽蛋，让一年的辛苦变成他们手中实实在在的票子，给孩子封上一个厚厚的红包。

随手为善，想想都是一件幸福的事。

乡村“乱哇”

都说乡下人没文化，不会说话。就连他们也把自己说话叫做“打乱哇”，意思是说得乱七八糟，找不着北。可就是这些“乱哇”，却少了许多文绉绉的酸腐之气，多了些淳朴实在的味道，甚至在某些用词上，也是一般所谓文化人无法企及的。

比如说去菜地里摘菜。简简单单的采摘，乡下人叫“讨菜”。靠天吃饭的农民，一个卑微的身份，乞盼风调雨顺的年景，获得土地的供养。他们认为，在自然面前，自己的辛勤劳作简直不能称之为功劳。因此，面对那肥沃的土地，面对老天爷赏赐的一畦畦瓜果菜蔬，如何不感谢，怎敢欲求欲与？只能心怀感恩的乞讨了。一个“讨”，道出了乡下人淳朴，点出了他们敬畏自然的态度，感恩土地的虔诚。

再说杀猪。想一想，白刀子进红刀子出的场面，声嘶力竭的嚎叫，四角乱蹬的惨状，满地猪毛的零落，怎一个惨字了得？一个杀字，道出了膀大腰圆屠夫的残忍，道出了作为主宰的人类对于牲畜毫无怜悯的命运判决。可乡下人不说杀猪，人家叫“点红”。娶亲嫁女，岁末团圆，驾鹤西游，无论是红好事还是白好事，总归都是好事。瞧瞧，就像画龙点睛一样，仔细思考，细细琢磨，来一个锦上添花，在已有的好事上再来添点喜庆的红色。想起来都是暖暖的。一个“点”字，手艺人轻巧精湛的屠宰技术完全淹没了混乱的赶猪抓猪杀猪场面，一个“红”字，仿佛让人尝到了红烧肉的香味，看到了洞房花烛夜新娘的羞涩与家人团圆人微醺的笑脸。一个点红，点出了热闹，描红了的味道。

再来说说乱吧。一说到乱，可能大家都会想家里的卫生没打扫，孩子的玩具丢一地的场景，再就是邋遢腌臜等等一系列的词语，这够乱的吧？可还有比这更乱的。中秋前夕到老家参加叔爷爷的葬礼。那个嫁到隔壁村小学还没毕业的姑姑向许久未归家的父亲打小报告：“大哥啊，真是怪我哇。今天忙不过来，村里那些放假的小猴子把满树的柚子都给乱了去了。”什么叫乱了去？不就是偷走了吗！可村前屋后都是熟人，隔壁邻居低头不见抬头见的，素日里你来我往好不热闹，邻里关系比远亲还亲呢。孩子们也就是淘点皮点，趁着人多事杂无人招呼摘了你几个柚子，替你尝尝味道而已，也不好为这么一点芝麻屁大的小事给人家贴上一个道德标签吧？所以，怎么也不能是偷的。一个“乱”字，更多的带有自责，检讨的味道。你是浑水摸鱼，借风起浪，而我却看管不严，忙中失职。说到底，只是乱了而已。

还有墙砌得不直，乡下人也不会成语，更不会四个字四个字的来上个歪歪扭扭、弯弯曲曲，蜿蜒而上，随口来一句：“就像蛇仔上树一样。”让你不用看到却可以想到；小孩子玩了不回家，他们也不说是玩得疯疯癫癫找不着北的，直接说某某家的某个崽子，日日不落屋，跟打疯了的狗一样。被打疯的狗，想一想都觉得疯狂，也难怪人家不回家了。还有许许多多的乡村“乱哇”，听起来和我们所了解的完全不是一回事。过年杀鸡不叫杀鸡，叫献鸡，那是得献给祖宗的供品，祭天的神物；死了人不能叫死，得叫过了，过西方极乐去了；生病了不叫生病了，叫人不愿，叫偷懒，也对。生病了肯定做什么事都没什么心甘情愿的，还不是身体在抗议，要偷懒么？至于顺一下鱼，顺一下被，那就是把他们翻了过来。可翻是一件多槽糕的事情，船翻了，那人可就没命了，还是顺风顺水的好。骂人也有讲究，一个“瞒粮食咯”，就直把人噎死。

乡村语言是无可复制的原味大餐，只要一踏进乡村，侧耳细听，总能听到诸如上述所谓的乱哇，只是这个时候，你还会觉得他们是乱哇么？

别人家孩子

“啪”！儿子终于以一种无比惨烈地状态，缓缓倒下。

一个下午兴高采烈的游戏以夜晚的颓废无力而匆匆结束。因为那个强大的对手——别人家的孩子。为了吃蛋糕而不吃晚饭的讨巧心思在面对巨大的生日蛋糕时却提不起半点劲，独自一人蔫蔫地靠在沙发上无力地看着其他小朋友的热情高涨；生日蜡烛点燃了，儿子却缩在沙发里懒懒地看着；生日歌响起的时候，儿子的嘴巴却有型无声地动着。洗手，不去。吃蛋糕，不想。玩游戏，没兴趣。与下午活泼好动的情形相比，晚饭后的儿子像换了一个人一样，忧郁、沉闷、颓废。连我和他聊天也是有一句没一句的心不在焉，完全不在状态。那种受委屈的样子活像受了气的小媳妇：妈妈，我想回家！

变化的原因就是一盘跳棋。儿子比小寿星仅大了两天，在大人们看来，这年龄上几乎没有差距的孩子是最能比较出优劣高低的。于是，经不住大人一番安排，儿子和那个聪明活泼的小姑娘开始了一场所谓的友谊赛。

孩子们无心，大人却有意。在自我搭桥、借桥开路、堵路逼敌、迂回作战等各种机灵的战法下，小姑娘愈战愈勇，儿子则是战况窘迫。小姑娘得意得瑟的口吻，让原本就不爱动脑筋、毫无棋法的儿子被对方言语的刺激、棋盘的诡异打得落花流水。我的语气中隐隐有了些焦躁不快，丈夫面对同学家优秀的孩子，则更失望透顶，说得更为直白：“是不是脑子有问题哦？”于是，一盘跳棋下来，儿子嘴里的话越来越少，手里的动作越来越慢，结束时已是一脸的沮丧与颓废。像个斗败的公鸡耷拉着脑袋缩在了沙发的角落里，一言不发。

第一次看到儿子如此在意结果。也许他在意的不仅仅是那个结果，还有因为那个别人家的孩子让我们转变的态度。父母攀比的失落，家长责备的口吻，让自信满满的他一下子被那个别人家孩子无情地打败。第一次，别人家的孩子给他幼小的心灵造成了压力与伤害。

现在想来，从儿子出生起，那个别人家的孩子就像个恶魔的影子紧紧围绕在他身边。婴儿时期的夜夜啼哭、短暂睡眠；幼儿时期的皮肤湿疹、各种毛病；幼儿园的无意午休、上课分心；做作业时的三心二意、差错连连；兴趣班的不爱吃苦、不动脑筋；就连换个牙都是老牙顽固不掉，新牙着急提早冒……或是我，或是丈夫，总会当着孩子的面，焦躁万分，一口一个“别人家孩子如何如何，怎么偏偏你就这样”，有意无意间，好像儿子就成了一个与众不同的怪胎，怎么都比不过人家，乖巧了是木讷，调皮了是不懂事；结果总是一个，反正怎样都是比不过别人家的孩子。

不记得什么时候看到过这么一句话，儿时最无法打败的那个对手就是别人家的孩子。那就是一个噩梦，紧紧跟随孩子的童年、青少年时期，甚至是漫长的一生。你永远不知道那个别人家孩子会在什么时候出现，会在什么地方出现，会以何种形式出现。但确定的是，只要你存在，他就一直存在。更为神奇的是，那个别人家的孩子会变魔术，一会是个子高发育快的孩子，一会是衣着整洁讲究卫生的孩子，一会是能跑能跳体育有特长的孩子，一会是吹拉弹唱艺术细胞浓郁的孩子；一会是楼上有独立思考的小哥哥，一会是隔壁讲文明有礼貌的小姐姐，一会是班级中有指挥能力的班干部，一会是有稀奇想法的小朋友……总之，不经意间，那个别人家的孩子就像一把利剑，一直垂在你的头顶，或在睡觉时，或在吃饭时，或在游戏时，或在学习时，就在你毫无防备之下从半空中掉下来，刺得头破血流，鲜血淋淋。轻则，把个自信的孩子刺成了一个自卑的小乖；重则，让那个原本贴心的孩子反抗、叛逆，与你越来越远。

想来，那个别人家的孩子真是不和谐，打破了母子亲情，父子和睦。只是，那个不和谐的真的只是那个别人家孩子，而不是我们期望中的望子成龙和望女成凤，以及作为父母的我们心中不切实际的虚荣？

减肥记

妈妈，我看你该减肥啦!

儿子突然冒出的话让我心头一惊，雷得我是外焦里嫩。喜的是孩子开始有审美观念了，忧的是“子不嫌母丑”在我这用不上——我，竟然遭到了儿子无情地嫌弃!

到底是什么导致了我现在的肥胖呢？罪魁祸首应该就是他们三个我生命中最重要的男人。学生时代的我，三天一小病五天一大病林妹妹般娇弱。我就在爱女心切的父亲早上全脂奶粉晚上红枣冲蛋的日子下日渐丰盈，渐渐远离了苗条的航线。等谈恋爱了，总想着以弱柳扶风的柔姿去感受男友的温柔时，他总以一句“健康是福”让我逐渐膘肥体壮，向丰满进军。生了孩子，为了宝贝的安全口粮问题，天天黄豆炖猪蹄，金针菇炖母鸡，好了，孩子的口粮是如愿以偿了，而我也悲催地从丰满顺利迈入了爆满的行列。

到如今，父亲忧心了，身体重要，要适当控制体重了；丈夫嫌弃了，都不知道你怎么会长成这样；最难过的是儿子，妈妈，你该减肥了！曾经的三个罪魁祸首现在一个个语重心长，含枪夹棒地对我的体重形成了围攻之势。看来不减肥是不行了，还是制定作战目标吧。

首先得养个小鸟胃，管好这张好吃的嘴。零食是要戒掉的，饮料也不能喝了，宵夜更是洪水猛兽。一日三餐定时定量。为了能穿上漂亮的裙装，改变一裤终身的命运，开始了“养胃”残酷计划：大碗换小碗，吃完就放碗。那个痛苦啊，没有减过肥的人是永远不会懂的！连顿饱饭都吃不了的大象胃啊，怎么感觉就进入了万恶的旧社会！没办法，只有加大白开水和蔬菜汤的剂量，聊胜于无，多少可以充个数吧。连续两个月，我的起床铃声变成了系统自带的肚子响声。那种无言的尴尬受尽了儿子的白眼。

再就是迈开腿，当个运动狂了。改变电脑桌、餐桌、牌桌、床的“三桌一床”生活方式，上班步行，下班 11 路，安步当车还可以欣赏周围风景。吃完晚饭，绕个公园两三圈，走上个把小时，全身微微发热，让令人恼怒的脂肪还未来得及堆积就消散于无形。周末呢，带着儿子，骑个小车，爬个小山，采把野菜，赏春花观流水，走哪算哪，让爱休息的筋骨松动松动，把自己累得筋疲力尽，不思茶饭。

今天山中一日，明日乡村一游，把多余的经历释放到寻找大自然的乐趣中去，把有限的精力投入到无限的减肥大计中去，我就不信还甩不掉这一身膘？只是当再一次踏上电子称的时候，那纹丝不动的数字让我欲哭无泪。看来，减肥尚未成功，姐们仍需努力！

十　年

人生有多少个十年？六个，七个，八个，九个抑或更多？但无论有多少个，我想最绚烂的无非是二十至四十之间充满激情与理想，有着干劲与勇气的这人生第三个十年吧！

22岁，满怀梦想从校园起航，奔向现实多彩的海洋，总幻想着能卷起滔天巨浪，成就人生的壮丽梦想。却没想到前脚刚迈出校门，后脚就被父母的期望拽进了农发行的大门。还没来得及看看外面的花花世界，就被困在了厚厚的防弹玻璃里面。一时间人就如同困兽，被锁于远离繁华都市的偏僻小县城，两眼巴巴地望着窗外的姹紫嫣红、“朝酒晚舞”。

在世人眼中，我是一真真的幸运儿，连招聘会都没有参加过一场，更不用说是上北京、下广州天南地北地穿梭，就待在学校里看了个招聘广告，几乎是不费吹灰之力就找了一份风光的工作。成天坐在空调间里风不吹雨不淋，只消每天坐在办公桌前对着电脑敲敲打打就体面地度过了八个小时的时光，让一天完美谢幕。可真当22岁的青春和这样日复一日烦闷的现实相碰撞，激情的火花就一下湮灭得无影无踪了。

新迁的小县城，没有亲朋好友，孤寂在所难免；陌生的单位，没有同龄人，更是孤单异常。于是，身处异乡的我在这样一个陌生的新环境中人来神往地度过了五年。学以致用像个天方夜谭中的苹果，就想象着根本就摸不着。什么成本核算、管理会计，到现实的工作中完全用不上，每天的任务只是用着相同的交易码处理着不同单位不同金额的各类票据就万事大吉了，无所谓劳心劳力，但也无豪情万丈。只是在日复一日的日升日落中消磨着光阴。夜深人静时，总觉得这日子不是人过的。怎么一朝气蓬勃的青年就要老死在这暮气沉沉的农发行？没有生机，没有活力，面对寥寥无几的客户，面对日益苍老的面孔，难不成生活就是一成不变的死水，毫无波澜？

日常的孤单还可以忍受，最无法承受的就是节假日的冷清了。其他同事都是家在本地，大多数的人还住在单位的院子里，生活和工作可以不悖地运行，而身处异乡的我身为柜面操作人员，在除夕的日子里还必须守在办公室里，守着尽管可能一笔业务都没有的工作，等到每天的流程走完，大街上的店全关了，人都全没有了时候，我农历年前的所有工作才算完成。在这样全家其乐融融的团聚时分，就连平日里满街穿梭的的士师傅们都着急赶着回家，不愿意放弃热气腾腾的年夜饭时间来接我这一趟生意。现在每每想起都觉得酸涩。而“五一、十一”这样的假期就更别想着出去了。每个月头雷打不动的各类报表，各个系统的开放，规定的报表上报时间，让你不得不守在办公室里对着莫名其妙多出或者找不到的一分钱两分钱苦思冥想，埋头苦干。最听不得的就是别人的欢笑，这会让原本浮躁的心更加飘荡。烦着烦着就想，怎么当初就选了一门这样的专业，找了一份这样的工作呢？每每被气得言语冲冲、脾气躁躁的时候，总能看到身边的老师傅默默陪在身边：“别急别急，慢慢做总能做好的！”奇了怪了，一个大男人，怎么就有这么好的脾气和耐性面对着如此枯燥的工作几十年而毫无怨言呢？

不知道是不是看多了同事们对工作的平常心，还是受了同事们潜移默化的影响，原本的豪言壮语和豪情满怀在嘴里不再随意吐露，性格也就这样在这样每旬的报表、每月的统计、每年决算中渐渐磨平了棱角，不再像往复那般动不动就怒发冲冠，无法控制。而对工作的态度也由原来的抵触渐渐学会接受，尝试喜欢。

既然无法改变环境，那就去适应环境。外面的花花世界很绚烂，让人陶醉那就趁着公休假时间邀上三五好友一同出游好了；节假日的孤寂虽然难熬，但至少不必考虑是否买得到回家的火车票，人性化管理的企业文化，总会在严格业务操作流程的同时安排车辆送你安全到家；单位人员虽然不多，但也几乎每年都有新血液的加入，让暮气沉沉的单位增添了新的活力；客户尽管寥寥无几，但新业务的拓展也让更多的人了解了农发行，参与到与农发行的合作中来，享受各种专业金融的便利；交易还是那几笔交易，但中间业务的发展、存款立行理念的提出，如振动的打蛋器搅动了一碗白开水，泛起阵阵涟漪，工作的激情也在各种有形无形的竞争中日益迸发。一成不变的农发行逐渐跟上了时代发展的洪流，有了现代银行的理念，把全行员工全部推上了竞争、拼搏的风口浪尖。做一天和尚撞一天钟的日子已经一去不复返了！

十年，可以将黄口小儿变成青葱少年，也可以将曼妙少女养成知性熟女。当曾经意气风发的少年顶着白发离开北上广的时候，我却安然地待在办公室里享着这份安稳；当曾经豪情满怀的少女还在为那安身立命的小小蜗居而殚精竭虑时，我却已然在那布置一新的房间里笑看每一次花落花开；当曾经充满爱情幻想的少男少女已变成是世人眼中尴尬的剩男剩女、剩斗士的时候，我却已然领着孩子观察着冬天的白雪和春天的鸟鸣。当曾经的豪言壮语不复存在时，我却明白那是时间的注射器悄悄把梦想注射进了每一个平凡的日子。虽然看不见摸不着，却实实在在在每一天开机关机中绽放人生的韶华与绚烂。系统培训、业务学习、专业进修、爱好发展，在每一个自我充实的日子里梦想的种子又在悄悄萌芽，渐渐长大，只是换了种更平和的方式展现出自己的繁华。

十年之前，我是一个充满理想与激情的少女，面对未知的工作充满幻想与激情；十年之后，我是一个沉稳和安静的少妇，对每天的工作容易满足和感动；十年之前，我是一个焦躁不安、容易冲动的孩子，性格刚烈，个性十足；十年之后，我长成了一个多思索少牢骚，多做事少评判的成人，言语有择，进出有度；十年之前，我坐在办公桌前，对着各种疑难问题困惑不解；十年之后，我坐在我以前的办公桌对面，对着各类报表游刃有余；十年，只是换了一张桌子，一把椅子，对于生活，却已然换了一种方式，一种态度。

致青春，十年磨一见

二〇一三年十月四日，带着儿子奔向南昌，奔向我毕业后从未踏入的母校——南昌大学。

说来遗憾，毕业后就从未踏入过这里。或许有胆怯和惶恐的心里作祟，十年之间，碌碌无为，在这个激烈竞争的社会上乞讨着自己简单的生活，没有功成名就，没有富甲一方，想来这样平庸的学生母校也是没有记忆的吧？这次，给了我一个堂而皇之的大好理由——同学聚会，故地重游！

出租车一路行驶在南京路上，风景依旧熟悉，凉风习习的青山湖依旧柳姿摇曳；斜对面的江南鞋城依旧屹立不倒；隔壁的凤祥春酒店仍然散发着诱人的香气；隔街的天虹，依旧熙熙攘攘，人头攒动。还有母校，依旧在老地方坚贞地守望这远归的学子。十年间，日渐成熟的我们逐渐远离了青葱的模样，不变的母校依旧在午夜梦回时静静守候。

牵着儿子，小跑进门。抬头可见的人文日新楼依旧旧日模样，只是岁月打磨了沧桑。矗立在门前的标志物也不知何处安放。林荫道上，仿佛又看见了伙伴们身着迷彩装，脚穿解放鞋，踢正步、唱红歌、席地而坐的景象："不知道十年之后我们怎么样？"

身边交错而过的学弟学妹们看着中年的我悄声谈论着十年之后的话题，带着激动和迫不及待的心情沿着熟悉的林荫道奔向大部队的方向。路还是那条平整的路，人行道上却贴心地铺上了大小均匀，便利脚底按摩的鹅卵石；池塘还是那口池塘；英语角的丹桂依旧飘香，图书馆的韵味仍然庄重安详……那曾经的校园啊，你到底承载了我们多少青春的梦想？我们又是怀着怎样的豪情万丈，从你的怀抱里扬帆起航？

相见更甚怀念。十年不见，仿佛同学间的情谊未曾有些许改变。依旧没心没肺地笑，依旧开怀畅饮地闹，依旧大大咧咧地说，依旧随意淡然地道。每一人都用其鲜明而难以忘怀的个性展现在我们面前。十年之间，每个人都努力让身边的人过得更好。女同学保持着家庭与事业的从一而终，稳定了感情，相夫教子；男同学则大多数一个个走南闯北，策马扬鞭，在不断明变换中寻求事业的一个个高峰，给家庭不断夯实着经济基础。无论是有钱的，有权的，只要家庭是稳定的，生活是幸福的，内心是满足的，那么就是大家都愿意看见的。

走在梅岭的路上，波光粼粼的水面依旧勾起了我的畅想。想起了初次爬山的第一次聚会，男生寝室与女生寝室的对接。只是不知道我们的友好寝室，是否还记得我们送你的录音卡片（磁带）？那只烤香的鸡腿啊，是否还会感动十四年来我们对你的想念？那顶混账的帐篷呢，你又偷听了谁的暗恋？一切幌如昨日，历历就在眼前！只是当初的泥泞早已不见，水泥路已将一切改变。看着远处蹦蹦跳跳的孩子，大家回忆着愉快的往事，谈着自己的故事，分享自己的心事，没有勾心斗角，没有琢磨揣测。就像这些想哭就哭、想笑就笑的孩子一样，尽情舒展着忙碌的内心。

天下没有不散的筵席。匆匆三天的行程，我们又将踏上奔波的旅程。只是这样的一次回首，让我们把那些即将远去的同学情谊又拉了回来。或许，在今后各自奔波的旅程中，我们永远也成为不了并肩作战的盟友，但曾经一起翘课的经历、一起打球的友情、彼此调侃的夜话、互相帮助的真情，却真真实实地在我们最懵懂的青春中存在过四年。

尽管这次相聚，来来去去匆匆忙忙间只有三十多号人，但遗憾是趋向完美的最佳途径。只有这样的缺憾存在，我们才会继续畅想下一次的相聚。刘俊说，如果哪一天全班八十九号人能全部聚在一起就好了。就为了这个目标，我们各自珍重，彼此努力，期待着下一个夫妻双双，儿女满堂的相聚。

最后，非常诚挚地感谢本次“致青春，十年磨一见”的组委会成员。感谢南昌本地同学的奔波，感谢其他同学的热情支持和主动参与，感谢你们费尽心思花尽脑筋给我们举办了这么一场难忘的聚会，感谢你们忙前忙后的忙碌。我无法代表大家，仅代表我和我尽心培养的别人家的老公谢谢你们！我喜欢你们意义深刻的文化衫；喜欢你们写给再见时分的小卡片；喜欢你们安排的重温往事的梅岭之行；喜欢你们勾起往事的卧底故事；喜欢你们辛勤付出的所有一切！

十年磨一见！也许，过不了十年，我们还会再见！期待着下一次再见时的熟悉容颜！

文友寄语

七律·祝贺娟子散文集《橘子熟了》成功出版

中华诗词学会　雪　涛

蒋家有女叫娟娟，《橘子熟了》非一般。
笔墨总关新干县，文锋所指峡江边。
刚柔相济皆成妙，喜怒同盟不让贤。
细品了然心中事，风流入册正当年。

七律·祝贺娟子散文集《橘子熟了》付梓

中国楹联学会　夏季风

嗔羞笑骂著华章，造句遣词性乖张。
字字珠玑拍案绝，篇篇璀璨溢情长。
三湖故里童年忆，赣水江边而立狂。
揽梦移情乡梓汨，化作橘渍墨痕香。

七律·祝贺娟子《橘子熟了》付梓

中国楹联学会　父爱如山

毕竟涓流自橘乡，随心入韵也疏狂。
风花雪月吟新境，锅碗瓢盆奏雅章。
字里行间牛气展，窗前月下麦芒张。
辣椒炒肉神仙菜，磨碾成诗总染香。

浣溪沙·祝贺《橘子熟了》付梓

江西省作家协会杨璐

总把情怀化墨香，谋篇布局胜潇湘。
谁知寂寞与沧桑。
细节入心双眼锐，深层下笔满庭芳。
拿云一卷好文章。

浣溪沙·祝贺《橘子熟了》付梓

新干县诗词楹联协会　刘国庆

水月心思玉雪妆，江南物语入闺房。
橘花深处是书香。
红柚不争娟女艳，春风岂敢过西厢。
伊人自有妙琳琅。

才气满怀，繁数求精营宝库；
文行飘彩，章节定准暖人间。
——江西省作家协会会员周红萍赠

涓涓流水，百篇佳作终成册；
款款动情，万树红橘始蕴香。
——新干县诗词楹联协会彭月根贺《橘子熟了》成功出版

不移文志研花骨
长润橘风泼水香

古邑涌春潮，玉峡拂骚风，橘花绽放香宝墨；
巾帼扬魅力，文坛添秀色，赣水奔流趁东风。
——吉安市作家协会李菊如贺娟子《橘子熟了》付梓

文怀故土乡情在
字蕴人生思想中

娟笔写来，字里行间情谊满；
秀心抒去，书中世外胸襟宽
——吉安市文学评论家协会剑鸿赠

笔力出青铜，欲凭佳作传千古；
文章倾玉峡，更著芳名誉四方。

文笔清新，写作何须拘格调；
性情豪爽，建功从不让须眉。
——新干诗词楹联协会会长杨璐贺蒋娟娟《橘子熟了》出版

韵自橘乡，锅碗瓢盆皆意境；
才追蒋玮，风花雪月尽文章。
——吉安市作家协会杜烜贺蒋娟娟《橘子熟了》付梓

评　论

生活的歌者，真诚的情怀

——蒋娟娟散文解读

井冈山大学人文学院中文系副教授、文学博士　龚奎林

蒋娟娟具有新干人特有的爽快、勤奋、踏实、热情的豪侠性格，一方面在数字里严谨地行走，成为银行骨干；另一方面则在文字里浪漫的游历，成为美女作家。文如其人，蒋娟娟热爱生活，自然，文风也充满着浓浓的亲情、友情、爱情和对日常生活幸福的温度，家乡的风景、家庭的成长给予了作者诗意的眼光和审美的趣味，其散文集《橘子熟了》以灵动的思绪、纯朴的文笔叙述生活的情趣、身边的故事、温馨的情感和小女人的那一缕情绪，读来却有另外一种风情韵致，或清新质朴，自然素净；或短小优美，生动有趣。在笔者看来，就像在聆听一名富有故事性的生活歌者的低吟浅唱歌唱神奇瑰丽的自然风光，轻吟诗意优雅的生活小品，低语艰辛温婉的青春往事，唱诵温暖动人的亲、友、爱情。故乡、亲情、友情、爱情、青春也就成为诠释她的作品和人品的关键词。

一、故乡情的歌咏

每个人内心深处都存放着故乡的记忆，故乡有我们挥之不去的乡愁，尽管故乡曾经并不富裕，尽管家园曾经并不明媚，尽管我们一直渴望通过读书考学逃离农村，达到鲤鱼跳龙门的目的，但故土情结是我们每一个人的内心向往，故乡永远是我们依偎的港湾，如同李煜在《浪淘沙令》中所说："梦里不知身是客，一晌贪欢"，道尽对故土的怀念。在现代化进程中，故乡正以新农村加速度模式去农村化、去传统化，走向城市的同质化，这也是令人担忧的事情。

这种快乐与焦虑纠结在作家蒋娟娟的内心，她用朴实平淡的文字记录下以往的生活与现实的焦虑，用细腻温婉的笔墨记录故乡那一个个美好的记忆瞬间，让人细细品味，慢慢咀嚼。《连年》以过往岁月中特有的年节方式——缝纫衣服为载体，表达家人团聚的快乐、温馨与孩童的渴盼，这是“70后”特有的记忆更是穷困时代小孩对新年的念想。《偷瓜》《记忆“叮叮磕”》《小巷清风》充满了温馨的回忆，童年时代的物质贫乏并不影响孩童的趣事与欢乐。《乡村三景》《找春》则把乡村生活中的快乐趣事和诗情画意惟妙惟肖地表达出来，令人忍俊不住。《丰收在望》《晚春的稻田》《稻香《掰竹笋》描述了农村收获的美景。从中我们可以发现，作者倾力回味童年的故乡，以一种怀旧的方式去缅怀消逝的岁月，而这显然暧昧地表达出对当下故乡过度现代化的一种担忧。所以，作者一方面回味故乡的美丽，另一方面感受现代化伪装下故乡乡土情怀的破败。例如《老家，老屋，老人》，年轻人都离开乡土，去打工或者迁到城市，而只留下空心村和老人们，孤独的他们在老屋中度过余生。这种现象已经不是个案，更是普遍现象，传统文化与乡土情结在现代化与城镇化的GDP追求中被有意破坏作者通过创作呈现焦虑，也说明了她的赤子情深。

如果说，上述作品是回忆过去的故乡，表达一种古今对照的担忧与焦虑，那么作者以一种慢镜头的方式把故乡的视野从生养的家园放大，从过去的回忆中转向，走人当下吉安大故乡的特色风景。正如海德格尔所说：“诗人的天职在于还乡”，作者在诗意的故乡里书写景语、情语，通过创作《秋来�水桥》《下七三景》《莒洲赏桃花》《多情玉笥山》《桃花赋》《漫道繁花》《武大太远，峡江正好》、)《岳飞点将台》《井冈山，一场与缘分的奇妙之旅》《善意的谎言》《田南三月胭脂红》《蜜柚寻踪》《走，上七琴吃擂茶去》《赶圩茶》等作品，来描绘故乡美好生活与幸福镜像。每一片风景都是一种心境，作者在故乡的风景中寻找美丽，寻找天人合一的和谐生态与诗意田园。

二、亲情、爱情、友情的吟叹

人与动物最大的区别就是人有真善美的情感需求，动物只有欲望本能。每一个作家都愿意在创作中致力于表达自己的情感，蒋娟娟也不例外，情感叙述是她作品的核心所在，低吟浅唱温暖动人的亲情、爱情、友情。

亲情是作者着力书写的情感，其中有对爷爷奶奶、爸爸妈妈的亲情爱戴，有对儿子的母爱表达，有对丈夫相濡以沫的爱，都在作品中尽情地表达。如《橘

子熟了》《烂煨烂炖》《奶奶的端午》等写奶奶的爱，《爷爷的铜火锅》等写对爷爷的爱与思念，《老蒋》《姜汤面》《别告诉爸爸》《中秋》等则是对父亲的爱，《二十年，两床被》《一朵花，两朵花》《母亲的鞋垫》《毛衣》《老妈去打工》《炖个冬天吃一吃》等表达了对妈妈的爱与愧疚之情，《小驴陈果》《开学寄语》《给儿子的一封信》、《儿子开饭店》《戒不了的瘾》《简单爱》表达了对儿子的爱。作者在这些作品中截取一个个生活片段，没有凯歌高唱，只有生活还原，以平实化的写作风格穿插长辈与晚辈的冲突故事，书写熟悉背影后的骨肉亲情。《奶奶的端午》描写一家人端午团聚的场景，令人回味，那种对子女望子成龙的期盼融入到端午节的仪式中，这既是作者亲情的表达，更是对奶奶的崇高敬意。

爱情也是作者歌咏的对象，没有惊天动地的慷慨誓言与呢喃燕语，只有普通人家的日常生活，以及这日常生活里边贯穿的相濡以沫的情感。执子之手，与子偕老，作者通过《爱上一个人，恋上一座城》《退后原来是向前》《《你愿死后葬在我家祖坟吗》《栀子花开》《牵手而眠》等作品表达对丈夫的爱，呈现普通女子维护家庭的情感，这不正是爱的传递与延续吗？其中，作者在《爱上一个人，恋上一座城》写到："因为爱，所以有了期待。因为爱，所以会倍加关怀。其实，生活真的很简单。爱上一个人，自然而然就会恋上了与他有关的一切，包括那座自己曾经不爱却与他有关的城。"这是作者人生的生活写照和真情告白。

正是这些可亲的家人，让我们感受成长的快乐和人间的温暖。但友情也弥足珍贵，如《眼镜》就表达了对中学老师的教育之恩，而《雨中，那朵盛开的白莲》更是情真意切，表达了对陌生阿姨雨中送伞的感恩。如果人间处处充满爱，那么社会也就更会和谐。

三、青春的书写

时间是一把刻刀，把每一段记忆镌刻在青春的年轮上。蒋娟娟以谦卑的姿态，关注着生活的细小、琐碎的事物和平常的人生，其散文朴素而平实，不矫情，就是对自己曾经的青春激情也是敞开心扉，描述内心真情实感，呈现事情的原汁原味，因此青春的往昔浓郁地呈现在作品之中。《酒干瓶卖无》讲述物质匮乏时期少年的机灵与欢乐，《那一年，我所经历过的高考》《重拾理想》《文字与数字》回忆起高考时期的困苦与努力，《我的"扶贫专列"》则反映了大学求学生涯的苦中作乐与乐观情趣，而《二十年后的相逢》《致青春，十年磨一见》则对同学周年聚会的喜悦表达。年轮虽已消逝，但青春激情永在，快乐时光永在只要有情，心永远在。

生命之中本没有一成不变的风景，只有追求目标的永恒真心，即使有艰辛苦涩的过往，只要乐观豁达，每一天都是充满阳光的，每一个梦都是芬芳的，正如作者在《做梦的女人》中所说："无论现实多么糟糕，女人总有办法让自己过得优雅一些。因为有梦，所以有努力的方向；因为有梦，所以有不倒的天堂。做梦的女人，温柔的内心永远是芳香四溢的花房。"如同诗意优雅轻吟的生活小品，把生命的真挚与女性的情怀融于生活的哲理之中。而《当不了好媳妇就别指望做个好婆婆》则是一道心灵鸡汤，以女性特有的敏感与细腻，讲述生活的哲思、禅意与感受。

是的，对于故乡与家园，以及延展过去的情感，还有过去与未来，都应抱着且行且珍惜的心态。没有被伤害，没有血的代价，就不会刻骨铭心。但生活还是要继续。在生活的细微中，我们会发现自己在抵触长大，只是不想承认爱的人在老去。这些关于亲情的篇章，如此真实，让人如此动心，如果只是品味那份真情，那是不够的，它足以让我们联想到自己最珍贵又朴实的家，然后在文字的牵引下，去回味，去换位思考，去感恩珍惜，去产生情感的共鸣。但是，我们也会发现，蒋娟娟的文字还需要更精炼，视野还需要更开阔。

总之，懂得生活才享受快乐，生活就是一首歌，音调有高有低，故事有起有落，旋律抑扬顿挫，诉说着各种人生百态与喜怒哀乐。蒋娟娟以简单的文字细数生活的点点滴滴，感恩亲情，感恩故土，缅怀青春，发掘哲理，畅想人生，自悟一种清凉，自守一份安逸，以一个生活歌者的虔诚之姿，用朴素的文字低吟浅唱、徐行缓步，进而感悟生活的哲思与人生的真谛。

娟笔写意　丹心素描

——浅读娟子散文集《橘子熟了》

吉安市文学评论家协会　剑　鸿

娟子的散文我读过不少，常有拍案叫绝、心有戚戚的感觉。之所以产生这种感觉，不外乎三个方面的原因，最主要的，当然是作者行文用笔的真诚细腻，还有她描摹生活各种情状的深厚功底和独特视角。其次是因为我和娟子都是在同一方水土上成长起来的同龄人，喝得都是赣江的水，说得都是新干的话。还有一点，我也是一个散文爱好者，对喜欢以散文形式书写生活的作者怀有同病相怜、惺惺相惜的理解和默契。

可能出于同样的理解和默契，娟子才会要我来帮他写点评论性质的东西。但她不知道，这对我简直是一种严峻的考验。我既不懂评论，于散文写作一途也一直在摸索，而且由于一地鸡毛似的琐碎和繁忙，时间经常被碾碎，生命的荒芜感常常突袭而来。这种荒芜感越堆越厚，以致于从来不敢也不好意思声称自己是有文学理想的。所以，在我的书写经验里，似乎也从来没有什么指向，一团模糊。

娟子的写作指向很明确——喜欢用文字记录生活点滴，以待暮年回忆之时可将一生双倍经历。这种写作指向，无形中说出了我想说而未能说出的话，给了我很大的启发。的确如此，我们以一己卑微之身，辗转于欲望和物质构成的滚滚红尘里，倏忽百年，岁月易老，还有什么事物，能比文学更能挽留住飞逝的时光印记和过往情怀呢？任何一个对文学怀着梦想的人，都会如娟子一样相信，文字能够照亮荒芜的生活，能够点亮苍老的记忆，能帮助我们使单薄的生命变得丰厚。

在鲜明的写作指向之下，娟子把笔触伸向生活，伸向记忆，伸向亲情，也伸向柔软的内心。娟子笔下，新干这块古老土地上的每一个细节，每一个习俗，每一个亲人，甚至每一道菜肴，都熠熠生辉，跃然纸上。无论是爷爷的铜火锅、母亲的鞋垫、奶奶的端午，还是一碗姜汤面、公公的一块菜地，外婆的一盏小夜灯，都在作者细腻而缜密的叙述里，散发出久远而温馨的韵味。这种韵味，与其说是事物自身所拥有的，不如说是岁月在作者记忆沉淀后依然保存的温度。

作为一个与娟子同道的散文爱好者，我能在作者娟秀的书写里，读出一个人内心的丰富和优美，读出一份故乡水土的眷恋和深情，甚至读出一份别离岁月的思索和追怀。有人说，女人是没有故乡的。言外之意是女性对于故乡的情感没有男性那样来的浓烈和深刻。但是，在娟子的文字里，处处是故乡，字字都是深情，不但对故乡，对亲人，也对岁月，对生活，对那个经常让我们不知所措的生活。

娟子的文笔不但娟秀、细腻、柔软，同时也带着一些犀利、泼辣、洒脱的味道。这是新干女子的味道，刚柔相济，外圆内方，既有“下得了厨房”的贤淑，也有“上得了厅堂”的端方。娟子不乐于抒情，也不屑于议论，读遍娟子所有的文字，你很难找得到几处抒情和议论的文字。这也是新干女子的味道。不矫情，不故作高深，切切实实地来，贴着地面行走，偶尔飞行，不作高歌，低吟浅唱，将所有的希望和情感，都寄托在朴实如水而又醇厚如酒一般的白描里。

而这种白描，恰恰是最难把握、最能持久，最需要用心用情、最容易触动心弦的文学手法，所以，在祝贺娟子散文集出版的同时，我为娟子撰写了一联，作为一个同乡同道人最诚挚的祝福：

娟笔写意，汉字三千堆锦绣；

丹心素描，生活万种寄襟怀。

烟火娟子

吉安市散文学会理事、江西省第六届活力作家　陈卫莲

“如果可以，我要过这样的日子，花覆屋檐，好风相从。流水今日，明月前前生。种花种菜，种简单的喜欢，种悲悯的情怀，种爱。四月天，一起看牡丹，你不来，不许花谢。”我以为，所有关于对娟子的描述，这段文字最能概括她的性情。

我与娟子相识于网络。2012 年在文友的 QQ 空间读文章，无意中看到娟子的评论，出于对文字的热爱，我从文友空间穿越到了她的空间。和大多数文友一样，她的日志里几乎全是原创作品，点点滴滴，都是信手沾来的生活琐事。从文章可以看出，这是个真性情的女子，隔着冰冷的屏幕，我能感觉到她身上弥漫的深深人间烟火气息。她的笔下，有老屋故乡，有灶边锅台，有家长里短，有亲人满满的爱，无不牵人心肠。她描述婆媳关系，说婚姻本就是两个毫不相干的家庭逐渐融合发展成三个互相交融的三个圆的过程，所以婆媳关系是维护三个家庭和谐稳定的重要因素。她述说与公公的战争，却明白所有战争的引线，都是教育方式的不同，而根源是每个人对孩子一点一滴最细微的爱。她倾诉丈夫和她的爱情，“死后，你愿葬在我家祖坟吗？”这算是世上最煽情的语言么？文字里，娟子明媚而坚定，像一束光芒，让人想伸手捕捉，轻轻靠近。我常常游走于她的创作天地，跟着她又喜又悲，又笑又嗔，在她声色俱备的文字里举杯畅饮，独自沉沦。

见到娟子真人则是在井冈山报社组织的一次文学颁奖会上，当看到一个笑靥如花的女子坐在离我不远的地方时，我忽然就有了一种直觉，这个女子是娟子。我向旁人打听，人家说，对，她就是娟子，而且，她也是新干人。我们由此而相识。我惊异自己如猎犬般敏锐的嗅觉，也许，这只能解释为一个女人对另一个女人的惺惺相惜吧。我知道，我懂她。

我和娟子的熟识得益于新干县诗词楹联协会的成立．作为协会的两位女副会长，我们开始了工作与生活上的交织。文学是美的，而写作撕开来的，是最真实的生活。说实话，娟子算不得第一眼美女，但是她笑起来时，又很挠人心窝，你

就不得不承认，人家还是属于美女级别的。谁都知道娟子爱笑。她的笑，或友善宁静，或狡黠果断，或开朗真切，或热切飞扬，一如娟子的文风与性情。我从她的笑里解读到一种气场，亦或热能。这种气场，让女人喜欢她嫉妒她，男人则个个拿她当兄弟。多年来，她苦苦钟情于缪斯，在自己的文字里，阐述心灵歌颂生活，传播当地历史文化，宛如春天里一株向上攀爬的藤蔓，一直自由地向着蓝天上生长。

秋天到来的时候，正是橘子成熟的季节。娟子在屏幕那端告诉我，她准备出书了，把过去的作品集结成册付梓出版，也算是给自己和读者一个交代了。取了书名吗？就叫《橘子熟了》吧。是的，生活就如一个散落在地的橘子，这些年来，娟子一瓣一瓣把橘瓣拾起，用心做针，用文字当线，把生活慢慢还原于本质。到如今，终于尘埃落定，给了我们一个花好月圆皆大欢喜的结尾。

这样的结尾，总是让人心生温暖而又意犹未尽。

一路的风景，一路的人生

——蒋娟娟散文集《橘子熟了》笔谈

龚奎林　张　悦　张明越　刘碧会　陈　丹
任　宇　张　曼　兰希凤　张秋梨　徐　锦

新千作家蒋娟娟是从红橘大地走出来的，性格豪爽，做事干练，内心如红橘细腻而真诚。她新干出生，南昌求学，峡江工作，常常在出生地与工作地流连往返，一路的风景、一路的生活、一路的人生、一路的情与爱串联起她特有的诗意阳光与敏锐的思绪情感，也就凝结成了散文集《橘子熟了》。这部作品虽然没有惊天动地的文笔，却有爽快流畅的文风和日常生活的多姿多彩，这种娓娓道来的家常式叙述在井大学生中颇有共鸣，我带着志趣相投的中文系同学共同阅读这部作品，大家都有感而发，也许她们同为女人，更有发言权。

龚奎林：下面先请来自西北的张悦同学谈谈，北方女性阅读南方女性作品也许更能感受到文化的差异。

张　悦：读蒋娟娟的散文集，是一种愉快的享受过程。一篇篇短小精悍的散文，无一不是在向读者传递着乡土柔情与温暖，她的散文真实而简单、情真而文美。无论是幼时与家人生活的琐碎细节，还是成人后工作中的乏味感叹，亦或是成家后为人母、为人妻的些许心绪，凡此种种都被作家写于笔下分享、刻于心间珍藏。

首先，所谓“简单爱”，其实真的很简单：几斤小小的蜜橘、一晚添衣加水的陪伴、一句“你愿死后葬在我家祖坟吗？”等等都潜移默化中向作家输送着温暖和纯粹的爱，这是简单又真挚的爱，是一份无可替代的幸福来源。它真实的存在着，感动了作家，也感动了读者。因为这份简单的爱，所以作家懂得了珍惜爱、懂得了面对爱、亦懂得了回报爱。

其次，作家“丰收在望”的不只是春天、春果，还有生机盎然的山水与芬芳沁鼻的繁花，更多的应当属丰沛浓郁的乡情了：听春的脚步匆匆、看下七乡人朴实依旧、领鄱阳湖旖旎风光、忆曾经故乡景象，诸如此类，皆是道不尽的轻松，说不尽的惬意呢。在现如今物欲横流的时代下，城市成了新一代人的梦想栖息地，提起故乡很多人的记忆里恐怕剩下的只是一些连不成片的碎段，但作者笔下的故乡可亲、可近、可触、可忆，一连片不老的橘林，一簇簇油绿的橘叶，一山山橙黄的橘子都是故乡的味道。

最后，“重拾理想”并不是作家一句无意义的空话，就算枯燥的现实也并没有磨损掉作家年少时的理想。即便现在的生活安逸自如，但“重拾理想”的决心也愈发强烈：让文字与数字齐头并进，让生存与理想互包互容，这是作家最满意的生活状态，也是我们所希冀的一种可能性，暂且不论它是否会实现，首先我们要努力尝试，因为努力尝试才会创造出更多可能。

读蒋娟娟的散文，是一次难得的“江南故乡”之游、一次温暖的心灵之旅、一次直接的爱的告白。没有时间的沉淀也许我们感受不到油盐酱醋茶般的生活中居然会蕴藏着那么丰富且纯洁的爱，没有生活的打磨也许我们不会怀念无忧无虑的童年和自由自在的学生时代。身处复杂的现实生活中，作家始终在心中保留了一份净土，那里还依旧孕育着爱的种子、梦想的幼苗。

龚奎林：张悦同学扣住了作品中的关键词和写作特色，我们来看看张明越的阅读感受。

张明越：读作家蒋娟娟的《橘子熟了》，犹如一条涓涓细流沿着蜿蜒的山路，起伏跌宕，清唱着旅途中的快乐悲伤。作家善于发现生活中微小，琐碎的事物，把它们一个个编织起来，在含蓄平实的语言中牵动着他人的心弦，引起共鸣。《橘子熟了》这部散文集值得推荐的原因有三。

首先，作家运用了极为生动活泼的语言，结构紧凑，言简意赅，通俗易懂。甚至在叙述自己的童年时代时大量使用了作家故乡的本土方言（如“崽崽”，就是小孩子的意思），这不仅体现浓厚的的乡土气息，更给读者以一种亲切感和喜感，让人们对这种生活方式的地方产生浓厚的兴趣，发挥了文学传播民俗文化的作用。除此，行文中也不乏浪漫悠扬的动人情话。如《爱上一个人，恋上一座城》中“爱上他春日里满街飞舞的樱花，凉风习习的盛夏，秋季飘香的果实，冬天纷纷扬扬的雪花”，何尝不是把这座城比作心爱的人，诉说着四季的蜜语呢！

其次，作家善于选取典型事例，塑造丰满的人物形象。文中塑造了众多亲人的形象，如视橘子极为珍贵的奶奶，憨厚朴实的爷爷，细心手巧的母亲等。但值得肯定的是作家大胆真实地吐露了对一些事和人物的不满，正所谓“金无足赤人无完人，人非圣贤孰能无过”，丰富了人物形象。如《二十年，两床被》和《母亲的鞋垫》都是赞扬母亲的执着和对子女深深的爱。而《一朵花，两朵花》当中就塑造了一个“怪母亲”，对侄女比对亲女儿还要好，激起了女儿的不满和憎恨，而多年后真相揭晓时，也算才懂得母亲的良苦用心。这样以孩子的视角对母亲的形象先抑后扬，使母亲的形象更加鲜活高大圆满。

最后，写作来源于生活，并指导了人们更好的生活。鲁迅曾说过："文学与社会之关系，先是它敏感的描写社会，倘有力，便又一转而影响社会，便有变革。"。蒋的散文没有鲁迅说的那样夸大可以变革社会，但至少可以影响一代人，无论是在处理家庭内部矛盾，珍惜亲情友情，还是面对生活的艰辛，对未来的展望，都会给人以启迪和指导。整部散文用直抒胸臆的手法描述了生活中亲情间自然而然的爱，同时不忘对家乡美景美食的分享，也饱含了对人生理想的憧憬和追求。总之，读她的散文，轻松舒畅，平淡中总会有一丝惬意与惊喜，丰富读者的精神世界的同时还赋予了更多的生活哲理，《橘子熟了》值得我们去慢慢品味。

龚奎林：明越同学从语言特色、人物形象等视角分析作品，较为充实。下面来听听刘碧会的意见。

刘碧会：《橘子熟了》一书很好的诠释了这样一句话："追忆就像怀旧这个词所表示的那样，往事给人带来的是一种隔帘望月式的憧憬和向往，时间把许多人们不愿意回忆的东西过滤出去，留下的总是值得留恋的那一部分。"当"简单爱"三个字冲进眼球的时候，是一种难以言说的感觉，带着这种感觉去品读它的内容，一个个温馨的小故事拼凑出一副简单的彩笔画，而作者就像是一个手执画笔的画师，没有华丽的词语，没有跌宕起伏的情感，简简单单的语言，质朴纯真的情感就像是画中简单明了的线条、温和的色彩，勾勒出作者心中简单的"大爱"。

亲情，是一个永恒的话题，也是能够轻易引起共鸣的一种情感，它没有爱情的轰轰烈烈，也不似友情经不起任何考验，它平淡、自然，却又如同磐石般坚不可摧。作者笔下爷爷奶奶的爱是那么可爱动人，儿子的爱是那么温暖纯真，丈夫无声而坚定的爱就像是一杯无色无味的白开水，却最是有益！作者就用最直白的语言，最简单的文字来抒写着最真挚的情感。

在"简单爱"一节中作者的选材也深有考究，选用各种传统节日来呈现出家乡的习俗和各种特殊节日里的饮食，具有深刻的意义，是一种对传统文化的呈现与尊重，更不乏喜爱之情。作者巧妙的运用这些传统节日以及节日中的饮食制作过程来描写家人之间的爱与欢乐，童时的快乐和一家人之间无处不在的关爱许是作者在多年后久于都市内心深处最深的执念！

如果说"简单爱"是对情的无限倾泻，那么"丰收在望"无疑是对景的极致描写。品读它时没有那种情感的共鸣徐徐而来，也没有那种突如其来的震撼，而是慢慢地，不自觉地被优美的文笔所吸引，沉醉于她笔下的美景。"世间并不缺少美，只是缺少发现美的眼睛"所以作者用她那双发现美的眼睛发现了秋天旖水桥那“残破”的别样美，发现了鄱阳湖碧波孕育出来的神奇景观，发现了营洲桃花的优雅端庄，用优美的文笔将她发现的美景生动形象的展现给我们，仔细研读，放空想象，就好像自己正置身于其中，美不胜收！

感动于作者笔下纯粹的情感，醉心于她笔下优美的景致，惊讶于她独特的审美意识，更是能在她的字里行间感受到乐观与豁达，这样的品读也不失为一种享受。

龚奎林：刘碧会同学主要讲述了骨肉亲情的大爱无声，有道理。下面看陈丹的意见。

陈　丹：《橘子熟了》，方以为是一本描绘田园生活的散文集，深入阅读方知那是亲人背后深沉的爱。而在作者眼里，爱是什么？爱是奶奶园里熟透了的橘子，爱是母亲用二十年的光阴织成的羽绒被，爱是栀子花开时满屋甜甜的馨香，爱亦是在外的小孙女对孤独老人的关爱……作者笔下的爱是细腻的，这样的爱是不做作的，是真实可见，触手可及的，这样的爱是小家的，亦是大家的。这样的爱是珍珠，虽小，却价值连城。但作者表达爱的方式却是直接的，大胆的，这是一种没有西方人说“我爱你”时的豪放，是羞涩的。“因为爱，所以有了期待。因为爱，所以会倍加关怀。其实，生活真的很简单。”爱也是简单的，这是作者在《因为一个人，恋上一座城》的自叙，这样的爱的表达方式于作者而言，是简单稀疏平常的。

是的，亦是稀疏平常的亦是能体现作者的爱之深沉，关于爱的写作水平。生活中处处可见的细节，在作者眼中是爱的表现，是写作最丰富的来源，那是爷爷一生只能用一次的“铜火锅”，但对于爱的立意却又是博大的，作者亦是用小事将这样博大的人间情怀用小事表现得淋漓尽致。作者是厉害的，但正是这样真挚内心才能写出朴实却又充满能量的句子，大事化小，小到生活中的每一件小事是作者的写作法则，小到生活中的每一个动作，每一个提，每一个拿，每一个放，而正是这样的来源于生活的散文才是大众喜闻乐见的。这样的大与小的巧妙结合，这样的生活与哲学的结合，是活在生命里的，是生命的一个重要部分。而这样来源于生命中，生活中的文章是有趣的，是最直接的情感表达方式，这样的才是最朴实的，最真真切切地能感受到爱的存在的。

爱于作者而言，是食盐，是生命中不可缺少的一部分，而正是这样最深切的感悟，才给予作者最丰富的写作源泉，任何情感的抒发，都来自于生活，生活是创作的源头，是爱的直接的表达，这是大爱与小爱的结合，这是博爱和自爱的结合。

龚奎林：陈丹同学抓住了作品中的“爱”这个关键词，从纵深切入，分析作品中爱的哲学，下面看看任宇的阅读感受。

任宇：读罢蒋娟娟的散文，觉其沁人心脾，心旷神怡，宠辱偕忘。无需华丽堂皇的赘述，便向读者传递出一桩桩别具特色的地方风俗，塑造了一个个性格鲜明的人物形象，勾勒了一幅幅别开生面的绝美幽景。

散文主要分为五辑。每篇篇幅短小却不失精炼。就其描写橘子熟了，一家人如何进行精细分工，奶奶对橘子有着怎样独特情怀；端午节奶奶如何制作粽子，包子，波波子，圆子，蒜子等吃食的详细工艺足矣证明作家不凡的笔功下有一双细腻洞察生活的慧眼。爷爷奶奶旧时的生活习俗，作家可以事无巨细，不失分毫的一一述说细节，而又不显连篇累牍，是因为其中融入了深刻隽永的艺术情感，而读者通过艺术理解自然可以与之达成共鸣。

作家叙述视角多样化，涉及题材新颖，着落点众多，这独特的审美特色和艺术特色可称之为同时代人追忆似水年华的典话，也成为新时代人开启一扇复古的大门。让人颇感熟悉又新鲜。在此部书中，作家则采用全知视角（零视角）的形态来进行叙述：即叙述者人物，以作家本身为本体，一切皆由其向外阐述。

精神分析学家弗洛伊德在心里动力论中提出本我，自我，超我的概念，而作家在书中对祖辈，父辈，下一代以及自我的认识与情感皆可印证这一理论。“本我”代表欲望，是受意识遏抑的完全潜意识：在《一朵花，两朵花》中，通过儿时母亲对表妹分外关爱而忽略自己，而暗自疏远母亲，和在《我和公公的战争》中针对儿子的教育而发生的分歧体现了“本我”意识；“自我”负责处理现实世界的事情。就《当不了好媳妇就指望做个好婆婆》中对婆媳关系睿智分析可体现出“自我”意识；而“超我”则是指良知或内在的判断：《重拾理想》中作家用勇敢抛却年龄的桎梏，毅然踏上骑行之路，对《金陵十三钗》等多部影片的分析也无意中流露出作家的世界观，人生观和价值观。

读罢《橘子熟了》，可以毫不吝啬的定义作家蒋娟娟不失为一位真正生活的智者。她确乎是一位明媚的女子，不倾国，不倾城，但却以优雅的姿态摸爬滚打。她敏锐玩味生活，倾心感受真情，执青墨挥洒人生百态，持散文书写世间真情。让我们徜徉在《橘子熟了》里，共同领略蒋娟娟带给我们的惊喜和慨叹！

龚奎林：任宇同学从弗洛伊德的精神分析学角度切人作品文本的细节深处，分析较为深人。下面听听张曼同学的意见。

张　曼：蒋娟娟是一个善于讲故事的人，她描绘了一个又一个我们陌生又熟悉的画面和人物。那些琐碎的生活画面，我们经历过或者听过看过，了解一二，然而，生命的轨迹是独特的，记忆是私人的，个人独有。她把她的人生画卷掀开一角，让我们得以睽违她的生活色彩。

奶奶的橘子，爷爷的铜火锅，母亲的鞋垫，父亲的姜汤面，丈夫与儿子的陪伴……许多许多，交织成蒋娟娟的过去与现在，也会勾画出她的未来。有些人离去了，有些人还在，有些人会一直在。品读蒋娟娟的文字，体味着，正是因为她的内心的充盈，生活的丰富多彩，所以她才能传达出满满的暖意。

尽管大学专业不是自己所希冀的，职场工作偶觉枯燥乏味，家庭生活充满鸡毛蒜皮。可当她重拾梦想，重拾纸笔，她也重拾了那一腔对文字的热爱。她的文字是温暖的，带着平淡却又深入人心的力量，让人轻易便陷入那些跃然纸上的生活画面之中去。没有晦涩难懂的字眼，没有华丽的辞藻，不故作高深莫测，朴实无华的语言，通俗易懂的话语，熨贴着每个读者的心灵。

一本十几万字的散文集，关于家长里短，关于自然美景，关于缱绻回忆，关于生活美食，关于重拾理想。字字句句，用心用情，娓娓道来。家长里短也好，自然风景也罢，蒋娟娟总是用心去经营，去感受的。故事与美景都在她眼中，而爱在她心中。心中有爱的人，才能传达出爱意。我想，她是一个仍然拥有少女心的女子。

一个女子，活成蒋娟娟的模样，想必也是一种圆满。很高兴她没有因为家庭与工作而放弃自己的兴趣与曾经的理想。书本告诉我们，每个人都是独立的个体。然而，想要真正实践这句话，却不是那么容易吧。不知不觉中，我们成为生活的奴隶，成为家庭的牺牲品。生活，不只是家庭生活，人生，也不只有家庭。

该如何才能道尽生活呢？那些灰蒙蒙的愁绪就一笔带过吧，它不是生活的主旋律啊，但它也教给了蒋娟娟生活之道。《牵手而眠》中，蒋娟娟说到自己的婚姻生活也曾出现危机，“争吵，厮打，冷战几乎持续了整整两年的时间。生不如死！甚至到了谈论离婚一拍两散的地步。”坎坷过后，蒋娟娟学会了如何与最亲密的爱人相处。虽然会有将背影留给对方的时候，但大多数时间还是牵手而眠，多好。

生活太纷繁复杂了，几十年的轨迹曲折迂回。可生活却又是那么简单，日复一日，重复活着。

我们或许不是无所不能的超人，但我们都能为自己的生活点燃一盏灯。

龚奎林：张曼同学有感而发，发现了作品中的生活哲理。下面请兰希凤同学来谈谈自己的阅读体验。

兰希凤：读蒋娟娟的散文，觉其不骄不躁，平淡质朴的文字，带来的是随性而发，率性而为，从细微之处见真章，周围的人和事都成其笔下生动的灵魂。平淡的日常写照，人情世故，喜怒哀乐，人生感悟，都用极为家常化的言语来叙述。作者在首篇《橘子熟了》中以农村收橘为乐，一家人在一起的忙碌，与其说老人是让孩子们回来帮忙收橘，不如说是为了一家的团聚，都说离别是为了更好的重逢，相聚是一场久别的盛宴，在忙碌中彰显阖家的欢乐。那送出去的不仅是一份橘子，还有一份思念，一份牵挂。那是一份浓浓的亲情，是老人对子女的疼惜和想念，儿女对老人的体谅和关怀，触动的往往是人心底最柔软的地方。坦然处事是一种态度，繁华都市迷人眼，远离卑劣的倾轧，躲开世俗的纷争，走近恬静淡雅的乡春田园。

记忆像握在掌中的沙，无论你是紧握还是摊开，终究会随着指缝一点一滴的流逝。作者感慨时间似白驹过隙，品味世间百态，用其极其平淡的口吻来讲述有关她周遭的事，回忆，爱情和梦想。蒋娟娟是平凡的女子，没有那么多活络的心思，更多的是对平静淡雅生活的追求。如果说，人生是一瓶五味剂，那爱情就是最甜的那一个；如果说，人生是一副画，那爱情就是最绚丽的一笔。在《你愿死后葬人我家祖坟吗？》作者向往浪漫的爱情，却坚守着踏实的内心。没有太多华丽的外衣，没有多少谄媚的言语，没有多少奢侈的物质品，只是那两颗朴实的心灵紧贴在一起，哪怕风雨兼程，也能看人间花开花落，望天上云卷云舒。这也许就是她的岁月静美吧！

生命的辉煌，拒绝的不是平凡，而是平庸。絮絮低语的叮叮磕是在告诉你：人心并不是你想像得那样险恶丛生，生活也不像你渲染得那般黯淡沉重！

作者通过作品，展现她生活的温暖。长篇散文《橘子熟了》描写了难以割舍的亲情，呈现出来的是一段袒露心扉的温情画面；对美好生活的向往，积极乐观的生活心态；是对往事的美好回忆，是对百态人生后的深刻感悟。平铺的小事，朴实的文字，让人颇感舒适，带着这份熟悉走进作者的日常，欣赏着她笔下幽默人物的个性，事物生动的趣味，领略其生活的百味。像蒋娟娟女士这般漫步在诗隅的道路上，用手中的笔，写下这优美恬静的篇章。

龚奎林：兰希凤同学展现了蒋娟娟作品背后的文化意味。下面我们听听张秋梨同学的见解。

张秋梨：读蒋娟娟的《橘子熟了》，让人眼前一亮，作品每篇篇幅不长，没有华丽的辞藻，没有跌宕的故事情节，形似口语，但是起承转合如行云流水，给人清水出芙蓉的美感。作者写了奶奶与橘子，还有自己对乡村的一种美的感受，以诗化般的语言叙述悠悠往事，抒写生活的百般滋味，揭示饮食男女的独特性格和命运，用写实的手法将当时的情景反应出来。

作者的散文内容宽泛，社会人生的独特体察、个人内心的情绪变化、偶然感悟的哲理等等皆可在文中得以体现。在她文中，不难发现的赤子之心，于现今复杂的社会里的确难寻。而且，作者对美感的追求，于字里行间清晰易见。常用轻淡的笔墨，再现实生活中人们习以为常的又经常忽视的景象，但却能引人入胜。在他的《姜汤面》、《眼镜》等篇中，可以清楚地发现这一艺术特质。其散文，浓的如酒般醇厚绵长，淡的如溪水清纯透明。在一种古朴而又平淡的氛围中，作者道出对生命、历史、宇宙的深深思索，使散文具有一种深邃的哲思。在结构布局上，有明显受中国传统小说影响的痕迹，擅长以点带面，不断扩大故事的脉络。地域文化意识强，自觉不自觉地以家乡江西的人文地理、自然风光、历史现实为创作的背景，并且越来越广阔、深入地表现着时代剧变中家乡的民情风俗、社会心理、个人命运的变迁，刻画着乡里人的性格与灵魂。从文化的深度揭示了人们的生存世相，在浓郁的生活氛围中表现了人们生命力的质朴、坚韧、绵长。《老家、老人、老屋》一文，描写了空巢老人独居的辛酸生活。“更多的时候，老人把他醒着的绝大多数时光奉献给了门口那条路，口袋里的手机和床头的电话。”不仅刻画出了老人思念孩子的情景，也写出了人们为了生活背井离乡的无奈之感。每一篇都着有力的渗透了作者自己的感情氛围，这可能是因为作者生于斯长于斯，充分了解这一方土地并得之于心、寓之于情，才付之于笔。

龚奎林：张秋梨同学认识到作者与文化乡土两者之间的关系，难能可贵。最后，我们听听徐锦同学的意见。

徐　锦：在无数女孩子的心中生活似乎是有着不食人间烟火的美好，而真实的生活恰恰都是朴实无比的。作者用朴素平淡的语言描绘出了她从跌跌撞撞的生活里领略的画意诗情。作者以自己在生活中所扮演的不同角色来感受身边的点点滴滴，从她的散文集《橘子熟了》中我们发现，她将其全部的温柔细腻都蕴藏在孩子的欢笑里、母亲的白发里、旅途的花草里和佳肴的芬芳里。她自己对于日常生活的所思所感都诠释着至真的生活哲学。

成长是一个痛苦并快乐着的过程。从蹒跚学步的婴幼儿时代到浪漫臭美的少女时代，从忙碌奔波的一个母亲到动弹不得的老奶奶，人的生老病死如一朵莲花的盛开凋谢。作者的《简单爱》将孩子心中纯粹的“我对你好，你对我好”和现实生活中成人复杂的世界相对比，愿人们回归简单，回归幸福。作者依然享受着孩子给予的一句话的感动，依然在期许着孩子安康快乐的未来，依然陶醉于柴米油盐下的酸甜苦辣，依然沉迷于路边的一只鸟、一朵花。

稻香、青蛙、知了、樱花……乡土是一个农村姑娘最自由的天堂。一个个稚气的脚印在泥土上留下了或深或浅的童年印记，窄窄的小巷流传着似真似假的闲言蜚语。甚是平常的乡村生活在作者笔下流溢着一股温暖而醉人的气息。有趣而久远的故事在她的笔下熠熠生辉。她在和友人们的游玩途中，体会四方农民的勤恳艰辛和创新道路的苦心经营，在心中默默祈祷丰收在望。一份对于困难的特殊诠释，一种对于土地的深刻感情，流淌在她混着稻香的血液里，持久永恒。

做一个明媚的女子，不倾国，不倾城，以优雅的姿态去摸爬滚打。青春派的我们怀揣梦想和一群人碰杯，生活在一步步地教我们如何不投机取巧，不浮想联翩。再怎么纯情可爱的姑娘都会变成讨价还价的“黄脸婆”，而作者的勇气是在经历起伏跌宕后重拾梦想，从容而奔放地生活。无论时光如何变迁，都不能失去可以重新点燃生命的爱心，因为温柔的内心永远芳香四溢。

龚奎林：徐锦同学体察到了作家女性内心的那一缕诗意与现实的责任承担。

龚奎林：今天，张悦、张明越、刘碧会、陈丹、任宇、张曼、兰希凤、张秋梨、徐锦等9位同学阅读蒋娟娟的散文集《橘子熟了》，从各自的角度切入到蒋娟娟散文中，进而解读作品的文本内涵、语言情感、艺术特色、审美风格，呈现作品的丰富性与多样性。一千个读者有一千个哈姆雷特，我们阅读作品，除了要发现作品的优点和加以深化的地方外，更需要在情感向度上能够与作品、与作家产生共鸣。总的说来，蒋娟娟是个热爱生活的作家，她把人生感悟充分融入到作品中，但也要扩大自己的视野，在语言技巧上能够进一步提升自己。我们期望能够继续看到蒋娟娟更为精彩的佳作。

（作者：龚奎林为井冈山大学人文学院副教授、文学博士，张悦、张明越、刘碧会、陈丹、任宇、张曼、兰希凤、张秋梨、徐锦分别为井冈山大学人文学院2013级汉本2班、2014级汉本2班、3班、2015级汉本3班、外汉班学生。）

后　记

寒来暑往二十载，一纸墨香始芬芳。

从始有出书这个念头，到真正墨香散发，《橘子熟了》前后经历了近二十年。也就是说，我这个三十六岁的女人，倾其生命中一半多的时光，只做了一件事——实现夙愿。所以，当您翻开她的时候，请不要从写作技巧或者思维深度等等文学专业的角度去评判，因为她让我梦想的花朵盛开在枝头，仅此而已。

一路走来，有艰辛有洒脱，还有付梓前几次校正之后的退缩、胆怯和惶恐。几经周折，若非文朋亲友之支持，恐怕就没有今天《橘子熟了》的问世。当初三的考卷作文被拿到补习班当范文朗读时，当我的语文老师徐拾芽在全年级评价我写的议论文比报纸上某些评论还更立意鲜明，笔锋犀利时，心中不免沾沾自喜；后来又有人打趣我应该把我所有的作文都整理结集出版时，这个念头便在我的脑中蹿动，一发不可收拾。而高中三年的文学积累更让我受益匪浅。邹少娟老师每次上课前总给我们五分钟时间，让我们其中的某个学生去黑板上写上一句话或者一段话，有名言警句，有诗词歌赋，甚至只写一个新鲜的词也可。那几年，我的课余时间几乎都花在了这个上面，常常费尽心思，网罗好词好句，就为得到她的一句表扬。自此，我的摘抄本上和大脑里便积累了丰富的词汇和文学知识，为以后的写作打下了牢固的基础。学校旁边租书屋里两毛钱租一天的书几乎被我看了个遍——躲在被窝里打着手电看琼瑶席绢亦舒的言情小说，“损友”杨晓伟更是常常将他租借的金庸古龙卧龙生等武侠小说家的作品偷偷从教室窗户外扔给我。他看一二三册，我看四五六册，而后再调换着看。繁重的课业压力下我竟然囫囵吞枣一天看完一套。这样的速度现在想来都不免佩服自己。

少年得意便猖狂。高考一结束，我果真就带着我写的几本作文本找到了当时的校团委书记聂明生，大言不惭地说我要出书。聂老师看了之后，没有多说什么，只淡淡地提到了出版费用一事。那时不了解也不理解为什么，只想着赶快上大学毕业参加工作赚钱，靠自己的能力把书出版。如今顿悟：聂老师是我文学之路上的一个贵人，他维护了一个文学狂徒的尊严，保护了我对文字的积极性。因为那些所谓的作品对比真正的文学，实在肤浅稚嫩，不堪入目。里面非但没有抒发什么独特的个性，却隐见一种巧妇难为无米之炊的无力，以及无病呻吟的尴尬和为赋新词强说愁的别扭。

索性放下执念，一切随性，一切随意，该干嘛干嘛。入职就业，相夫教子，生活与小县城寻常妇人无二。关于梦想，这时不敢去想也不能去想。那时的自己，就像汪洋中的一艘船，不知道明天会漂往何处，也不知道生活的激情什么时候会被平淡琐碎的海浪湮灭。然而对于文字，却从无放弃之说。无关于文学，但高兴的悲伤的看到的想到的吃了什么玩了什么总会用文字把他们记录下来。甚至在某一天的日记里还这么写过：今日平安无事。寥寥六字，表示我今天有和文字握个手报个到。好像不写上那么几个字，这一天就没算过完。

生活总是有很多的意外，还有惊喜。2012年，我偶遇当时《井冈山报》社的胡志勇主编，他鼓励我继续创作，积极向井报副刊等媒体投稿。适逢橘子熟了，我恰巧带着孩子随父母去乡间帮奶奶摘橘子，尝试着写了一篇《橘子熟了》发往该报。很庆幸当时的副刊主编安然老师在挖掘和提携本土创作者的道路上给予了我太多的鼓励和支持。短短一年内，我几乎每个月都可以看到自己的文字变成铅字。甚至某一日的副刊竟然同时刊发了我的两篇稿子，这怎不让我欣喜若狂？于是，尘封多年的理想又开始渐渐清晰，直至今日结集问世。所以说理想还是要有的，万一实现了呢？只要尽力，无论是工作生活家庭情感还是最钟爱的文字，一切都有最好的安排，不是么？

自己是幸运的，在每一个成长阶段都有贵人扶持。在此，想感谢的人太多：感谢父母多年来的培养，让我长成了一个他们理想而我也愿意的模样；感谢周明华、梁国萍等各位老师在各个不同阶段的教育和指导，成就了我的性格与担当；感谢爱人给予我不善家务的宽容，让我没有负担可以尽情享受文字带来的愉悦；感谢孩子给予我的陪伴，让我随时随地都能迸发出创作的灵感；感谢凌子老师拨冗作序，井冈山大学龚奎林博士和他的学生们、剑鸿老师对于本书所做的专业评论，感谢井冈山中学黄文忠老师对本书的校正等等。还要感谢一如雪涛、紫蝶等给予我鼓励和帮助的文朋诗友们。应该说，没有他们，就没有今天这本书的问世。

人生只有一次，无法重来，但却异想天开，想象自己有非常人一般的能力能肆意拉长生命的长度。想象着垂垂老矣，可闲坐窗台，沐浴阳光，沏上一杯茶，翻开一页书，于是往事历历在目，窃喜又重活了一回。若失忆于往事，则每一个故事都是鲜活的，每一段经历都是稀奇的，每一段情感都是让心砰砰跳的，岂不快哉？

以为记。

2017年立春　记于千里赣江极狭处